소설이 시간을 쓰는 법

김나정 비평집

소설이 시간을 쓰는 법

김나정 비평집

도서출판 북인

차례

Part Ⅰ

Part Ⅱ

Part Ⅲ

Part Ⅰ

성난 얼굴로 뒤돌아보지 말라

자명한 환상

살아 있는 시체의 나날

비루한 일상, 도도한 생활

오독誤讀과 해독解讀

타인의 고통을 걷고 겪는다

낭만적 사회와 그 적들

성난 얼굴로 뒤돌아보지 말라

— 박민규 『카스테라』(문학동네, 2005), 김애란 『달려라, 아비』(창비, 2005)

상처의 탐색과 상처의 거절

우리는 이런 소설을 읽어왔다. 난봉꾼 아버지와 어머니가 벌이는 싸움판, 집안에는 비명과 울음소리가 가득하다. 지옥에서의 한철이었다. 상처의 뿌리를 더듬다보면 가족이 있다. 소설은 상처로 거슬러올라가 그것을 재구성한다. 우리는 그 상처가 어떤 의미가 있었음을 믿고 싶어 한다. 성장소설은 의미 없는 고통이 없다는 믿음에서 시작한다. 내가 성장하기 위해서 그런 과거는 필요했다는 것이다.

그러나 그런 탐색이 때로는 자기 연민을 낳기도 한다. 그런 과거를 감당해야 했던 자신이 가련해지는 것이다. 가족은 나빴고 나는 불쌍했다. 희생자는 좀처럼 비난받지 않고 쉽사리 동정을 받는다. 가여웠던 나를 거듭 떠올리게 되는 것은 그 때문이기도 하다. 이 희생자놀이는 피해의식을 강화시키고 스스로를 무기력하게 만든다. 자기연민은 나를, 끓임

없이 상처받은 나로 환원시킨다.

상처를 자꾸 후비면 덧난다. 그렇다고 과거를 완전히 잊을 수도 없다. 한 사람의 일생에는 과거와 현재, 미래가 겹쳐 있다. 과거의 결과물이 현재의 나이며, 현재의 나로 미래의 내가 만들어진다. 그 중 하나를 강제로 떼어놓을 수는 없다. 과거사를 정리하고, 그런 과거를 반복하지 않겠다는 의지가 현재의 삶에 기여하는 바도 크다. 고로 망각이 해결책은 아니다. 그렇다면 상처를 포함하고 있는 과거를 어떤 식으로 기억해주어야 할까?

여기, 유원지에서 아빠를 기다리는 소년이 있다. 아빠는 도통 나타나지 않고 기다리다 지친 '나'는 문득,

> 한 가지 중요한 사실을 깨달았다. 그것은 '나는 버림받았다'는 사실이 아니었다. 그것은 단순하고 모호한 문장, 먼 곳에서 수백 년 전 출발해 이제 막 내 고막 안에 도착한 휘파람 소리, '아빠가 사라졌다'는 말이었다. 정말이지 아버지는 실종된 것이 틀림없었다. 그렇지 않고서야 이렇게, 이런 곳에, 이런 식으로 나를 버릴 리 없었다.
>
> — 김애란 「사랑의 인사」 145~146쪽

하여 '나'는 미아보호소로 찾아가 신고를 한다. "아버지가 길을 잃은 것" 같다고. 미아는 내가 아니라 아버지라는 것이다. '아버지가 나를 버렸다'는 상황은 '아버지가 길을 잃었다'로 바뀐다. 바뀐 문장 속에서 버림받은 나는 지워진다. 대신 길을 잃는 아버지만 남아 있다. 상처받은 나는 사라지고 없다.

어른이 된 '나'는 수족관 유리벽을 사이에 두고 아버지와 대면한다. 그

는 "부드러운 미소를 지으며 내게 한쪽 손을 가만히 흔들어주었다." 그러나 기쁨도 잠시, 아버지는 아무 것도 모른다는 얼굴로 뒤돌아선다. 그리하여 나는,

> 호흡을 가누지 못하고 꺼이꺼이 울었다. 잠수복이 내 입으로 들어갔다 나오기를 반복하며 '아빠, 아빠' 하고 있었다. 나는 그렇게 주저앉아, 오래도록 뻐금거렸다. 그리고 한참 후 내가 뚝 하고 울음을 그쳤을 때, 고요 속에서, 수조 위 물결은 아무도 모르게 살짝 출렁거렸다. 나는 멍하니 앉아 그 소리를 들었다. 문득, 지겹다는 생각이 들었다.
>
> — 김애란 「사랑의 인사」 161쪽

지겹단다. 나를 힘겹게 만들고, 울게 하는 "어린 시절의 기억 따윈 버뮤다 해협에나 갖다버리"는 게 낫다. 과거에 매몰되면 눈물밖에 나오는 것이 없다. 그렇다고 한번 일어났던 일은 바뀌지 않는다. 어린 시절 부모의 성교 장면을 목격한 것이 트라우마의 원인이라도 되돌아가 눈을 꼭 감을 수도, 부모의 작업을 방해할 수도 없다.

과거를 바꿀 수 없다, 실제로는. 그러나 상상으로는 가능하다. 상상의 결과물인 허구는 과거와 나를 새로운 방식으로 맺어준다. 과거를 떠올리고 의미를 찾는 것은 결국, 지금 제대로 살기 위해서다. 그렇다면 현재의 내가 잘살아가기 위해서는 과거를 어떻게 받아들여야 할까? 문제는 기억의 방식이다.

냉정과 열정 사이

우리는 이런 소설도 읽어왔다. 만국의 독자들이여 단결하라. 자본주

의는 악덕하고, 독재는 부당하다. 그러니 저항해야 한다. 1980년대 상황은 그런 소설을 쓰고 읽게 했다. 그러나 21세기, 자본주의는 물과 공기처럼 우리를 둘러싸고 있다.

> 지구의 나이는 45억 년이다. 인류의 나이는 300만 년이고, 나는 스무 살이다. 누가 뭐래도 세대 차이가 날 수밖에 없다. 이에 비한다면 자본주의의 나이는 고작 400년에 불과하다. 나는 아무래도 그쪽이 편했다. 말과 눈치가 통하고, 우선 먹고 마시고, 입는 게 비슷했다. 즉 그런 이유로, 나는 지구와 인류보다는 자본주의와 함께 살아왔다고 말할 수 있다. 우리는 함께 늙어간다. 당신이라면, 아마도 내 말을 이해할 것이다.
>
> — 박민규 「몰라, 몰라 개복치라니」 102쪽

또한 열정은 지속되지 않는다. 열정의 생은 현실체험이라는 급속냉각 과정을 거쳐 냉소와 환멸에 빠지게 된다. 삶이 우리를 속이니 우리도 어쩔 수 없다는 식이다. 박민규의 「코리안 스텐더즈」에는 1980년대 청춘의 여러 변모양상이 나타난다. 운동가를 불렀던 친구들은 학원강사나 국회의원이 되고, 나 역시 "은근히, 세상이 변화하기보다는 직급이 변하길 바라는 사람이, 되"어버렸다. 코리안 스텐더즈, 중산층의 평균적인 삶이 그렇다는 것이다.

하물며 이런 발언까지 가능해진다. 여자 알바생의 허벅지를 만진 편의점 사장이 있단다. 분개해야 마땅하다. 그러나 「그렇습니까? 기린입니다」의 화자는 '만진 것이 나쁜 것이 아니라, 그러고 고작 천 원을 주는 게 나쁜 짓이다'라고 생각한다. 무언가 부당하다 외치고 바꿀 수 있다고 생각하는 것은 이제, 계산착오다.

자본주의는 우리를 생포했고 우리는 무장해제 상태다. 혁명이 사라진 자리로 일상이 밀려들어온다. 그러므로 삶은 이런 식으로 요약된다.

> 결국 모든 인간은 상습범이 아닐까. 나는 생각했다. 상습적으로 전철을 타고, 상습적으로 일을 하고, 상습적으로 밥을 먹고, 상습적으로 돈을 벌고, 상습적으로 놀고, 상습적으로 남을 괴롭히고, 상습적으로 거짓말을 하고, 상습적으로 착각을 하고, 상습적으로 사람을 만나고, 상습적으로 대화를 나누고, 상습적으로 회의를 열고, 상습적인 교육을 받고, 상습적으로 머리 어깨 무릎 발이 아프고, 상습적으로 외롭고, 상습적으로 섹스를 하고, 상습적으로 잠을 잔다. 그리고 상습적으로, 죽는다.
>
> — 박민규 「그렇습니까? 기린입니다」 80쪽

「그렇습니까, 기린입니다」의 화자에게 현실은 만만치 않다. 주유소로 편의점, 갈빗집으로 죽어라 뛰지만, 상황은 좀처럼 호전되지 않는다. 그에게도 한때 "세상은 뭔가 ESP 플라잉브이(메탈리카가 사용한 기타의 모델명)와 같은 게 아닐까" 했던 시절이 있었다. 그러나 화자는 아버지의 근무지로 찾아가 도시락을 건네주고, 그의 산수를 물려받게 되었다.

> 원래 좀 노는 편이었는데, 이상하게도 그날 이후 나는 조용한 소년이 되어버렸다. 뭐랄까, 그때는 몰랐지만 그 순간 마음속에 〈나의 산수〉와 같은 게 생겨났기 때문이었다. 아마도 그랬다고, 지금의 나는 생각한다. 그것은 슬픈 일도 기쁜 일도 아니었으며, 누구를 원망할 성질의 것은 더더욱 아니었다. 그거, 말 대로 수數였던 것이다. 말수가 줄어든 대신, 나는 열심히 알바를 하고 돈을 모으기 시작했다.

— 박민규 「그렇습니까? 기린입니다」 73쪽

'나'는 아버지에게 도시락을 건네고 산수를 물려받았다. 일하여 번 돈을 먹을 것과 맞바꾼다. 이것은 자본주의 세계의 방정식이다. 「그렇습니까? 기린입니다」의 화자는 삶의 현장을, 체험했다. 덮어놓고 체념부터 하지 않았다. 골방에 틀어박혀 삶을 관념적으로 괴로워하지 않았다는 것이다. 이승에서 거지로 사는 것이 저승의 왕으로 사는 것보다 낫다는 말은, 후자로 살아본 사람에게 나왔을 때만 진정성이 있다. 겪어봤더니, 속수무책인 것은 우리도 다를 바가 없다.

그래, 인정하자. 우리에게는 현실을 '현실적'으로 바꿀 방도가 없다. 사람을 화물로 취급하면 푸시맨도 할 만하다. 아버지도 만원 지하철에 욱여넣을 수 있다.

그러나 산다는 게 고작, 산수 놀음이라는 것을 선선히 받아들일 수 있겠는가, 설령 상황이 그렇다 한들 습관적으로 살다 습관적으로 죽어줄 수 있겠는가. 우리는 현실에 불시착했다. 빛나는 별은 땅에 처박히며 차가운 돌덩이가 되었다. 별과 돌 사이, 1980년대의 열정과 1990년대의 냉정 사이에 어떤 가능성이 있을까?

눈을 돌리면 거기, 다른 풍경

과거는 짓누르고, 일상은 빡빡하며 먹고 살기는 고달프다. 이러한 세계에서 어떻게든 살아야만 한다. 허나 어떻게? 과거는 꿈쩍도 하지 않는다. 현실도 움직이지 않는다. 바꿀 만한 것은 나밖에 없다. 나와 과거, 나와 현실의 관계를 새롭게 파악해야 한다.

일단 관점부터 바꾸어보자. 김애란의 「달려라, 아비」에 등장하는 어머니는 “자기를 연민하지 않는 법”을 가르쳐주었다.

> 어머니는 내게 미안해하지도, 나를 가여워하지도 않았다. 그래서 나는 어머니가 고마웠다. 나는 알고 있다. 내게 ‘괜찮냐’고 묻는 사람들이 정말로 물어오는 것은 자신의 안부라는 것을. 어머니와 나는 구원도 이해도 아니나 입석표처럼 당당한 관계였다.
>
> — 김애란 「달려라, 아비」 16쪽

자신을 상처의 산물로 만들지 않겠다는 의지는 자기연민을 거부한다. 자기연민을 버림으로써 나와 어머니는 상처를 주고받는 관계가 아니라, “입석표처럼 당당한 관계”로 거듭난다. 자기연민은 치유책이 아니라 상처를 덧나게만 한다. 나는 사라지고, 상처받은 나만 남는다. 부모는 사라지고, 상처를 준 부모만 남는다. 부모 역시 나와 같은 사람이다. 당당한 관계는 서로서로 한 ‘사람’으로 인정해주는 것이다. 가족의 일원이 아니라 한 사람으로 보아주겠다며, 발상의 전환을 꾀하는 것이다.

> 비록 세상에서 가장 시시하고 초라한 사람이라고 할지라도—그런 사람도 다른 사람들이 아픈 것과 같이 아프고, 다른 사람들이 좋아하는 것을 같이 좋아할 수 있는 생각을 하지 못했다. 그러니 아버지는 내가 아버지를 상상했던 십수 년 내내, 쉬지 않고 달리는 동안 늘 눈이 아프고 부셨을 것이다.
>
> — 김애란 「달려라, 아비」 13쪽

아버지라면 그럴 수 없었어, 에서 아버지도 사람이었음을 인정하자는 것이다. 아버지를 상처를 준 인간으로 한정하지 않음으로써 나 역시 상처를 받은 사람으로 한정되지 않게 된다. 가족 일원을 개개인으로 분리시켜주는 것은 상처 치유의 출발점이 될 수 있다.

달리 본들 과거의 사실은 바뀌지 않는다. 그러나 과거를 해석하는 방식을 바꿈으로써, 다른 관계가 열릴 가능성이 생긴다. 아버지와 나는 부녀관계가 아니라 인간관계로 묶이게 된다. 아버지에서 사람으로, 상대를 받아들이는 범위가 넓어지는 것이다.

이런 관점의 변화에 의한 수용범위의 확장은, 박민규 소설에서는 '범우주적인 시각'으로 나타나기도 한다. 커트 보네컷은 『제5도살장』에서 자신이 겪었던 전쟁을 외계인의 눈을 빌려 그렸다. 전쟁을 직접 체험했으니 그 참상을 객관적으로 전달하기 불가능하다. 눈물 없이 말할 수 없는 상황을, 눈물 없이 말하려면 시각을 바꾸어야 했다. '낯설게 하기', 이를테면 지구의 상황을 우주의 맥락에 넣고 들여다보는 것이다.

박민규의 소설은 종종 지구 밖으로 떠난다. 유리창에 밀착된 승객의 얼굴을 보고 푸시맨인 화자는 "터질듯 짓눌린 볼과 입술을 보고 처음엔 배꼽을 잡고 웃었지만, 날이 갈수록 웃음은 사라져갔다". 왜냐하면,

> 좋아요, 다 좋은데 그러니까 당신이 기억하는 인류의 얼굴을 말해보란 얘기야. 화성의 누군가로부터 그런 추궁을 받는다면 나는 적잖이 고통스러울 것만 같았다. 다른 생성의 존재에게 알려주기엔, 인류의 몽따주는 얼마나 슬픈 것인가.
>
> — 박민규 「그렇습니까? 기린입니다」 81쪽

선진국 국민이 보면 뭐라고 하겠습니까? 란 주장은 불필요한 열등감도 불러오지만, 경각심을 불러일으키거나 변화의 참고사항이 될 수 있

다. 다른 시각으로 우리의 현실을 보면, 상황을 더 객관적으로 볼 수 있다. 우리가 지금, 속해 있는 삶을 달리 봐주는 것은 힘들다. 밀착상태에서 벗어나기 위해 박민규는 우주적 시각을 빌려다 쓴다. 거리를 벌려보자는 것이다.

그런 시각을 빌려 쓰는 까닭을 「몰라, 몰라 개복치라니」의 한 구절에서 찾을 수 있다. "지구를 떠나보지 않으면, 우리가 지구에서 가지고 있는 것이 진정 무엇인지 깨닫지 못한다." 광대한 우주에 비한다면 인간은 티끌 같은 존재에 불과하다. 우주에서 보면 엠파이어스테이트 빌딩도 "빨판이 달린 한 마리의 기생충"에 불과한 것이다. 시각을 달리하면 사물은 다르게 해석될 수 있다.

「아, 하세요 펠리컨」의 배경은 퇴락한 유원지다. 일흔세 번 취업에 실패한 화자와 부도를 맞은 사장이 등장한다. 오리배를 탔던 중년이 자살하고, 사장은 남 일이 아니라며 심란해한다. 공무원 경쟁률은 최고치를 경신한다. 빡빡한 상황이다. 그런데 이런, 세상에 오리배 세계시민연합世界市民聯合이란 것이 있단다. 그러니 일상의 시난고난 속에서 이렇게도 말할 수 있는 것이다.

"하긴 나에겐 언제라도 탈 수 있는 열두 척의 오리배가 있었다."

이 세계가 전부는 아니다, 라는 생각은 인간에게 다른 가능성을 열어준다. 김애란의 「사랑의 인사」의 화자는,

> 지하철 안—매일 아침 목숨을 걸고 한강을 건너는 사람들 틈에 앉아, 덜컹이는 이 세계의 박자를 느끼고 있다보면, 어느새 나는 눈을 감고 고산지대 사람들의 휘파람 소리를 상상하게 된다.
>
> — 김애란 「사랑의 인사」 140쪽

상상의 힘은 빡빡한 현실에 숨통을 틔워준다. 상상은 현실에 구멍을 내준다. 막다른 골목의 벽에 사차원의 문이 생긴다. 이 세계와 저 세계를 이어주며, 또한 이 세계를 달리 보게 하는 문이 열리는 것이다.

믿는 만큼 보인다

상상력은 나의 과거사를 새로 써준다. 상상으로 인해 나의 기원이 달라지는 것이다. 아빠, 나는 어떻게 해서 태어났나요? 란 질문에 김애란의 「누가 해변에서 함부로 불꽃놀이를 하는가」의 아버지는 이렇게 답한다.

누군가 모래로 만든 아버지의 성기에 불꽃놀이 막대를 꽂았다. "펑! 펑! 활짝 피는 불꽃들이 민들레 씨처럼 밤하늘로 퍼져나갔을 때 아버지의 반짝이는 씨앗들이 고독한 우주로 멀리멀리 방사放赦되"어 내가 태어났단다. 아버지는 나의 기원을 변형시켜 들려준다. 거짓말이지만, 나란 인간의 기원은 상상으로 인해 아름답고 환상적인 것으로 바뀐다. 나는 불꽃의 아이가 되고, 나란 인간의 기원은 변화한다. 나의 창세기가 새로 쓰이는 것이다.

더불어 상상력은 관계를 새롭게 설정하는 힘이 된다.

> 아버지를 상상할 때마다 항상 떠오르는 장면이 있다. 그것은 아버지가 어딘가를 향해 열심히 뜀박질을 하고 있는 모습이다. 아버지는 분홍색 야광 반바지에 여위고 털 많은 다리를 가지고 있다. 허리를 꼿꼿이 편 채 무릎을 높이 들고 뛰는 아버지의 모습은 누구도 신경 쓰지 않는 규칙을 엄수하는 관리의 얼굴처럼 어딘가 우스꽝스러워 보인다. 내 상상 속의 아버지는 십수 년째 달리고 있는데, 그 표정과 자세는 늘 변함이 없다.
>
> — 김애란 「달려라, 아비」 10쪽

아버지는 화자의 상상 속에서 달린다. "나는 아버지를 용서할 수 없어서 상상한 것이 아닐까?" 그러나 아버지는 상상 속에서 달림으로써, 내가 받아들일 수 있는 존재가 된다. 상상력은 타인을 수용하는 방식이 된다. 과거는 상상으로 인해 수용 가능한 것으로 탈바꿈한다. 실재했던 과거를 떠올리는 것이 아니라, 상상으로 과거를 재구축하는 셈이다.

「카스테라」의 화자는 소중하거나, 세상의 해악이라고 생각하는 것을 냉장고에 밀어넣는다. 스위프트의 『걸리버 여행기』부터 아버지와 어머니, 학교 등등 종국에는 중국까지 냉장고에 들어간다. 그 과정은 1. 문을 연다. 2. 코끼리를 넣는다. 3. 문을 닫는다와 같이 간단하다. 상상 속에서 이루어지는 일이기 때문이다. 내 식으로 수렴한 세상에서 새로운 하나의 세상이 탄생한다. 그리하여 냉장고를 열자,

> 놀랍게도 그 속은 텅 비어 있었고 오직 냉장실의 정중앙에 희고 깨끗한 접시 하나가 반듯하게 놓여 있었다. 그리고 그 접시 위에 한 조각의 카스테라가 있었다. 마치 하나의 세계를 다루듯 나는 조심스레 카스테라를 집어 올렸다.
>
> — 박민규 「카스테라」 34쪽

상상력은 이 세상을, 내 식으로 받아들일 만한 새로운 것으로 전환시킨다. 예를 들어 냉장고는 세상을, 집어삼켜 부드럽고 촉촉한 카스테라로 변화시킨다.

박민규의 「몰라 몰라, 개복치라니」의 한 구절에 밑줄을 그어보자. "오래 전 지구가 네모라고 믿었던 때에 지구는 정말 네모난 것이었다." 대기권 밖으로 나간 화자는 한 마리의 거대한 개복치, 지구를 목격한다. 지

구를 개복치라고 믿는 자에게 지구는 개복치다. 보는 것을 믿는 것이 아니라, 믿는 것이 보이는 것이다.

> 지구의 하복부에서, 거대한 빛이 터져나왔다. 빛은, 잠시 우주의 어둠을 눈부시게 물들이더니, 무수한 갈래의 유성처럼 지구의 표면을 향해 쏟아져 내렸다. 산란産卵이다! 듀란이 소리쳤다. 축복처럼 쏟아지는 3억 개의 알 앞에서, 우리는 스스로를 긍휼히 여길 수 있었다.
>
> — 박민규 「몰라, 몰라 개복치라니」 121쪽

인류는 우주 공간의 티끌 같은 존재에서 축복처럼 쏟아지는 빛의 알이 된다. 그것을 목격하고 나서야 "이제 핸들을 돌릴 때"가 찾아온다. 지구 밖으로 나간 것은 지구를 더 잘 보기 위해서였다. 상상력이 유아唯我적인 세계구축, 탈세계의 욕망을 부추기지만은 않는다. 상상력은 이 세계에서 뛰어올라 저 세계를 보여주지만 그런 도약은 이 세계에 더 잘 안착하게 한다. 땅에서 뛰어오르게 하는 스카이 콩콩은 땅과 하늘, 현실과 상상을 이어주는 매개물이었다. 그러나,

> 스카이 콩콩의 점프 시간은 그렇게 길지도 느리지도 않았기 때문이다. 스카이 콩콩은 그렇게 길지도 느리지도 않았기 때문이다. (…) 스카이 콩콩에 오른 뒤 그 자세를 그대로 유지하려면, 정신없이 콩콩콩콩콩—거려야 했다. 그리고 그 모습은 우아하지도 아름답지도 않았다. 자세를 유지하려고 버둥대는 모습은 경박하고 우스워보일 정도였다.
>
> — 김애란 「스카이콩콩」 80쪽

상상력은 대포처럼 인간을 대기권 밖으로 쏘아올리지 않는다. 단지 지렛대처럼 살짝, 들어올려줄 뿐이다. 그러나 그 지렛대를 움직이기 위해서는 정신없이 뛰어야 하고 자세를 유지하기 위해 버둥거려야 한다. 상상력은 상상하려는 의지를 포함한다. 상상할 줄 아는 자는 원할 줄 안다. 부족한 부분을 메우려는 의지에서 상상력은 움직인다.

박민규의 소설에서 인간은 때때로 짐승이 된다. 「그렇습니까? 기린입니다」에서 산수를 물려주고 사라졌던 아버지는 기린이 되어 나타난다. 모가지가 길어 슬픈 짐승은 비단, 사슴만이 아니다. 기린이 슬픈 것은, 초식의 식단이 단조로워서가 아니라 변변한 공격방도도 없이 평생을 쫓기며 살아야 한다는 데 있다. 아버지는 초식동물로 변신한다. 기린의 모습이, 아버지의 본질을 더 잘 드러낸다. 「고마워, 과연 너구리야」의 손팀장은 너구리가 되었다. 경쟁에서 낙오하고, 〈스테이지 23〉에서 착지점을 찾지 못하는 상황이 그를 너구리로 만들었다. 너구리는 〈즐거움의 문제〉란다. 궁지에 몰린 상황과 더불어, 즐거움을 찾으려는 인간의 본성이 너구리로 나타난다. 상상이 몽상과 다른 것은 현실과 다른 것을 꿈꾸되, 그것이 새로운 현실을 구축한다는 점에 있다. 상상력은 있는 현실을 갱신한다. 있는 세계의 결락과 있을 세계의 희망이 결합해 새로운 세계가 탄생하는 것이다.

우리는 모두 우스꽝스러워

상상력과 함께 유머 감각도 다른 세계를 여는 열쇠다. 김애란의 「달려라, 아비」에서 화자는 자신을 탄생시킨 전사前史를 상상한다. 아버지는 어머니와 자기 위해 달동네를 단숨에 뛰어내려갔다. 영웅의 탄생에 신비와 장엄함이 있다면, 나의 탄생에 얽힌 일화에 등장하는 아버지는 우스꽝스럽기 짝이 없다.

그는 “오줌 마려운 듯 벌게진 얼굴”로 “장발을 휘날리며” 뛰어가다 “연탄재에 걸려 넘어져도”, 벌떡 일어나 죽어라 뛰어간다. 배경음악은 동네 개들이 짖는 소리다. 시트콤의 한 장면과 같은 이런 상황 끝에 내가 태어났다. 심각함을 찾아볼 수 없다. 좋아하는 처녀와 자기 위해 버둥거리던 한 청년과 피임약 먹는 걸 까먹은 처녀 사이에서 나는 태어났다.

한 인간의 기원을 거슬러올라가면 두 남녀의 성행위가 있다. 「달려라, 아비」의 어머니는 농담으로 딸을 키웠단다. 농담의 태반은 음담패설이다. 음담패설은 은폐된 성을 우스꽝스러운 방식으로 드러낸다. 딸이 “알지”라고 하자 어머니는 시큰둥하게 “알지는 털 없는 자지가 알지고”라고 대꾸한다. 집 나간 아버지에 대해 모녀는 이런 농담으로 주고받는다. 끈끈한 생식행위인 성은 농담으로 가벼워진다. 「달려라, 아비」 첫 부분인 골방에서의 막막한 출산 장면은 그 출산의 기원인 성행위, 부모의 성교를 농담으로 만듦으로써 가벼워진다.

농담은 여유와 거리의 산물이다. 어떤 대상에 밀착되어 있고, 진지하게 생각하면 농담이 나오지 않는다. 어둡기 짝이 없는 과거사를 농담삼아 이야기할 수 있는 것은 대상에 거리를 두었기 때문이다. 농담이 쉽게 나올 수 없는 상황에서 농담하는 까닭은 ‘살고’ 싶기 때문이다.

베르그송에 따르면 인간과 생명은 원체 혈기왕성하고 유연하며 살아 있는 생명력으로 채워져 있단다. 이에 비해 정신과 육체의 완고함이나 경직성은 죽음의 것으로, 선천적인 힘에 반대된다. 웃음은 생명의 약동에서 시작된다. “건강해지기 위해서는” 우리는 “조금씩 우스워져야” 한다.

김애란 소설에서 우스꽝스러운 자는 남이 아니라, 자기 자신이다. 타인을 우스꽝스럽게 보기보다는 자신을 희화화시킨다. “그때 나는, 사랑이란 어쩌면 함께 웃는 것이 아니라 한쪽이 우스워지는 것일지도 모른다는 생각을 했다." 스스로를 우스꽝스럽게 만들자면 자신에게 거리를 둘 줄 알아야 한다. '나'에 함몰되어 있는 사람은 자신을 웃음거리로 만들 수가 없다. 자기연민에 빠진 사람은 거울을 보고 웃을 수가 없다. 자기애를 과감하게 버릴 줄 아는 자만이 망가질 수 있다.

아리스토텔레스는 희극이 우리보다 저급한 인물들을 묘사한다고 했다. 홉스는 웃음은 타인의 결점을 보며 얻는 우월감에서 나온다고 했다. 못난 자들에 대한 우월감으로 자존을 지키자는 것이다. 그러나 김애란의 웃음은 타인의 어리석음보다 자신의 어리석음을 대상으로 삼는다. 자기를 우스갯거리로 만들려면, 자기를 우습게 볼 줄 알아야 한다. 자신과의 팽팽한 긴장부터 해소해야 한다.

현실의 각박함에 따른 긴장도 유머로 풀어질 수 있다. 박민규의 「갑을고시원 체류기」에는 부도를 맞고 고시원에 체류하는 화자가 등장한다. '방房이라고 하기보다는, 관棺이라고 불러야 할 사이즈의 공간'의 옆방 고시생은 이별로 목놓아 우는데,

> 나는 조심스럽게 엉덩이를 잡아당겼다. 최대한, 그리고 내가 할 수 있는 최선을 다해 화가 난 백상어를 달래고 또 달래었다. 결국 튀어나온 것은 한 마리의 참치였다.
>
> — 박민규 「갑을고시원 체류기」 297쪽

슬픈 상황은 방귀로 인해 우스꽝스러운 것으로 변한다. 배 안에 찬 가스를 빼내기 위해 우리는 방귀를 뀐다. 참다보면 폭발한다. 그러지 않으려면 간간이 빼내야 한다. 분노와 증오는 삶의 원동력이 되기도 하지만

어느 순간 인간을 폭발하게 만든다. 유머는 이런 긴장상태를 완화시켜 준다. 프로이트는 유머가 억압으로부터의 해방과 긴장의 이완을 이끈다고 했다. 유머는 긴장을 깨뜨리고 억압을 방출시키는 구실을 한다. 웃음으로 상황 자체가 바뀔 리는 없다. 그러나 옴짝달싹할 수 없는 현실에 숨쉴 구멍을 만들어준다. 유머는 고시원의 평수를 넓히지는 못하지만, 상황을 수용할 수 있는 마음의 평수를 늘려준다.

또한 유머는 증오하는 대상에게 익살스러운 면을 발견하여 그를 연민의 대상으로 만든다. 「달려라, 아비」의 아버지는 따지자면, 가정을 버린 파렴치한이다. 마땅히 증오와 강한 적개심의 대상이 되어야 한다. 그러나 익살스러운 면이 부각됨으로써 아버지는 애증의 대상이 된다. 밉고도 불쌍한 사람이 되는 것이다. 완전한 악인이나 완벽한 선인은 없다. 웃음은 슬픔과 결합되어, 한 인간을 입체적으로 만들어준다.

우리 모두는 조금씩 우스꽝스럽다. 그 사실은 우스꽝스러운 존재끼리의 친밀감을 낳는다. 유머를 구사하는 사람은 타인의 불충분함뿐만 아니라 자신의 모자람도 인정한다. 모든 인간에게 존재하는 불충분함을 수용하는 것이다. 유머는 나와 타인 사이의 거리를 좁힌다. 우리는 모두, 생각해보면 우습다. 웃음은 남과 나를 연대감으로 묶어준다.

성난 얼굴로 돌아보지 말라

상황이나 사람에 대해 양자택일을 한다면 사는 게 편해진다. 쉽게 결정지으며 살아갈 수 있다. 대하는 방식도 간략해진다. 선은 웃는 얼굴로, 악은 성난 얼굴로 바라보면 되는 것이다. 부모와 자식, 사장과 사원이라는 관계에 따라 판단하면 그만이다. 그러나 아버지, 어머니, 사장에게도 각자의 사연이 있다. 정해진 관계에 따라 매도하지 말고 인정과 사정을 살펴주어야 한다. 각자를 자율적인 존재, 개인으로 받아들여줄 때 타인을 진정 이해할 수 있다. 진정한 이해는 타인의 입장에서 생각해보는 것이다. 즉 타인을 주체로 삼아, 상상해보는 것이다. "이렇게 어려운 상황에, 새끼가 속도 깊고 예의까지 발라버리면 어머니가 더 쓸쓸해질 것만 같아서였다."(김애란「달려라, 아비」)

콘래드의『어둠의 핵심』에서, 화자는 밀림으로 들어가 악의 상징인 커츠 대령을 만나고 온다. 그가 그 암흑의 핵심으로 거슬러올라가는 것은, 자신의 내면으로의 여행이며 거기서 만난 커츠 대령은 인간이 두루 품은 어둠을 보여준다. 문제는 그 절대적인 악과 대면한 후 어떻게 살아갈 수 있겠는가이다. 세속으로 돌아온 화자에게 뭇 인간이 모두 바보 같아 보인다. 저들은 절대적인 어둠의 존재를 모르기 때문에 저렇듯 태연하게 사는 것이다. 일상의 삶은 무의미하고, 부질없다. 어둠은 모든 것을 집어삼켰다.

어둠을 겪고 난 뒤 어떻게 빛을 볼 수 있겠는가. 환멸 뒤의 생을 어떻게 감당할 것인가. 소설의 마지막에서 화자는 커츠 대령의 약혼자를 만나게 된다. 그 말을 의지 삼아 평생을 살겠다며 그녀는 커츠의 유언이 무어냐고 묻는다. 실제로 커츠가 마지막으로 남긴 말은 "지옥이다, 지옥이다"였다. 화자는 결국, 커츠 대령이 그녀의 이름을 부르고 죽었노라고 거짓말을 한다. 자신이 느낀 환멸을 무릅쓰고 그는 거짓말을 할 수밖에 없었다. 그 거짓말은 타인에 대한 연민과 배려에서 나왔다. "그건 너무나 어두운—너무나 암흑이었기 때문에" 그녀에게 곧이곧대로 말해줄 수 없었다.

「달려라, 아비」의 화자는 아버지의 부고를 알리는 편지를 받았다. 어머니가 묻자 화자는 편지에 없는 말을 지어 들려준다. "아버지가 미안하대. 평생 미안해하며 살았대.” 화자의 거짓말에 어머니는 “울 것 같은 표정으로 그 부분을 한참 동안 들여다보더니 손으로 곱게 매만”진다. 새벽녘이 되어 돌아온 어머니는 딸 옆에 누워 “죽은 아버지에 대한 원망도 무엇도 없는 낮은 목소리로” 아버지의 안부를 궁금해한다. “잘 썩고 있을까?”

> 죽은 자들의 영혼은 어디로 가는 걸까. 아마도 우주로 올라가겠지. 무엇보다 영혼은 성층권이라는 이름의 냉장고에서 신선하게 보존되는 것이니까. 그러다 때가 되면 다시금 우리 곁으로 돌아오는 거야. 어쨌거나 그런 이유로 다음 세기에는 이 세계를 찾아오는 모든 인간들을 따뜻하게 대해줘야지,라고 나는 생각했다. 추웠을 테니까. 많이 추웠을 테니까 말이다.
>
> — 박민규 「카스테라」 33쪽

살다보면 환멸을 느끼게 마련이다. 과거를 더듬어보면 자기연민에 빠지기 십상이다. 상처를 주었던 과거와 부당한 현실에 대해 성난 얼굴로 돌아볼 수 있다. 그럼에도 불구하고, 김애란과 박민규의 소설은 다른 표정을 보여주려고 한다. 그것이 울음 끝의 웃음이든, 울기 직전의 웃음이든 세상을 대하는 다른 표정을 보여준다. 냉정과 열정 사이에 온기가 있다. 소설은 당신에게 그것을 전하고자 한다.

자명한 환상

— 황정은 『일곱시 삼십이분 코끼리 열차』(문학동네, 2008)

옷장 속 괴물은 어쩌다 탄생하는가?

컴컴한 밤, 아이가 눈을 뜬다. 깨지도 잠들지도 않은 희박한 상태다. 무슨 소리가 들린다. 누운 채 방안을 둘러본다. 어둠 속에서 벽에 걸린 모자, 문짝, 장롱은 어렴풋하다. "정보의 여백이 상상력을 자극해" 고통스럽다. 문득 장롱문이 열리고 뭔가 와락 쏟아져나올 것만 같다, 이름도 형체도 없는 뭔가가. 아이의 입이 달싹거리고 가슴은 들썩댄다. 장롱문에 옷자락이 끼어 있다. 뭔가의 꼬리 같다. 머릿속으로 몸통까지 그려진다. 정말, 문이 열리고 뭔가 튀어나온다.

김애란 소설의 첫 문장은 느닷없다. 「문」은 'm의 등 뒤에는 남이 볼 수 없는 문이 하나 있었다'로, 「모자」는 '세 남매의 아버지는 자주 모자가 되었다'로 시작한다. 소설 초반부에 터무니없는 상황부터 들이민다. 「곡도와 살고 있다」는 P가 출장선물이랍시고 곡도를 내미는 데서, 「오뚝이와 지빠귀」는 기조가 자기 몸이 줄어든 걸 발견하는 데서 시작된다. 비현실과 현실의 문턱이 없다. '어느 날 아침 불안한 잠에서 깨어난 그레고르 잠자는 자신이 벌레가 되었다는 것을 발견했다'는 식이다.

황당무계한 상황에서 소설은 출발하고, 작가는 시치미를 떼고 환상을 부풀려나간다. 「오뚝이와 지빠귀」의 은행원 기조는 몸이 준다. 오뚝이가 되어간다. 마침내 오뚝이가 되었다. 지켜보는 구도마저 오뚝이가 되려는 데서 소설은 끝난다. 작가는 꿋꿋하게 이런 당혹스런 설정을 밀고 나간다. 탁구공처럼 오가는 짤막한 대사와 단문은 속도를 높인다. 독자는 어리둥절할 짬도 없이 빨려 들어간다.

소설 속 등장인물들마저 이 황당무계에 협조한다. 괴이쩍은 애완동물 '곡도'가 소란을 피운다. 아랫집 사람이 올라온다. '들통나겠다' 독자는 조마조마해 한다. 허나 아랫집 여자는 원숭이를 닮은 곡도를 기른단다. 택배기사는 거실을 꽉 채운 풀pool을 보고 담담하게 저런 건 얼마냐고 묻는다. 이웃은 모자가 된 아버지를 봐도 놀라지 않는다. 대신 남들이 보는데서 모자가 되는 건 '바람직하지 않다'고만 한다. 환상은 깨지지 않는다. 일상인 듯 받아들여진다. 걸림돌 없는 환상은 점점 몸을 부풀린다. 참신한 비유와 생생한 묘사가 환상을 그럴듯하게 만든다. 풀 속을 채운 물은 '시끄러운 고요'요, 지하철에서 떨어지는 남자는 '사과' 같단다.

아버지는 왜 모자가 되는가, 어째서 문으로 죽은 사람이 드나드는가, 체셔는 왜 젤라틴 모기 속에서 허우적거리나? 작가는 그 까닭을 구구절절하게 밝히지 않지만 짐작해봄직하다. 아버지가 모자가 되는 상황을 짚어보자. 아버지는 자신이 무력하다 느낄 때, 무용지물처럼 여겨질 때, 쥐구멍으로 숨는 대신 모자가 된다. 이치를 따지자면 허무맹랑하지만, 정서적으로는 그럼직하다.

그렇다면 질문의 방향을 바꿀 필요가 있다. 작가는 왜 이런 환상을 끌어온 걸까. 「소년」과 「일곱시 삼십이분 코끼리 열차」는 상처받은 내면을 다룬다. 다루는 방식은 제각각이다. 「소년」은 환상 없이 그 분노를 따라간다. 잔혹한 풍경이 리얼하게 그려진다. 소년은 돈을 훔치고 병아리를 사지로 내몰고 동생만 떠나보낸다. 탈출구 없이 홀로 남는다. 소년은 "자기 내부의 잔혹한 풍경과 거리를 둘 수 없었다." 반면 「일곱시 삼십이분 코끼리 열차」의 '나'는 자신의 분노를 '다트'로 형상화한다. 가운데가 두툼한, 붉고 단단한 다트라고 생생히 그려내지만 그 다트는 실제로는 존재하지 않는다. 내 '속'에만 있다. 환상의 다트로는 아무도 해칠 수 없다. 허나 "다트가 있고, 그걸 지켜보는 내가 있어. 잔혹한 방법으로 어딘가에 보복하고 싶어하는 내가 있고, 그걸 하지 않는 내가 있어. 외삼촌과 나는 바로 여기서 구별되는 거야. (…) 자기 속에 그런 게 어디 있는지 모르거나 그런 걸 충분히 보려고 하지 않는 인간들은, 자기가 받은 고통스러운 경험을 남에게 되풀이하는 거야."

내면에 뭔가 들끓는다. 실제實際하지 않지만 실재實在한다. 두려움, 불안, 적의 같은 것을 담은 자신이 두렵다. 그 덩어리들을 어떻게든 내 '밖'으로 꺼내야 한다. 볼 수 있거나 말을 걸 수 있는 뭔가로 만들어야 한다. 정말로 두려운 것은 뭔지 모를 것들이다. 몸을 주고 이름을 붙여주어야 한다. 정체불명인 채 남겨두면 안 된다. "동물들이 사람들이 붙인 이름이 적힌 우리 안에서 온순하게 살고 있는 것, 그런 걸 보고 싶었어."

「모기씨」의 주인공은 엄마도 아빠도 없는 체셔다. 하반신이 마비되어 침대에서 옴짝달싹 못한다. 체셔는 누워 얼룩을 본다. 체셔가 그걸 모기라고 생각한 순간 얼룩은 모기가 되었다. 눈 코 입이 없잖아, 라고 생각하니 눈 코 입이 생겨났다. 체셔는 모기가 환영이란 걸 안다. 사라지라고 하자 모기는 '네가 나를 만들었다'고 한다. 모기는 사라지고, 임금체불로 간병인 미오마저 떠난다. 홀로 남은 체셔는 냉장고로 기어가 계란을 깨먹는다. "계란을 모두 먹어버리기 전에 누군가 왔으면 좋겠다는 생각을 체셔는 하고 있었다. 그게 모기라도 나쁘지는 않을 것 같았다."

체셔는 현실을 바꿀 아무런 힘이 없다. 중력처럼 부가된 현실을 감당할 밖에 없다. 은행원 기조씨도, 모자가 되는 아버지도, 할머니를 잃고 자살을 목도한 '나'도, 외삼촌에게 시달렸던 '파씨'도 마찬가지다. 달리 어쩔 도리가 없다. 그러니 어쩜 환상. 하여 '쓸쓸'하다. 희로애락보다 희박하지만 절절한 감정, 쓸쓸함이 이 환상들의 배음背音이다. "다트는 굉장해 그것을 계속 들여다보고 있는 나도 굉장해. 그런데 이것은 좀 쓸쓸한 얘기야."

살아 있는 시체의 나날

— 권여선 『분홍 리본의 시절』(창비, 2007)

살아 있는 시체를 좀비Zombie라 한다.

아이티의 부두교에서 행해졌다는 좀비 제작과정은 이러하다. 흑마술사는 마약으로 희생자를 가사 상태에 빠뜨려 의사에게 사망 통보를 받아낸다. 매장된 시체는 파헤쳐져 악덕 농장주에게 팔린다. 농장주들은 이들이 탈주하지 못하게 정기적으로 약물을 투여하고, 기억을 잃어버린 그들은 넋 나간 얼굴로 농장 주변을 어슬렁거린다.

기억을 잃은 좀비들에게는 어제와 오늘과 내일은 아무런 차이가 없다. 시간은 직선으로 뻗지 않고 한 덩어리로 뭉쳐진다. 이미 죽은 좀비의 삶은 시간의 흐름과 무관하다. 과거가 현재를 만들고 현재로 미래를 만들어나가는 시간의 축적은 불가능하다. 단지 반복만이 남아 있다.

이곳에서 오래 살다보면 햇수나 나이처럼 정수로 분절되는 시간의 간격은 아무 의미가 없었다. 솔향기 식구들에게는 시간의식이 없었다. 다만 손님들의 일정과 들고남이 공허한 시간 위에 작은 홈을 파놓고 사라질 뿐이었다. 이곳에서 시간은 휘돌고 엉키고 겹쳐지며 맴돌았다. (144쪽)

「솔숲 사이로」의 단식원 솔향기의 직원들은 시간이 지나면 윗세대의 직위를 물려받는다. 그들은 전직들과 점점 닮아간다. 개체가 가진 개별성은 사라지고 직위와 역할만 남는 것이다. '오래 전부터 영양사도 지금의 원장을 선생님이라고 불러왔고, 그때 영양사였던 원장도 지금껏 그녀를 막내라고 부르고 있다. 호칭은 그녀들 셋을 사슬처럼 연결하고 있다.'(128쪽) 개인은 한 공동체가 굴러갈 수 있게 하는 톱니바퀴에 지나지 않는다. 그들의 변별성은 사라지고 없다. 소설 속의 시간은 뒤엉켜 있다. 사내의 등장은 그들의 시간을 잠시 엉클어뜨리지만 그들은 곧 제자리를 찾아간다.

「반죽의 형상」에서 '나'는 동일한 버스의 궤도를 맴돈다. 「가을이 오면」의 '그녀'도 무더위의 시장 골목을 그냥 돌고 있다. 변별성을 잃고 같은 궤도를 그리는 삶은 끔찍하다.

만일 삶이 끝날 때까지 그렇게 규칙적인 고통의 순환 속에 갇혀 살아야 한다면 인간은 미치거나 목을 매지 않을까. 죽음을 몰라 죽음을 향해 치달려가지도 못하는 곰의 황폐한 절망감을 생각하자 나는 자살을 할 줄 안다는 게 얼마나 큰 은총인지를 절감했다. (66쪽)

소설 속 등장인물들은 어슷비슷하게 자폐적이다. 유폐생활을 자처하며 서울 밖 오피스텔에 거처를 정한 「분홍 리본의 시절」의 '나'와 옥탑방에서 근근이 생활하는 「가을이 오면」의 '그녀', 「약콩이 끓는 동안」의 윤 양은 닮은꼴이다. 외부와 절연된 「솔숲 사이로」의 공동체 사람들도 매한가지다. 「문상」의 '나'는 자신을 '세상 어떤 것으로부터 모욕당하지 않기 위해 결벽하게 분투하는 무능하고 쓸쓸한 사내'라고 정의한다. 소설 속의 등장인물들은 너나없이 자기 세계에 유폐되어 같은 궤도를 돈다.

> 언젠가 한번 들어본 듯도 하고 아닌 듯도 한 얘기들이 선배의 입에서 끊임없이 흘러나왔다. 한판 붙은 편집위원과 한 사무실을 쓰던 그 무렵에만 해도 시큰둥하게 이 말만 되풀이하던 그가.
> "돌아보면 잡히는 게 없어, 잡히는 게." (57~58쪽)

순환하는 지루한 삶 속에서 이들은 탈출구를 발견하지 못하고 있다. 니체의 『즐거운 지식』에서 악마는 이렇게 속삭인다. "네가 현재 살고 있고 지금까지 살아온 생을 다시 한번, 나아가 수없이 몇 번이고 다시 살아야 한다. 거기에는 무엇 하나 새로운 것이 없을 것이다. 일체의 고통과 기쁨, 일체의 사념과 탄식, 너의 생애의 일일이 열거키 힘든 크고 작은 일이 다시금 되풀이된다."

그런데도 너는 또 살아볼 것이냐? 죽은 듯 사는 삶을 거푸 반복하는 것이 무슨 의미가 있겠는가. '삶' 이후의 삶은 시간을 죽이기와 다를 바 없다.

좀비의 일기장

나날을 적는 일기는 반성으로 마무리되곤 한다. 그러나 기억이 없는 좀비들은 반성할 수 없다. 반성은 지난 날의 자신을 현재의 내가 되돌아보는 행위다. 그런데 비교해볼 만한 과거의 경험치가 사라졌으니 오로지 '현재'만 기록될 뿐이다. 조각을 잇대 전체를 보는 성찰도 불가능하다. 갱신은 불가능하고 단지 반복만이 가능하다. 그들은 이미 죽었기에 미래의 생에 대해 어떤 희망도 발견하지 못한다. '절망에 입혀진 달콤한 허세, 무력감 탓에 빠르고 커지던 목소리, 가슴 저리도록 절제되어 드러나던 한탄과 회한도 이제 그의 인생 저 너머로 사라져버린 것이다.'(217쪽) 희망 없는 삶을 꾸역꾸역 견뎌내는 생은 생생하게 혐오스럽다. 어슷비슷한 하루하루가 그대로 반복된다. 이 좀비와 저 좀비의 하루는 그다지 다를 바가 없다. 좀비의 일기장만큼 지루한 읽을거리는 찾기 힘들 것이다.

> 노인들이나 폐인들은 집요하게 현재적이었다. 죽음에 가까울수록 그들은 현재에만, 오직 찰나에만 집착했다. 그렇게 기억의 보따리가 지나치리만큼 가벼워져 거의 비인간에 가까워진 종족을 일컬어 '보보끄' 또는 '보보보끄'라고 부른다. (102~103쪽)

생은 없고, 죽음을 향한 유예기간만이 남았다. 그 시간을 어떻게 감당할 것인가. 「약콩이 끓는 동안」에 등장하는 김 교수의 아들들은 농담을 주고받는다. 그들은 부조리한 말장난으로 하루하루를 죽어간다. 반신불수의 아버지와 백수인 두 아들은 '죽은 자'들이다. 더 이상의 삶에 기대할 바도 없고 더 살아봤자 좋은 꼴을 보긴 글렀다. 그들은 악의적인 농담과 말장난으로 공허를 메운다. 각성의 순간은 찾아오지 않는다. 단지 죽음을 유예시키는 놀이만이 남아 있다. 김 교수는 아들들이 나름대로 '내핍'하고 있다고 말한다.

살아 있다는 것을 확인하기 위해 자학도 일삼는다. 사회적 관계나 타인과의 소통 대신 고통으로 자신의 존재를 확인하려 든다. '세상을 천국으로 만드는 가장 좋은 방법은 그녀 내부를 불지옥으로 만드는 것이었다. 지옥의 눈으로 보면 세상은 그지없이 평온하고 아름다웠다.'(40쪽)

「반죽의 형상」의 대식증에 걸린 나는 꾸역꾸역 먹어치운다. 단짝 친구와의 관계가 삐걱거린다. 사람과 사람의 관계는 제 뜻대로 할 수가 없다. 대신 그녀는 자기 몸을 부풀린다.

> N은 내게 무심했고 나는 N을 경멸했지만 정말 처음부터 그랬던 건 아니었다. 거식과 대식처럼 무심과 경멸은 나와 N, N과 나 사이의 방어막이었다. (173쪽)

혹은, 그저 시간이 모든 것을 해결해주기를 기다린다. 「약콩이 끓는 동안」은 이런 속절없는 기다림의 자세를 보여준다. 가정부 순천댁은 발정난 돼지를 가라앉히는 효능이 있다는 약콩을 끓인다. 성욕은 삶에 대한 욕망이다. 반신불수인 김 교수가 여전히 버리지 못하는 그 욕망을 다스리기 위해 순천댁은 약콩을 끓여댄다. 약콩이 끓는 동안 살아오며 맺히고 응어리져 약콩처럼 딴딴해졌던 마음 고갱이가 다 물러터지기를 바랄 뿐이다. 이런 몰락 후에 하염없는 기다림의 시간은 「가을이 오면」에도 등장한다.

> 그녀는 아픈 발목을 주무르며 조금만 더 기다려보기로 했다. 떠난 남자를, 끊어진 막차를, 등록도 못한 가을 학기를, 그녀에게는 결코 주어지지 않을 여대생 기숙사 입주권을, 상상의 전령사가 보내올 또 다른 가공할 소식을, 조금만 더, 조금만 더. (41쪽)

그러나 이 기다림은 찰나의 유예일 뿐이다. 지루한 순환의 고리를 끊기 위한 단호한 칼질이 필요하다. 「반죽의 형상」에서 '나'는 결투를 신청한다. 결투의 대상은 거울에 비친 '나'의 형상을 가진 'N'이다. 한 삶을 매듭짓고 다른 삶으로 나가기 위해서는 '극적인' 탈출구를 마련해야 한다. 순환을 매듭지을 결연함이 요구된다.

좀비들은 자신이 죽어 있다는 것을 생생하게 보여줄 어떤 순간을 기다린다. 노역에서 벗어날 죽음을 선고해줄 존재를 갈망한다. 지루한 지속보다는 차라리 파국을 기원하는 것이다. 「문상」의 '나'는 지극히 혐오스러워하는 우정미와 관계를 맺는다. 그는 자신이 덫에 치였다고 생각한다. 하지만,

> 덫은 치인 부분은 묶지만 나머지는 푼다. 사람들은 겉으로 반석 같은 균형을 구하는 척 살고 있지만 실은 극도의 혼돈과 파열을 간절히 바라는지도 모른다. 공들여 얻은 안정이란 오로지 그것을 초개같이 내버리는 순간을 위해서만 존재한다. (200쪽)

파국이 찾아와 지리멸렬한 반죽음 상태를 종결지어주길 원한다. 「가을이 오면」의 그녀가 어머니와 남자에게 쏟아내는 악다구니도 파국에 대한 열망에서 비롯된다. 미지근한 유예기간을 끝내고 제 발로 사형대로 걸어가고자 한다. 「위험한 산책」은 불륜관계의 남녀가 등장한다. 그들의 만남은 음식을 나눠먹고 수다를 떠는 '산책'과 같다. 여타의 불륜이 내포하는 아슬아슬한 요소를 찾을 수 없다. 끓어넘치는 열정과는 무관하다. 하물며 그들의 관계는 남편마저 알고 있는 터다. 그러나 파국은 뜻하지 않은 데서 찾아왔다. 놀이터에 앉아 있는 그녀에게 괴한이 나타

난다. 등 뒤에서 강한 근육질의 팔이 그녀의 입을 틀어막고 그녀의 허리를 뜨겁게 감싸안았다. 괴한을 보는 그녀의 '표정이 일순 봄꽃처럼 피어났다'. 불시에 일어난 폭력이 일상을 거칠게 종결짓는다. 이런 파국은 가사假死 상태를 매듭짓고자 하는 의지에서 비롯된다.

'생'의 후일담

첫 번째 단편집 『처녀치마』의 해설에서 평론가 이수형은 이 소설집의 등장인물들은 작가와 동년배라는 점에서 작가의 경험이 투영된 반영물이며, 사회변혁운동에 자신의 열정을 투여했던 386세대의 후일담을 짊어지기도 했다고 말했다. 이러한 후일담적 성격은 『분홍 리본의 시절』에서도 발견할 수 있다. 그러나 이 소설집은 한 세대에 국한된 후일담이 아니라, 열정이 사라진 뒤 남은 생을 견뎌가는 사람 모두를 아우른다. 386세대의 후일담은 삶의 열정을 잃고 지루한 일상을 견디는 모든 사람들의 '생'의 후일담으로 확대되는 것이다.

후일담은 반추의 기록이다. '그때'의 경험과 느낌을 되짚어본다는 의미를 가진다. 어떤 사건을 경험했을 때 당시에는 사건에 대한 '느낌'만 지닐 수 있다. 그러나 시간이 흘러 그 사건을 반추하면 사건이 가진 의미를 되새겨 볼 수 있다.

> 앎이나 깨달음은 늘 그렇게, 한 발짝 늦게 그녀를 찾아왔다. 똑같은 거리가 등하교 때마다 오 분 가량 차이나듯, 그녀가 아무리 아등바등 따라잡으려 해도 삶과 그녀의 박자도 그렇게 어긋났다. (19쪽)

알아듣지 못하는 이국의 언어는 노래처럼 들린다. 도통 의미를 파악할 수 없다. 일정한 수련의 시간이 있어야 의미를 알아챌 수 있다. 과거의 느낌과 경험도 마찬가지다. 그것의 의미를 파악하는 데는 일정한 시간이 필요하다. 그것을 해석할 수 있는 방법을 익히는 수련이 요구된다. 그 사건을 해석할 수 있는 눈을 가져야 한다. 또한 그 시간은 경험의 생생함이 주는 과잉에서 벗어나게 해주는 '냉각기간'이 필요하다. 권여선의 소설은 낭만 없이 그 시절을 직시한다. '감정 과잉'이란 후일 소설이 가지기 쉬운 약점에서 비껴선다.

좀비의 일기장에서 행복, 사랑, 희망 등 달착지근한 말은 찾기 어려울 것이다. 이미 한번 죽어본 자들에게 그런 말들은 심드렁하다. 권여선의 소설에서 교훈이나 계몽, 감동 따위를 기대하면 곤란하다. 작가는 화려한 무대 뒤편의 앙상하고 볼품없는 골조를 드러내 보여준다. 까발리고 조롱한다. 이를테면 중산층의 허울 좋은 채식주의에 대해,

> 선배는 여전히 육류를 즐기지 않는 편이라고 주장했고, 선배의 아내는 그래도 자기가 남편보다 잘 먹는 편이라고 조심스레 거들었다. 그들 부부에게 육류를 즐긴다 함은 거의 매끼 고기를 먹지 않으면 돌아버리는 지경을 의미하는 듯했다. (…) 중산층의 표지는 육류를 즐기지 않는 데 있다기보다는 육류를 즐기지 않는다고 말하는 데 있는 모양이었다. (50쪽)

볼썽사나운 인물들에 대한 묘사는 생생하여 독자의 비위를 거스른다. 「가을이 오면」의 곰보이며 째보에 히스테리 환자인 로라, 「문상」의 어떤 여자와 잤어요,라고 지겹게 물어대고 거웃털로 화환을 만드는 우영미는 거북스럽다. 또한 환상이 개입할 여지도 남기지 않고 치기어린 멜랑콜리를 배격한다. 사랑이 등장해도 낭만이나 환상이 개입할 여지가 없다.

감정의 과잉 부분에 메스를 댄다. 이런 칼날을 타인뿐만 아니라 자기에게도 겨눈다. 자기연민도 없다.

> '언니라고 살갑게 부르면서 선배의 아내를 기망한 나. 호시탐탐 선배에게 가랑이짓을 한 나. 섹스광인 수림을 한없이 증오하면서도 온 정력을 다해 질투한 나. 모든 정보를 모른 척 누설한 나. 고립이라는 명분 뒤에서 늘 추잡한 연루를 꿈꾸어온 나.' (76~77쪽)

이 서늘한 자기 해부는 독자를 불편하게 만든다. 자신이 이미 죽었음을 깨닫는 순간, 좀비는 어떤 표정을 지을까? 이 좀비는 자신을 비추던 거울을 독자에게 들이대며 이렇게 묻는다.

> 네가 진정 가슴을 치고 울어본 적이 있느냐. 남자나 실연 때문이 아니라 네 하찮음, 네 우열함, 네 교정되지 않는 악마성 때문에 입술이 새파래지도록 삶을 저주해본 적이 있느냐. 밑바닥까지 가라앉아 죽음밖에, 그 무서운 백지의 차원밖에 남지 않았음을 절감해본 적이 있느냐. 하루하루 아침에 눈을 뜨는 것이 지옥인 시체의 삶을 살아본 적이 있느냐. 그것 없이는 살 수도 없고 죽을 수도 없는 단장의 관념을 가져본 적이 있느냐. 없겠지. (75~76쪽)

시취를 풍기는 권여선의 소설은 삶의 모든 환상에 서늘히 메스를 들이댄다. 좀비가 보낸 초대장은 시취로 가득하다. 자비없는 세상을 까발린다. 그런데, '이미 죽은 자'들은 어떻게 살 수 있을까. 무엇이 그들을 구원할 수 있을까.

비루한 일상, 도도한 생활

— 김애란 『침이 고인다』(문학과지성사, 2008)

『침이 고인다』는 첫 소설집 『달려라, 아비』로 평단과 독자의 주목을 받았던 김애란의 두 번째 작품집이다. 김애란은 진중함과 발랄함을 동시에 지닌 작가다. 생을 보는 시선은 진지하되, 그것을 소설화시키는 방식은 참신하다. 그 상반되는 요소의 기묘한 조화가 그녀 소설의 매력이다. 김애란의 소설은 수난의 가족사나 일상의 곤궁함을 경쾌하게 들어올린다. 이를테면, 보증을 잘못선 아버지 탓에 부도가 났다. 차압 딱지가 집안 곳곳에 붙고 값나가는 가재도구들이 팔려나간다. 아빠는 달아나고 언니는 휴학계를 내고 내 피아노는 빚탕감을 위해 끌려나가게 생겼다. 곡소리가 절로 나올 만큼 암담한 상황이다. 상황이 심각한 만큼 소설도 의당 이를 심각하게 다루어야 할 듯싶다. 그러나 작가는 시치미 떼고 이 당연한 공식에서 엇나간다.

아빠는 오토바이 '쇼바'를 잔뜩 올린 채 도로 위를 달리며 울고 있었다. 아빠는 오토바이 속도가 최절정에 다다랐을 때, 앞바퀴를 들며 "얘들아 너흰 절대 보증서지 마!" 오열했고, 비닐하우스 옆에서 머리를 조아리며 속도위반 딱지를 뗐다고 했다. 벌금은 고스란히 만두가게서 일하는 엄마 앞으로 전가됐다.

—「도도한 생활」 22쪽

김애란은 상황에 대해 진부한 해석을 거부한다. 상황에 대한 생뚱한 반응은 소설에 생기를 불어넣는다.

정보원은 수첩 위에 '몸이 약해서리'라고 적은 뒤, 볼펜을 주머니에 넣었다. 그런 뒤 가장 중요한 질문은 따로 있었다는 듯 물었다.

"그런데 여기, 회 잘 뜨는 집이 어디입니까?"

—「플라이데이리코더」 271쪽

이렇듯 뒤통수치는 장면들이 소설집 곳곳에 등장한다. 이런 상황에 대한 진부하지 않은 해석과 반전들이 소설에 탄력을 준다. 아버지가 구치소에 들어가자 딸은 '아빠 콩 좋아했잖아' 의뭉을 떤다. 생뚱맞고 엉뚱하다. 진지 대신 딴전으로 대응한다. 가족들은 텔레비전에 구치소가 나오면 '하하하' 웃으며 채널을 돌린다. 이런 발랄한 어긋남은 어디로 튈지 모르는 공처럼 읽는 재미를 배가시킨다. 더불어 발랄하고 참신한 비유들도 글맛을 살린다. 고시원에 놓인 슬리퍼는 추레하다. 그러나 '충치를 앓는 환자처럼 빨간 리본을 동여맨 삼선 슬리퍼'는 깜찍하다. '여자의 옷차림은 스카프를 둘러맨 오리처럼 어정쩡한 구석이 있었다.' '그녀는 주인공의 죽음을 기다리는 독자처럼, 후배가 저지르는 작은 실수들을 숨죽여 기다리게 되었다.' 작가가 고안해낸 갖가지 비유들은 대상을 낯설게 보게 만든다. 상황에 대한 남다른 해석과 참신한 비유가 진부한 상황에 생기를 불어넣어주는 것이다.

이 작품집 속 인물들의 삶은 하나같이 팍팍하다. 재수생, 실직자, 취업준비생, 9급 공무원 준비생, 방 한 칸에 사는 오누이, 광복절 날 피곤한 몸을 이끌고 이어달리기를 하고 꼭짓점 댄스를 춰야 하는 학원 강사 등은 근근이 살아간다. 소설이 배경으로 삼는 공간도 신림동 고시촌, 영등포 여인숙, 노량진 재수학원, 회기역, 개봉동 이모집 등 서울 변두리에서 맴돈다. 언저리의 삶에서 벗어날 출구는 보이지 않는다. 옥탑방에서 반지하방으로 이사 가듯, 이 언저리에서 다른 언저리로 옮겨갈 뿐이다. 삶은 좀처럼 업그레이드되지 않고, 해 뜰 날은 기약 없다.

그들의 하루하루는 다들 어슷비슷하다. 해마다 재탕되는 성탄 특선 영화처럼 지루하다. 맥컬리 컬킨이 비명을 지르는 것은 도둑 때문이 아니라, 지겨워서란다. 생은 좀처럼 나아질 기미가 없다. 재수생활을 털고 대학에 들어가면 만사가 해결될 줄 알았는데 취업이 안 된다. '모든 것이 빨리 끝나버렸으면 좋겠는 재수생활을 끝냈다. 그러나 생은 별반 달라진 것이 없다.' 63빌딩처럼 수직상승하는 대신 국철에 올라탄 듯 노량진에서의 재수생활로 취업재수생 시절의 현재로 평행 이동할 뿐이다. 직장을 얻으면 남들처럼 크리스마스를 그럴싸하게 보낼 줄 알았는데 서울 시내를 아무리 싸돌아다녀도 모텔에도 방 한 칸을 잡기도 어렵다. 누구에게나 언제나, 삶은 그런 삶을 감당하는 것이다.

신림동 고시 인구가 2만 명 정도 된다던데. 여기를 지나간 이들 모두가 일제히 숨죽이며 살았겠구나. 2만 명의 침묵, 2만 명의 뒤꿈치, 2만 명의 불면이 잘 그려지지 않는다. 그게 어떤 공간에서 동시에 일어나고 있다는 것이. 그리고 몇 십 년간 반복되었다는 것이.

—「기도」 203쪽

낙관의 증거는 도통 없고, 희망의 조짐도 딱히 없다. '삶이 그대를 속일지라도, 슬퍼하거나 노하지 말라. 슬픈 날을 참고 견디면 즐거운 날이 오고야 말리니'라는 푸시킨의 시구가 무색하다. 이 모든 것이 '지나간다'는 데서 가까스로 안도할 뿐이다. 삶은 그저 묵묵히 견디는 것이다. 삶이 진행형이기에 삶의 고민도 계속 이어진다. 살아 있는 한 삶이 만만해지는 순간은 영영 오지 않을 것 같다. 하지만 김애란 소설의 주인공들은 부지런히 '고민한다'. 다들 삶의 자잘한 고민거리들을 끌어안고 있다. '죽느냐, 사느냐 그것이 문제로다'와 같은 거창한 번민과는 거리가 있다. 그들의 고민들은 사소하고 우리에게 익숙한 것들이다. 「침이 고인다」의 주인공은 아침에 일어나 잠자리에서 뒤척이며 이런 고민을 한다. 지각이다, 피곤하다, 더 잘까? 지각하면 벌금이다. 그런데 정말 피곤하다. 벌금을 내고 좀 더 잘까. 잔다면 얼마나 더 잘 수 있을까?

누구나 해봤음직한 고민이다. 좋아하는 남자를 둔 여자의 이런 고민도 낯설지 않다.

'그보다는 지금이 그런 얘기를 하기에 적당한 때인가? 이 사람, 자꾸 옛날 얘기를 하는 걸 보니 나를 부드럽게 밀어내고 있는 것은 아닐까? 그만큼 내가 편하다는 뜻일까? 내일 영화를 보자고 해볼까? 그건 너무 상투적이지

않을까? 그러나 이럴 때일수록 상투적인 게 최고가 아닐까?'

—「네모난 자리들」 237쪽

이런 고민거리를 안고 있는 주인공들이 품은 희망도 소박하다. 10년 만에 10억 만들기와 같은 배포 좋은 야심을 품고 있지도 않다. 그저 남들처럼만 살고프다. 「도도한 생활」의 엄마가 딸에게 피아노를 사준 것은 딸을 피아니스트로 만들고 싶어서가 아니라, 어떤 '보통'의 기준을 따라가고 싶어서였다. 도도한 생활을 꿈꾸지만, 그런 꿈은 이내 접어야 한다. 그들은 그저 의식주가 해결되기를 원한다. 먹고 자는 문제를 해결하는 것이 급선무다. 두 다리 뻗고 잠잘 수 있는 곳, 애인과 속편하게 몸을 섞을 수 있는 방 한 칸을 마련하는 것이 우선이다. 아주 기본적이고 자연스러운 인간의 본능을 채우는 것, 벌어먹고 사는 일도 수월치 않다. 기본적인 욕구의 충족, 남들만큼 사는 것도 만만치 않다.

김애란 소설에는 시련을 이겨내고 성공을 거머쥐는 영웅은 등장하지 않는다. 여느 갑남을녀들, 일상인들의 삶을 다룬다. 일상의 비루함과 삶의 팍팍함은 '나' 혼자만 걸머지고 있는 문제가 아니다.

'나는 자꾸만 주변부로 밀려났다. 나는 수학이 약하니까 꼭 들어야 하는데. 지난 달 수업이랑 이어지니까 정말 꼭 들어야 하는데. 하지만 그곳에 있던 천여 명의 사람들에게도 그 수업을 꼭 들어야만 하는 이유가 있었을 것이다.'

—「자오선을 지나갈 때」 140쪽

누구나 다 힘드니, 나만 특별히 힘들다고 엄살을 떨 수도 없다. 팍팍한 삶의 조건을 공유하고 있는 사람들끼리는 서로를 배려한다. 동병상련의 연대감이다. 일상적인 배려, 사소한 따뜻함으로 팍팍한 삶을 견디는 것이다. 상처자리를 서로 보듬어주고, 상대의 마음자리를 헤아려 할 말 못할 말을 고른다.

> 동생은 민망해질 상황이면 사내에게 재빨리 농담을 건넸다. 혹은 대놓고 핀잔을 주기도 했다. (…) 나중에는 그 뻔뻔함이 얼마나 큰 배려인지 알게 되었다. 그것은 두 사람이 함께 살아갈 수 있는 지혜이기도 했다.
>
> —「성탄전야」85쪽

국숫집의 엄마에게 가장 깊은 인상을 주었던 손님은 혹시 식을까봐 자기 맞은편 국수에 빈 그릇을 엎어놓았던 사내였다. 뒤이어 나타난 여자와 그는 머리를 맞대고 조용하고 친밀하게 국수를 먹었다.

허나 남을 무조건 배려한다는 것이 실제로는 쉽지 않다. 이 소설집의 표제작 「침이 고인다」는 그런 배려의 한계를 보여준다. 학원 강사인 화자는 갈 데 없는 후배를 방에 맞아들인다. 하룻밤 재워달라는 나그네처럼 급작스레 나타난 후배는 그녀에게 어린 시절 도서관에서 버려졌던 이야기를 들려준다. 이런 고백은 상당히 부담스럽다. '그녀는 뭔가 참 익숙한 이야기를 듣게 되는구나 싶어, 그것이 익숙하다는 이유만으로 후배의 불행과 상관없이 좀 피곤한 느낌이 들었다.' 후배는 엄마가 그때 건네줬던 인삼 껌을 반으로 나누어 그녀에게 건네준다. 거짓말 같다. 그러나 그것이 사실이냐 아니냐는 중요하지 않다. 후배의 이야기는 그녀의 마음을 움직였다. 후배가 마지막으로 했던 한마디 때문에 '나'는 그녀와 동거를 하게 된다.

그날 이후로 사라진 어머니를 생각하거나, 깊이 사랑했던 사람들과 헤어져야 했을 때는 말이에요. "지금도 침이 고여요."(61쪽)

후배는 자신의 상처에 '관습적'으로 반응하지 않았다. 침이 고인다는 것은 즉물적이고 본능적인 반응이다. 관념적인 말로 상처를 과대포장하지 않은 것에 화자의 마음이 움직인 것이다.

그러나 타인을 얼마 동안, 얼마만큼 받아들일 수 있을까. 배려와 환대가 말만큼 만만치 않다. 동거는 3개월 동안 지속된다. 그러나 남과 산다는 게 쉬운 일은 아니다. 일상의 습관, 관계의 습관, 그 습관을 예상하는 습관까지 생긴다. 더군다나 후배가 자꾸 자신을 닮아가는 것이 뵈기 싫다. 학원버스 기사가 연단에 올라가 지루하고 식상한 〈남행열차〉를 불렀을 때 그녀는 '왠지 후배와 그만 살고 싶다는 마음이 들었다'. 이별을 통고하자 후배는 묵묵히 짐을 싸서 나간다. "어쩌면 처음 해보는 남의집살이가 불편해 최대한 천천히 걸음을 옮기고 있었는지도 몰랐다. 그것은 누구의 잘못도 아니었고, 누군가와 함께 산다는 건 서로를 조금씩 견디는 일이라는 걸 알고 있었으면서도."(223쪽)

어쩔 수 없었다. 배려에도 유통기한이 정해져 있다. 한때의 공감과 한때의 배려만 가능하다. 자신의 개인적인 공간에 남을 들인다는 것은 쉽지 않은 일이다. 무조건적인 환대와 기한 없는 배려는 보살이나 성녀에게나 가능한 일이다. 일상적인 인간은 그럴 수가 없다. 어떤 의미에서 타인에 대해 배려를 해야 한다는 강박은 자기 자신에 대한 배려에서 어긋난다. 자기 검열과 배려의 강요는 내 삶을 힘들게 만든다. '나 스스로 누군가를 편안하게 해줘야 한다는 오래된 배려심이랄까, 그런 습관에 쫓기는 기분이다.'(209쪽) 배려에 유효기간을 두고, 한계를 그어주는 것이 나와 남 모두를 배려해줄 수 있는 방편은 아닐까? 홀로 남은 그녀는 다만 후배가 건네준 인삼 껌 반쪽을 씹는다.

첫 소설집의 중심에 '아빠'가 있었다면, 이번 소설집은 '엄마'의 삶에 주목한다. 「달려라, 아비」에서 집을 뛰쳐나간 아버지에게 선글라스를 씌워 달음박질치게 했다면 이 소설집의 「칼자국」에서 '나'는 죽은 엄마의 칼로 사과를 깎아 먹는다. 소설 속의 어머니는 늘 칼을 쥐고 있었다. 칼은 누구의 손에, 어떤 의도로 쥐어졌느냐에 따라 쓰임새가 달라진다. 분노와 원한에 사로잡힌 사람에게 칼은 남과 나를 해치는 살상도구다. 반면 엄마에게 칼은 생산의 도구였다. 생활무능력자에 바람까지 피운 남편 대신 엄마는 칼로 국숫집을 꾸려가고 자식에게 음식을 만들어준다. 하여 '어머니의 칼질에는 아무런 망설임도 두려움도 없었다. 그 안에는 오랜 시간 한가지 기술을 터득한 사람의 자부와 먹고살고 있다는 안도와 단순한 일을 반복할 때 나오는 피로가 뒤섞여 있었다.'(155쪽)

엄마는 일상을 감당하고 생활을 떠맡는다. 바람둥이 남편에, 칼국수집을 꾸려나가는 것이 쉬운 일은 아니다. 그러나 엄마는 원한을 품거나 원망을 하는 대신 칼을 잡아 요리한다. 어떤 일이 있어도 '밥을 짓는 것'은 거르지 않았다. 하여 나는,

> 배곯아본 적이 없다는 것을 깨달았다. 궁핍 혹은 넉넉함을 떠나, 말 그대로 누군가의 순수한 허기, 순수한 식욕을 다른 누군가가 수십 년 동안 감당해왔다는 사실이 이상하고 놀라웠던 까닭이다. 생일이면 양지를 찢어 미역국을 끓이고, 구정에는 가래떡을 뽑고, 소풍날은 김밥을, 겨울에는 동치미를 만들어주었다. 그 사이 내 심장과 내 간, 창자와 콩팥은 무럭무럭 자라났다. 음식에 난 칼자국들 역시 내 몸속을 어지럽게 돌아다니며 나를 건드렸다.

—「칼자국」 169쪽

팍팍한 일상을 견디게 해주는 것은, 그럼에도 일상을 감당하고 자신과 타인을 위해 할 만큼 해보는 일이 아닐까. 원한과 분노의 칼을 타인과 자신에게 겨누기보다, 그것으로 따듯한 음식을 만들 듯 말이다. 일상의 비루함 속에서 하루치의 노동을 기어코 감수하고, 그 노동의 결과물로 '먹고사는' 것이 바로 삶에 다름 아니다. 어머니의 장례식을 마치고 임신한 '나'는 칼국숫집으로 돌아와 엄마의 칼로 사과를 깎아 먹는다. 칼자국을 품은 사과조각이 뱃 속의 아이를 기른다. 비루하고 반복적인 일상에서 치러내는 노동으로 우리는 '벌어먹고 산다'. 밥벌이는 피곤하다. 일상의 반복은 우리를 지치게 한다. 그럼에도 불구하고 제 손에 잡은 칼로 또각또각 자기 몫의 삶을 살아가는 것이, 바로 도도한 삶의 방식은 아닐까.

> '피아노 건반의 모양은 똑같았다. 그것은 희거나 검었고, 동일한 크기의 질감을 갖고 있었다. 나는 도의 위치를 자주 잊었다. (…) 그렇게 도를 찾아낸 뒤 할 수 있는 일이란, 고작 도를 다시 치는 일일 수밖에 없었지만. 나는 덩치 크고 내성적인 악기가 처음으로 낸 소리, 완고하고 편안한 그 도—의 울림을 좋아했다.'

—「도도한 생활」 10쪽

오독誤讀과 해독解讀

— 김경욱, 『위험한 독서』(문학동네, 2008)

'책 속에서 천국을 찾든 지옥을 발견하든 그것은 전적으로 독자인 당신의 몫이다.

—「위험한 독서」에서

독서를 앞두고 책 표지를 보니, 난감하다. 『위험한 독서』라는 제목은 독약병에 붙은 라벨 같다. 처방전 하단의 부작용 문구가 도드라져 보일 때 우리는 망설이게 된다. 이걸 먹어야 하나, 말아야 하나? 허나 위험한 것은 매혹적이다. 금기의 문구는 되레 우리를 유혹한다.

독서가 어째서 위험하다는 걸까. 작가는 왜 독서에 '위험한'이란 수식어를 붙였을까. 독서는 마음의 양식이 아니었던가. 허기진 영혼의 배를 채워주는. 게다가 우리는 늘 책 속에 '길'이 있다고 배워왔다. 책은 다른 사람이 지나온 삶의 궤적을 활자로 밟아가게 한다. 앞서간 사람의 발자국을 따라가면 길을 만난다. 책은 갈 길을 일러주는 내비게이션이 되어 주지 않았던가.

직사각형의 종이뭉치인 책은 그 자체로는 위험하지 않다. 책장에 얌전히 꽂혀 있는 책은, 칼집에 꽂혀 있는 칼처럼 안전하다. 칼은 누구 손에 쥐어져 있느냐에 따라 살인도구 혹은 김장도구가 된다. 책은 '읽힘으로써' 살아난다. 누가 어떻게 읽느냐에 따라 책의 운명도 달라진다. 같은 책이라도 독자에 따라 천차만별로 읽힌다.

이를테면『젊은 베르테르』를 읽고 짝사랑을 접고 새 사랑을 찾는 계기로 삼는 독자가 있는가 하면, 총을 잡을 용기를 얻는 사람도 있을 것이다. 혹자는 노란 조끼를 사입을 수도 있고. "요컨대 독서의 성패를, 운명의 존망을 결정하는 것은 '사실'이 아니라 '태도'다."(20쪽) 그렇다면 독서의 올바른 태도는 무엇인가? 김경욱의『위험한 독서』는 책에 대한 책이다. 당겨 말하자면 책으로 삶을 말하는 책이다.

치명적 오독誤讀

어떤 태도가 독서를 위험물로 둔갑시키는가? 이정표를 잘못 읽으면 길을 잃는다. 부산을 '오산'으로 읽으면 엉뚱한 길로 들어서게 된다. 오독은 종종 우리를 헤매게 한다.

시 구절 하나를 잘못 외워 첫사랑과 결별한 여자가 있다.「공중관람차를 타는 여자」의 수진은 연애편지에 릴케의 '엄숙한 시간'을 베낀다. 보내고 나서야 시의 마지막 구절을 잘못 외웠음을 깨닫는다. '지금 세계의 어디선가 죽고 있는 사람/ 세계 속에서 까닭 없이 죽고 있는 사람/ 그 사람은 나를 바라보고 있다'를 수진은 '그 사람은 나를 위해 죽고 있다'라고 바꿔쓴 것이다. 수진은 수치심을 느낀다. 건망증이나 빈약한 암기능력 때문은 아니다. 꿈이 무의식을 누설하듯, 말실수 역시 무의식을 드러내 보인다. 그 실수 속에는 사랑이 죽음과 함께한다는 그녀의 속내가 담겨 있다. '나를 위해 죽고 있다'란 구절은 그녀의 내면을 드러낸 셈이다. 속마음을 들킨 여자는 첫사랑의 선배와 결별한다.

그 뒤로 그녀는 구혼자들에게 묻는다. 오디세우스는 왜 구혼자를 모두 죽였을까요? 남자들의 해석은 제각각이었다. 수진은 '딸꾹질'로 대답을 대신한 남자를 선택한다. 가장 창조적인 해석이었다고 말하나, 실은 그가 치명적인 사랑과 무관한 남자였기 때문이다. "결혼은 사랑하는 사람이 아니라 책임감 있는 사람과 해야 한다"는 속셈에서였다. 그렇게 자신의 내적 진실을 외면한 결과는 무엇인가. "수진은 스스로를 속인 대가로 자신이 얻은 것과 잃은 것에 대해 따져봤다. 얻은 것은 무엇이고 잃은 것은 무엇인지 장담할 수 없었으나 아무리 많은 것을 얻었다 하더라도 뭔가를 잃었다는 사실만큼은 지울 수 없을 것이었다."

「달팽이를 삼킨 사나이」의 아내는 볕이 드는 전세방을 얻으려고 불임부부에게 자궁을 빌려준다. 방을 빌려주듯, 자궁을 빌려주고 돈을 받으면 된다는 계산 속에서였다. 어려울 게 뭐 있담. 허나 배가 불러감에 따라 그녀의 생각은 달라진다. "더 받기로 한 천만 원 포기하고 하나는 우리가 키우면 안 될까?" 남편은 기겁한다. 아내가 자궁을 대여해주는 동안, 남편은 달팽이를 실수로 삼켰더랬다. 고작 달팽이 한 마리를 삼켰다니, 대단찮다. 그러나 달팽이를 삼킨 사람들의 인터넷 커뮤니티의 "사연은 각양각색이었지만 고작 달팽이를 삼키고 나서 삶이 어떤 식으로 달라졌다는 점에서는 예외가 없었다." 별것 아닌 것, 짐작과 다른 일들이 생에는 비일비재하다. 속셈과 다른 방향으로 삶은 흘러간다. 삶은 우연한 실수로 엇나간다. 인생의 '오독'은 삶의 아이러니를 보여준다.

창조적 오독

「게임의 규칙」의 주인공은 퀴즈대회에 참가한다. 새 텔레비전과 아버지와 자신의 삶을 갱신할 기회를 노리고서. 승패를 가를 마지막 한 문제 앞에서 그는 과거를 회상한다. 어린 시절 그는 독학으로 한글을 뗀 영재였다. 소년이 맨 처음 또랑또랑하게 읽어낸 글자는 '안주일절'이었다. 맞춤법에 맞추자면 '안주일체'라고 해야 한다. 그러니 소년은 훗날 "자신이 최초로 읽은 글자가 잘못 표기된 것이었다는 사실을 알게 되었을 때 그는 비범한 재능이 과연 축복일까 하는 형이상학적 의문에 사로잡"(109쪽)힌다. 여하간 문자 해독력이 생긴 소년은 닥치는 대로 읽어나간다. '글자 그대로' 읽기의 남독은 그를 점점 별종으로 만든다. 그는 자신 속의 심연, 아무에게도 이해받지 못하는 고독을 문장으로 채운다. 옆방에 대학생이 세 든다. 소년은 대학생의 책을 읽고 문장의 매력에 사로잡힌다. 그러나 소년의 독서는 활자 훑기에 불과하다. 글자 자체를 읽는 것일 뿐, 문장의 속뜻이나 문장이 놓인 맥락은 모른다. 하숙방 청년은 불온서적을 소지했다는 이유로 체포되어간다. 소년은 무색무취의 문장이 불온할 수 있다는 사실에 경악한다. 그 뒤 소년의 열정은 숫자로 옮아간다. 문자의 세계와 달리, 숫자는 맥락과는 무관한 순수한 기호다. 한국의 '1'이 태평양을 건너간다 해도 안데스 산맥을 넘어도 '1'은 언제나 '1'이다.

그러나 야구 경기 관람 후 그는 숫자도 버린다. 숫자는 현실의 이면에 대해 침묵하기 때문이다.

> 긴박했던 순간 그라운드에 떠돌았던 긴장과 탄식과 분노와 번민을 스코어보드는 1이라는 숫자로 기록할 뿐이었다. 숫자가 표현하는 것은 고작 결과로서의 승패에 불과했다. 진실은 어디에도 없었다. 아무것도 해명하지

> 못하면서 침묵을 모르는 숫자가 그에게는 뻔뻔하게 여겨졌다. (…) 문장이 위험하고 불결했다면 숫자는 뻔뻔하고 가증스러웠다.

그 후 소년은 자신만의 새로운 언어를 발견하지 못한 채 평범하게 변한다. 영재는 몰락한다. 심연을 채울 새로운 말을 찾지 못한 채 그 자신이 하나의 심연이 된다. 심연은 늪처럼 그를 빨아들인다. 부모는 영재 아들 뒷바라지를 위해 서울로 이주했다. 어머니는 '광수네분식, 천제분식'이란 분식집 이름이 적힌 쪽지를 쥐고 교통사고로 사망한다. 그는 카드 빚에, 아버지는 우울증에 시달리고 있다.

다시 퀴즈대회장. 자, 이제 마지막 문제다. 그의 생을 한번 뒤틀었던 '야구'에 관한 문제다. 그는 버저를 누르고 엉뚱한 답을 한다. 안타까워할 만한데, 그는 아쉬워하지 않는다.

> 결과적으로 그는 상투적인 승리 대신 독창적인 패배를 택한 셈이다. 난생 처음 느낀 승부욕이 그에게 일깨운 것은 승리에 대한 강박이 아니라 오랫동안 잊고 지내던 독창성에 대한 열정이었다. (…) 그는 아버지를 쳐다보았다. 일견 슬픔에 잠긴 듯했다. 그러나 찬찬히 살펴보니 미소를 짓고 있는 것처럼 보이기도 했다. (133쪽)

문장을 문자 그대로 읽고 암기하며 생의 심연을 메워왔다. 그러나 그는 자기 자신을 읽지는 않았다. 마지막 문제를 앞두고, 그는 자신의 과거를 떠올린다. 최초 오독의 순간부터 그 문장이 자신에게 어떤 영향을 미쳤고, 그로 인해 자신이 어떻게 변했는지를 거슬러 짚어간다. 그런 과정 끝에 그는 '창조적 실패'를 단행할 수 있었다. 자기 삶을 제 식대로 새로

쓴 셈이다.

가장 창조적인 읽기 방식은 '쓰기'다. 글쓰기는 독서를 자양분삼아, 독서거리를 생산해내는 작업이다. 「천년여왕」의 주인공은 소설가 지망생이다. 아내는 글을 써서 당신이 얻고자 하는 것이 무엇이냐고 묻는다. "나 자신"이란 대답에 아내는 선선히 찬성한다. 그는 직장을 그만두고 귀농하여 소설 집필에 열중한다. 허나 독서광인 아내는 그의 작품에 딴죽을 건다. 어디서 본 것 같다며 다른 작품을 들먹인다. 표절과 모방의 덫을 피해 그는 고군분투한다. 독창적인 글을 쓰겠다고 마음먹는다고, 독창적인 글이 쓸 수 있는 건 아니다. 그는 좀처럼 아내가 읽은 '고전'의 무게를 이기고 자신만의 글을 쓰지 못한다. 그는 아내에 대해 쓰기로 마음먹는다. 어릴 적 보았던 만화영화의 주인공 '천년여왕'과 아내는 이모저모로 닮았다. 창조의 열망에 시달리던 작가는 되레 대중문화의 아이콘을 끌어와 『천년여왕』이란 소설을 창작한다. 읽기의 대상은 책뿐만 아니라 '문화'의 영역을 아우르게 된다.

「맥도날드 사수대작전」에는 이런 문화적 창조적 독해가 전면적으로 드러나는 대목이 있다. 비 오는 날 맥도날드 매장 앞에 전단지가 깔린다. 비에 젖고 발에 밟힌 전단의 글자들은 뭉개져 알아볼 도리가 없다. 직원들은 머리를 맞대고 빠진 글자를 채워 넣는다. 이를테면 'XX세 X성 X자를 X취하지 마라'는 '너무 세게 동성애자를 갈취하지 마라.' 혹은 '망할세상 만성적자를 고취하지 마라'로, '아 XX의 X강을 XX지 XX'는 '아우들의 요강을 넘보지 마라.' 또는 '아시아의 최강을 넘보지 마라.'(원문은 2. 환경파괴를 즉각 중단하라 3. 아동들의 건강을 해치지 마라)로 탈바꿈된다. 이 어처구니없는 해석은 테러의 위협이란 상황을 웃음거리로 만든다. 비판적 의도를 가지고 사용된 전유專有는 테러의 심각성과 이를 이용하여 체제(여기서는 맥도날드)를 유지하려는 음모를 드러낸다.

독서의 해독解毒

'독서를 통해 당신이 발견해야 할 것은 당신 자신이다.'

표제작인 「위험한 독서」의 화자는 '독서치료사'다. 책으로 치료제로 삼는다. '의사가 환자를 진단하고 처방하듯 나는 피상담자의 심리상태를 체크한 뒤 도움이 될 만한 책을 추천한다.' 처방전은 다음과 같다. 방화범 청소년에게는 『금각사』를, 원조교제를 하는 소녀에겐 『롤리타』를, 짝사랑으로 가슴앓이를 하는 사람에겐 『콜레라 시대의 사랑』을 일독할 것. 한 여자가 찾아와 묻는다.

"선생님, 어떤 책을 읽으면 칠 년 사귄 남자친구를 깔끔하게 정리할 수 있을까요?"

당신이 누구냐에 따라 읽어야 할 책은 달라진다. 당신은 당신이 어떤 사람인지 모른다. 자신의 욕망이 무엇인지, 먼저 자기 자신을 읽는 것이 중요하다. 당신에게 다자이 오사무의 『인간 실격』을 권한다. 작가의 개인사나 메시지를 걷어내고, 당신 자신을 발견해보라. 다음 권장도서인 다자이 오사무의 『사양』은 몰락한 귀족의 딸이 파경을 겪은 후, 처자식이 딸린 작가에게 구애한다는 내용이다. 이 권장도서로 책을 권하는 '나'의 욕망이 읽힌다. 상담이 거듭되며 당신은 자신을 발견하고 표현한다. '자기발견'이란 독서의 궁극적인 목표가 성취되어 나가는 듯 보인다. 개인 홈페이지를 개설하고 빵집도 열겠단다. 독서는 당신을 바꾼 것이 분명하다. 책은 그녀가 자신을 들여다보게 하고, 욕망을 갖게 했다. 능동적인 독서. 감춰진 저자의 뜻을 읽어내는 것보다, 내 식대로 삶을 읽어가는 것이 중요하다. 이때, 책은 거울이 된다. 당신이 책을 읽는 것이 아니라 책이 당신을 읽는다.

그녀와의 만남을 통해 '나'도 변한다. '당신은 나에게 어떤 책이었을까.' 그녀는 나에게 '텍스트'로 다가온다. 독자가 책을 통해 변하듯, 독서치료사인 나는 피상담자인 '당신'을 읽으며 변화한다. 당신이 책을 읽을 때, 책은 당신을 읽고 있다. 앙드레 지드는 말했다. "나는 책 한 권을 책꽂이에서 뽑아 읽었다. 그리고 그 책을 책꽂이에 꽂아 놓았다. 그러나 나는 이미 조금 전의 내가 아니다."

책이 한 사람의 생을 송두리째 바꿔놓을 수 있는가. 당신에게는 당신의 인생을 바꿔놓은 한 권의 책이 있는가. 지도는 당신이 길을 찾는 데 도움을 준다. 그러나 당신의 두 발로 걸어야만, 길은 비로소 당신의 것이 된다. 오독은 '나'를 정독하는 길이다.

타인의 고통을 걷고 겪는다

— 조해진 『로기완을 만나다』(창비, 2011)

한 배우가 햄릿 역을 맡았다. 그는 연습하며 끊임없이 묻는다. 이 상황에서 햄릿은 어떤 심정이었을까. 이 대사 뒤에 깔린 햄릿의 진심은 뭘까. 줄기차게 복수를 미뤘던 사정은 뭘까. 이런 질문들에 배우는 햄릿으로서 답하려 한다. 답을 찾아가는 과정을 통해 배우는 햄릿이 되어간다.

스타니슬랍스키는 "만일magic if"과 "주어진 상황given circumstances"을 통해 배우는 작중인물로 변신하게 된다고 말한다. 내가 만일 그라면, 그 상황에서 어떻게 했을까. 상상력과 감정이입이 한 사람을 다른 사람으로 탈바꿈시킨다.

쓰기도 일종의 역할놀이다. 누군가에 대해 쓰려면 그 누군가가 돼보아야 한다. 그래야만 "눈에는 보이지 않는 그 사람의 눈물까지 애틋함의 시선으로 완성(198)"할 수 있다. 여실할수록 절절해진다. 이를테면 실존 인물에 대해 쓰려면 그가 태어난 집, 다녔던 학교 등을 다니며 실감을 얻으려고도 한다. 발품으로 등장인물은 살아 숨쉬게 된다. 막상 작품에서는 잘 쓰기 위한 준비과정에 불과한 추적과정은 생략되기 일쑤다.

조해진의 『로기완을 만나다』는 소설을 쓰기 위한 취재과정 자체를 뼈대로 삼는다. 방송작가 '나'는 벨기에로 밀입국한 스무 살 청년 탈북자 로기완의 여정을 따라간다. '나'는 로기완이 내렸던 버스터미널, 묵었던 호스텔, 걸었던 거리, 벨기에 한국대사관을 직접 가본다. 로기완이 놓였던 자리에 자신을 놓아보는 것이다. 말마따나 역지사지易地思之한다. '나'의 여정에 따라 출발지점에선 앙상한 뼈대뿐이던 이니셜 'L'는 피와 살을 얻어 마지막엔 "살아 있고, 살아야 하며, 결국엔 살아남게 될 하나의 고유한 인생, 절대적인 존재, 숨쉬는 사람(194)"이 되어 '나'와 마주 앉는다.

지난한 추적과정은 탐정과 범인의 숨바꼭질을 연상시킨다. 탐정은 범인처럼 생각해야 범인을 잡을 수 있다. 동기와 과정, 증거들을 수집해야만 범인과 대면한다. 『로기완을 만나다』에서 탐정 '나'는 '타인의 고통'과 만나고자 한다. 집요한 추적과정을 통해 "실체를 모르기에 짐작만 할 수 있는, 늘 결핍된 대상(124)"인 타인의 고통과 한몸이 되어간다. 독자는 'L'의 뒤를 좇는 '나'를 따라가며 타인의 고통을 대하는 적절한 자세를 고민케 된다. "살아남은 자들, 건강한 자들, 그들은 뭘 해야 하는 건지. 자신을 합리화하기 위해 끊임없이 변명을 찾아내는 것 말고 죽거나 죽을 만큼 불행해진 사람들에게 어떤 마음을 가져야 하는(126)"지를 묻는다.

애초에 '나'가 브뤼셀에 간 것은, 자신이 맡은 프로그램의 출연자인 윤주의 고통에 속수무책인 자신을 견디지 못해서다. 불우한 이웃들의 사연을 소개하고 ARS 후원을 받는 방송프로그램의 작가인 '나'는 타인의 고통을 다루는 방식에 대해 고민해왔다. 타인의 고통에 대해서는 선불리 동정하고 쉽사리 연민하게 마련이다. 하물며 타인의 고통은 자신의 행복을 확인하는 데 이용되기도 한다. "'그러나' '그럼에도' '우리도' '마찬가지로' '다를 것 없다'는 결론에 이르(53)"러, 마침내는 고통의 맨얼굴에 고개 돌린 자신을 책망하는 식이다.

타인의 고통은 불가해하다. 고통받은 사람만큼 고통스러울 순 없다. 지레짐작할 따름이다. 실체 모를 고통을 한계 많은 언어로 옮긴다는 것은 더더욱 힘겹다. 고통은 번역이 안 된다. 의성어로 비명을 갈음할 순 없다. 고통을 소재로 삼았다는 회의에서 놓여나기 어렵다. 고통과 하나가 되면서 동시에 거리를 둬야 하는 어정쩡함이 버겁다.

어떤 위로의 말도 혹독한 고통 앞에서 무력하다. 그렇다면 고통은 결국 각자의 몫일까. 고통 앞에선 다만 침묵해야 할까. 인생은 원체 인간에게 안하무인이니 어쩔 수 없다. 이런 추상화, 일반화는 고통의 실체를 뭉뚱그린다. 하여 조해진은 한 고통의 구체적인 양상을 추적한다. 차마 외면했던 고통의 맨얼굴을 '로기완'이란 거울로 샅샅이 들여다본다. 고통을 생생히 복원함으로써 "고통을 나눠가질 수도 없고 공감할 자격도 없는 이기적이고 근시안적인 자들이 행한 무심한 폭력(63)"에 대항하고자 한다.

남의 고통을 껴안다보면 자책하기 쉽다. 자신만 비난하다 체념하지 않으려면 물러서서 고통이 놓인 맥락을 살펴야 한다. "한 사람을 알아간다는 것은 그 사람이 속한 하나의 세계를 알아가는 것과 같다" (조해진, 『한없이 멋진 꿈에』 문학동네, 2009, 76쪽) 탈북망명자인 로기완을 통해 '북한'을 보게 되고 자본주의 사회가 낯설게 펼쳐진다. 남한사람들은 북한을 지옥이라 한다. 허나 "가난이 지옥이라면 자본주의에도 지옥은 있다", "조국이란 가난해도 선한 공동체였지만, 그 선한 의도를 받아들이지 않고 반대의견을 말하는 자들에게는 무참할 만큼 냉혹"했다는 것을 로기완은 깨달아간다. 개인이 떠맡을 고통의 몫과 환경이 마땅히 감당할 고통의 몫을 정확히 분리하는 것이 고통분담의 참뜻이다.

조해진의 『로기완을 만나다』는 고통을 받은 사람과 하나가 되려는 집요한 노력의 결과물이다. 고통받는 사람만큼 고통스러울 순 없다. 하지만 적어도 고통받는 사람의 말을 들어주고 말 못 할 고통에 입을 달아줄 순 있다. 한 고통과 정직하게 만나면 다른 고통과 만나는 길도 열린다. 고통들은 공명共鳴으로 소통한다. 고통으로 나는 너다.

낭만적 사회와 그 적들

— 고은주 『시나몬 스틱』(문이당, 2018)

이후以後와 이면裏面

“낭만적인 드라마는 흔히 주인공들의 결혼으로 이야기가 끝난다. 하지만 ‘진짜 어른들’은 알고 있다. 결혼 이후에도 치열한 이야기는 계속된다는 것을….”

작가가 밝혔듯, 고은주의 소설집 『시나몬 스틱』은 해피엔드의 다음 이야기를 써나간다. 그래서 그 우여곡절 끝에 이룬 사랑은 어떻게 되는가? 그 이후以後의 이야기, 즉 시간의 흐름이 영원하다고 믿고 싶은 것을 어떻게 변질시키는지를 추적한다.

동화나 낭만적인 드라마는 환상을 양산한다. 그 환상은 위험하다. 사막의 신기루처럼, 없는 것에 붙들리게 만든다. 애초에 없던 것이 사라졌다고 절망하게 만든다. 무엇보다 환상은 자신을 유지하려고 제 숙주를 먹어치운다.

고은주의 소설은 그 환상의 민낯을 보고자 한다. 『시나몬 스틱』에는 쇼윈도 부부, 아내가 떠나고 홀로 남은 남편, 간이식을 하는 남편과 난자를 채취당하는 아내, 배우자에게 상처를 받는 관계를 대물림하는 모녀, 떠도는 남편과 소외되는 아내, 결혼 혹은 일을 선택한 여자들이 등장한다. 주로 부부를 중심에 두고 아내와 남편을 화자로 삼아 인간관계의 본질과 변질을 묻는다. 그뿐만 아니라 모녀와 여자 친구들도 등장시켜 결혼생활을 다각도로 들여다본다.

이 소설집에 등장하는 인물들은 불안하다. 결혼은 안착도 아니고 안정을 보장해주지도 않는다. 습관적으로 그럭저럭 살아가는 인물들은 어느 날, 흔들리기 시작한다. 굳건하다고 믿었던 땅이 흔들릴 때 사람은 더 이상 우아함을 가장할 수 없다. 가면은 벗겨지고 화장은 지워지며 거짓말은 멈추고 생생한 비명이 터져 나온다.

고은주의 소설들은 집요하고 매서우며 날렵하다. 환상 없이 폐허를 응시한다. 불안을 잠재우기 위한 달콤한 자장가는 없다. 안도를 위한 선부른 화해도 거부한다. 압축된 사물 상징과 군더더기 없는 문체로 구질구질한 삶의 면모를 메스로 도려낸다. 가장무도회에서 끌려나온 인간은 수술대 위에 눕혀진다.

납골당의 부부

고은주의 소설에서 후각상실은 무뎌지는 삶의 상징이다. 후각은 적응이 빠른 감각이다. 화장실 악취를 견뎌낼 수 있음은 그 때문이다. 사랑은 삭아 생활이 되고 냄새를 풍긴다. 살기 위해서는 그 냄새에 무뎌져야 한다. 예민하게 굴면 삶이 뾰족해진다. 생활은 일상이기에 어느 정도는 포기하고 살아가야 한다. 그것이 어른들의 생존방식이다. 「시나몬 스틱」

의 여자는 향기가 날아간 시나몬 스틱으로 커피를 저어댄다. 하지만 "여전히 계피향이 느껴지지 않았다. 시나몬 스틱을 대여섯 번이나 휘저었는데도" 시나몬 스틱은 제 쓰임새를 잃었지만, 여자는 애초에 의도했던 일이었다는 듯 가장한다. "하나씩 비닐봉지에 싸여 있는 시나몬 스틱을 굳이 다 꺼내어 한꺼번에 유리병에 담은 것은 인테리어 효과를 위해서였다. 그러니 향기 따위야 어떻든 상관없었다."

이런 후각상실 모티프는 「마스카라」에도 등장한다. 이 작품의 아내는 비염을 앓아 환절기면 후각을 잃는다. 남편인 '나'는 텔레비전에 나온 사과와 양파를 구별하지 못하는 사람을 보고 코웃음을 친다. 아내는 정색한다. "저게 우스워 보여? 그럼 나도 우습게 보이겠네? 냄새 못 맡는 괴로움을 당신이 알기나 해? 청소를 해도 산뜻한 걸 모르겠고, 음식을 먹어도 무슨 맛인지 모르겠고, 빨래를 개면서도 상큼한 걸 모르겠어. 생활에서 냄새가 제거되면 그렇게 되는 거야. 미각이나 촉각 따윈 후각 앞에서 아무것도 아니지."

체취는 한 사람의 정체성을 이르며 사람을 사람답게 만드는 특징 중 하나다. 후각을 잃을 때면 아내는 남편이 '사물'처럼 느껴진다고 말한다. "사람이 아니라 물건 같았거든. 지독하게 평범한 물건." 후각상실은 자신을 잃어버리고 타인과 제대로 관계 맺는 것도 방해한다. 「마스카라」의 아내는 냄새를 맡지 못하는 것이 단순히 불편한 것이 아니라고 역설한다. "후각을 잃는다는 건 삶의 느낌을 절반 이상 잃어버리는 거야. 그러니까 나는 다른 사람들보다 일 년에 한두 달 손해를 보는 셈이지. 즐겁고 행복한 삶을, 그 기분 좋은 느낌을…."

「표류하는 섬」에서 여자는 스킨스쿠버를 하는 남편이 풍기는 시큼한 냄새와 비린내에 진저리를 친다. 자유와 자아를 찾겠다며 바깥을 떠도는 남편의 삶은 여자를 소외시킨다. 남편의 자유와 자아는 여자에게 역한 구역질만 불러일으킨다. 여자는 남편의 냄새를 지우고 그 자리에 아이의 냄새를 들어앉힌다. 한 냄새는 다른 냄새로 대체된다. "아이를 낳으면서 여자는 놀랍도록 단순해졌다. 자기의 삶을 폐기하자 모든 고민은 사라지고 아이에 대한 집착만이 남았다." 남편이 자아를 함몰시키기 위해 바람을 탔듯, 여자는 자기를 지우고 아이에게 투신한다.

후각의 상실과 함께 시각의 마비도 생존방식으로 선택된다. 보고도 못 본 척해야 관계가 지속된다. 「시나몬 스틱」의 남편은 아내에게 외도 현장을 맨눈으로 확인하라고 종용한다. 여자는 방문만 노려보다가 두 눈을 질끈 감는다. 「카메라 루시다」의 딸은 남편의 폭력이 지나간 흔적을 아름다운 예술사진을 가린다. "괜찮아요. 그냥 이렇게 던지기만 해요. 그 사람은 내가 아니라 세상을 향해서 화를 내는 거니까…. 그러니까 나는, 그 소리만 참아내면 되거든." 엄마도 남편으로 인해 고통받았더랬다. 딸은 어머니의 삶을 대물림한 셈이다. 두 사람은 그런 삶의 방식을 꾸역꾸역 받아들일 수밖에 없다. 속내야 어쨌든 "스마일" 하며 사진을 찍는다.

카메라는 모든 풍경을 담질 않는다. 어떤 풍경은 선택하고 사각틀 바깥의 풍경은 배제한다. 사진은 비명이나 냄새, 감촉을 담아내질 못한다. 보이는 것만이 전부인 기만의 삶을 나타낸다. 앨범 속에 남은 사진들은 행복한 순간만을 낚아챈다. 우리는 불행하고 추한 것을 가족 앨범 속에 넣지 않는다. 하지만 그 밋밋한 사진의 앞뒤엔 얼마나 많은 풍경과 얼굴, 말 못할 사연이 숨겨져 있는가. 「불현듯이」에서 남편의 외도를 눈치 챈 여자를 두고 어머니는 남자는 원래 그런 존재라고 달랜다. 여자는 어둠 속에서 자신을 달래려 애쓴다. "어둠이 소곤소곤 나를 위로하는 것 같았다. 아무것도 아니야. 늘 그래왔잖아, 네가 하기 싫어하는 일을 바깥의 여자들이 대신해주는 것뿐이야, 세상엔 그렇게 무언가를 대신 해주는 사람들이 있는 법이지⋯.” 어둠은 아무것도 보이지 않게 만들어 모든 것을 덮어준다.

외면은 자기기만을 낳는다. 「시나몬 스틱」의 여자는 남편의 간통 사실을 알리는 쪽지를 받는다. 자신의 여자 친구를 뺏겼다는 남자는 집요하게 메일을 보내 부부관계의 본질을 묻는다. 여자는 짐짓 아무렇지도 않다는 듯 말한다. “소설이나 드라마가 문제야. 결혼에 대한 환상을 너무 많이 심어주거든. 삶에 대한 환상 또한 마찬가지지. 그렇게 완벽하게 깨끗하고 아름다운 모습은 실제로 존재하지 않는데⋯. 인생이 뭐 그리 대단한 줄 알아?” 멀쩡한 척하던 여자는 자신이 “아무것도 제대로 느끼지” 못한다는 사실을 알고 있다. 「마스카라」에서 아내가 떠난 자리에 등장한 여자는 자신의 본모습을 가리는 화장의 묘미에 대해 말한다. “마스카라는 스페인어로 가면이라는 뜻이 있대. 마스크하고 발음이 비슷하지? 그래서 변장이라는 뜻도 있고⋯. 속눈썹을 길고 짙게 만들어서 위로 치켜올리면 얼굴이 완전히 달라져 보이잖아.” 남자는 화장에 쓰이는 “마스카라는 끈적거리고 손에 묻고 잘 변질되고 속눈썹은 너무 인위적”이라고 생각한다. 민낯을 가리기 위해 쓰이는 화장품 중 하나는 시간이 흐름에 따라 변질되고 다른 하나는 너무나 인공적이다.

인물들은 못 본 척하거나 가린다. 자신을 속이기 위해 거짓말을 일삼는다. “거짓말 안에서 위로를 얻으면서, 거짓말을 더욱 필요로 하는 나이. 삶을 정면으로 바라보기 힘들어 더욱더 거짓말 속으로 숨어버리는” 상황을 반복하게 된다.

「이식」의 여자는 가정을 꾸려나가기 위해 주기적으로 난자를 병원에 판다. 남편은 타인의 간을 이식받았다. 거부반응을 막고 면역력을 키워 남의 간을 제 몸 안에 받아들여야 한다. 이런 이식의 과정은 남들끼리 만나 서로를 생활의 일부로 받아들여야 하는 결혼생활의 비유로 적절하다. 여자의 난자 채취도 삶을 위해 내주어야 하는 자신의 일부를 나타낸다. 하지만 이런 과정을 견디며 여자가 이뤄낸 삶은 뭘까? "어렵사리 면역력을 키워가며 아이를 길러내도 허망하긴 마찬가지다. 사춘기에 접어든 아이는 기껏 키워준 면역력을 나에게 발휘하며 저항하고 있으니…. 내가 무슨 적이라도 되는 듯, 자기 몸을 공격하는 세균이라도 되는 듯." 관계의 지속을 위해 내주어야 하는 것들은 자신의 일부다.

후각상실이나 시각마비, 자기기만, 거짓말은 살기 위해서 치러야 할 대가라고 한다. 하지만 이런 식의 적응은 체념과 다를 바 없다. 자신을 지우고 무감각하게 꾸역꾸역 살아가는 것이 과연 살아 있는 걸까? 역할극을 하고 있는 건 아닐까? 의문은 질문을 낳는다. "그런데 왜 이렇게 되어버렸을까? 마구 뒤엉켜버린 실타래처럼 엉망이 되어버린 것일까?"

낭만적 사회와 그 적들

어쩌다, 삶이 이 지경에 이르렀는가. 파탄에 이르면 사람들은 이 지경까지 오게 된 과정을 거슬러 올라가보게 마련이다. 이런 상황을 낳은 애초의 선택은 무엇이었는가? 「시나몬 스틱」의 여자는 다른 남자의 방에서 자신이 머물렀던 매우 좁고 열악했던 과거의 '자취방'을 떠올린다. "쿨한 척 남편의 외도를 눈감아주고 있지만, 사실은 내가 무엇 때문에 모든 것을 참고 있는지 그 시절의 기억을 알고 있다. 나는 다만 기억을 억눌러왔을 뿐이었다. 돌아가고 싶지 않았으므로. 애써 이루어낸 이 모든 것을 잃고 싶지 않았으므로." 가난하고 불안한 삶에서 달아나기 위해, 다시 그 궁핍과 초조로 돌아가지 않기 위해 여자는 결혼을 택한다. 그 생활을 유지하려고 자신을 속인다. 「불현듯이」에서 "버스를 타고 아파트가 많은 동네로 목욕을 하러 다니던 그녀…. 그런 아파트에서 사는 삶을 간절하게 꿈꾸던, 그러나 그게 왠지 죄스러워 늘 고개를 숙이고 다니던…." 여자는 결혼이 안정된 삶을 제공해주는 안식처 기능을 하리라 믿었다. 결혼은 일종의 도피처였다. 하지만 스스로 만든 감옥에 자신을 유폐시키게 된다. 과거에서 도망친 끝에 감옥으로 망명한 셈이다.

「카메다 루시다」는 사진을 매개로 한 여자의 삶을 거슬러 올라간다. 삶의 갈피마다 꽂힌 사진으로 여자는 자신의 과거를 복원해낸다. 4·3사건으로 아버지가 억울하게 숨진 뒤로 여자는 "아버지의 어이없는 죽음보다 더한 일은 이 세상에 또 없을 것이므로 더 나쁜 일이 일어나지 않을 거라고" 믿었다. 삶에 대한 기대치는 낮아지고 다만, 살아 있거나 생각을 잊기 위해 일에 몰두한다. 전쟁은 남달리 살고 있던 두 남녀를 부부로 엮는 계기가 된다. 현대사의 비극들이 여자를 이런 선택을 하게 떠밀었던 셈이다. 그렇다면 그런 식의 결혼을 택하지 않았더라면 달라졌을까?

「너의 거짓말」에는 다른 삶의 방식을 택한 여자들이 등장한다. 한 여자는 안정을 위해 결혼을 택했다. "평범하게 살아가는 여자에게는 남편이란 존재가 때론 나보다 더 강력하게 나를 드러내는 법이거든. 인수 씨는 나의 남편이고 나의 현재야". 다른 여자는 실연 뒤에 '일'에 매진해 스스로 빛나기를 선택했다. 하지만 둘의 인생 결산은 쓸쓸하다. 결혼이란 선택도, 일이란 선택도 짐작과는 다른 결과를 낳았다. 나이가 들수록 불안감은 더해가고 자신의 선택이 옳았는지에 대해 자문하게 된다. 하지만 더욱 근본적인 질문은 왜 이런 양자택일의 선택지만이 주어지느냐는 것이다.

도심의 현란한 불빛들을 즐기려면 이 공간의 존재감을 포기해야만 해. 음악 소리의 넉넉한 질감도 얼마간 포기해야 하지. (…) 왜 함께 누릴 수 없는 걸까? 음악의 짙은 맛과 여린 맛을 동시에 맛보는 건 왜 불가능할까? 왜 우린 늘 무언가 하나를 선택해야 하는 걸까?

—「너의 거짓말」

고은주의 소설에서 생활과 낭만, 이상과 현실, 안정과 정열은 대립관계에 놓인다. "주말마다 커피 원두를 볶는 그 집은 아니었으면 싶었다. 꽁치를 굽고 커피도 볶으면서 살아가는 사람들이 존재한다는 것이 왠지 싫었다. 꽁치만 굽거나 커피만 볶으면서 살아야 공평한 것이 아닐까?" 문제는 이 모두를 가질 수 없다는 것이다. 삶은 왜 양자택일만을 강요하는 걸까. 이상과 현실, 낭만과 생활은 왜 한 묶음이 되질 못할까? 하나를 얻으면 하나를 잃은 것을 삶의 지혜처럼 받아들여야만 할까.

작가는 선택지를 강요받는 상황에 의문을 제기한다. 이런 이분법이 다소 작위적으로 느껴질 수도 있다. 흑/백 사이에는 회색과 잿빛을 비롯한 수많은 색이 존재한다. 그 다양성을 배제한 이항대립의 배치는 다소 극단적이지 않을까. 하지만 작가는 어중간함을 거부하는 것일지도 모른다. 빛이 있어야 어둠이 선명해지듯, 이항대립의 설정은 양쪽을 분명하게 드러내는 효과도 있다.

파국에 이른 원인으로 시간이 지목된다. 관계의 변질은 시간의 파괴력에서 기인한다. 성교가 "화끈거림이었다가, 일상이었다가, 권태가 되"듯. 시간은 모든 것을 바꿔놓는다. 「마스카라」의 남자는 떠나버린 아내가 했던 '수명'이란 말에 붙들려 있다.

낭비벽, 게으름, 바람기, 그 어떤 것도 이유가 아니야. 명확한 이유가 있다면 나도 좋겠어. 그렇다면 함께 노력해서 그 이유를 없애버리면 될 테니까. 하지만 그게 아니야. 이건 오로지 수명의 문제일 뿐이라니까. 수명이 다하지 않았다면, 그보다 더한 문제들이 생겼다고 해도 우선 해결하거나 봉합하려고 했을 거야.

남자에게 있어 아내의 말은 수수께끼다. 인간관계에도 유통기한이란 게 있는가? 시간의 흐름은 삶을 관성과 습관의 산물로 변화시킨다. 생활은 서로에게 익숙해지라고 요구한다. 서로를 마모시키고 가구나 가전제품같이 익숙한 물건으로 뒤바꿔놓는다. 「표류하는 섬」에서 여자는 남편이 사고를 당했을지도 모른다는 소식을 듣고도 그다지 동요하지 않는다. "바람이 불 때마다 흔들리던 남자, 그리고 곁에서 불만을 삼키던 여자. 그들의 일상에 무언가 변화가 찾아오고 있는 것이다. 어떤 변화가 다가오든 저 병원 건물 안에서 아이는 든든한 조부모와 함께 살아갈 수 있을 것이다. 그것만 가능하다면 여자에게는 더 이상 두려울 게 없다." 상대의 죽음을 '변화'의 조짐으로 받아들일 만큼 관계는 왜곡된 것이다. 서로는 서로에게 더 이상 사랑도, 사람도 아닌 것이다.

다시, 생생히 살기 위하여

소설집에 등장하는 부부들은 파탄지경에 이르렀다. 하지만 누구나 자신의 인생이 파산했다는 걸 인정하려 들지 않는 법이다. 허나 내심, 알고 있다. 보이지 않는 곳에서 쌓여가는 것들이 있다는 것을. "먼지는 컴퓨터 모니터나 키보드에만 쌓이는 게 아니었다. 본체 안쪽 깊숙한 곳, 하드디스크 속의 후미진 폴더 안에도 대담하게 뭉쳐진 것이 있었다." 「카메라 루시다」의 딸은 무언가를 가리기 위해 집안 곳곳에 사진들을 붙여두었다. 그런데 가리려고 붙인 사진은 되레 넌지시 알려준다. 시간의 흔적을 담은 모네의 연작과 도자기 파편이 담긴 '착륙'은 말없이 어떤 상황을 증언하고 있다. 여자가 그 사진들을 뜯어내자 그 밑에서 사위가 저지른 폭행의 흔적이 드러난다.

의문은 질문을 낳고 질문은 파문을 일으킨다. 더는 안 된다, 라는 순간이 닥쳐온다.

> 그런 시간이 있다. 삶의 언저리에 얌전히 엎드려 있다가 어느 순간 불현듯 몸을 일으키는 시간. 그 시간에 발목을 잡혀버리면 모든 것은 한순간에 뒤엉키고 만다. 일어설 수 없고, 감당할 수 없고, 돌이킬 수 없다. 그러니 오로지 조심해야 한다. 삶의 수면을 건드리지 않도록, 그 주변의 시간이 자극받지 않도록, 무엇보다 호흡을 조절하며 숨죽이고 있을 것.
>
> —「너의 거짓말」

「불현듯이」의 고장난 센서등은 불현듯이 켜진다. 어둠에 숨어 있으려는 여자에게 자꾸만 불빛을 들이댄다. 공격적인 빛살과 아파트에서 일어난 '사건'을 통해 여자는 자신이 외면했던 과거와 대면한다. 정신분석의 같은 704호 남자와의 대화로 기억 속의 '원장면'을 복원해내는 것이다. "덮어버렸던 기억을 되살려보세요. 지금 나를 바라보듯 정면으로 마주 서는 거죠. 그래야 원장면으로부터 자유로울 수 있어요." 여자는 자신의 현재를 낳게 한 과거의 원장면과 대면한다. 어지러운 세상과 불안을 피해 방을 구해 달아났고 그 방에서 폭행을 당했다. 그 장면을 되살리는 일이 고통스럽기 때문에 여자는 외면하고 달아났다. 강박증에 시달리고 사람을 피하며 살아왔다. 하지만 기억을 떠올린 순간, 여자는 과거의 자신과 대면하게 된다. 그제야 비로소 외면했던 자신을 받아들일 수 있게 된다. 「시나몬 스틱」의 여자도 역시 과거에 자신이 머물던 방의 기억으로 돌아간다. "그러나 되살아난 것은 기억만이 아니었다. 고통도, 그 고통을 느끼는 감각도, 고스란히 되살아났다."

외면의 반대편엔 대면이 놓여 있다면 후각상실로 대변되는 감각의 마비의 반대편엔 생생한 감각이 놓인다. 「마스카라」의 남자는 아내의 속눈썹을 발견하고 쓰레기통을 연 순간 악취를 맡는다. "동식물이 뒤섞여 썩어가는 냄새. 누군가 이 집에 살고 있다는 사실을 증명하는 냄새. 부지런한 손길이 이 집을 떠났음을 말해주는 냄새. 나는 그 냄새를 힘주어 들어올린다. 순간 내 발등으로 흘러내리는 즙, 진액, 혹은 침출수." 마스카라와 속눈썹으로 가리지 못하는 생활의 악취, 시간이 남기고 간 지독한 냄새는 좀처럼 사라지지 않는다. 냄새는 존재감을 드러냄으로써 그 냄새의 소유자를 되살려준다. 남자는 아내가 남기고 간 스타킹을 들고 냄새를 맡는다. 체취를 통해 아내를 되살려낸다. 종국엔 아내의 냄새로 자신을 덮음으로써 겹쳐진다.

> 거울 속의 내 얼굴은 완전히 다르게 변해버렸지만 그걸 바라보는 기분은 우울하기만 하다. 그나마 조금씩 기억나던 아내의 체취는 변질된 마스카라의 냄새에 묻혀버렸다. 나는 화장대 위의 로션이며 스킨이며 크림 따위를 되는 대로 덜어내어 온몸에 바르기 시작한다. 익숙한 것도 같고 아닌 것도 같은 향기가 온몸에 얼룩진다.
>
> 나는 서둘러 욕실로 들어가 샴푸며 컨디셔너며 바디클렌저 따위를 욕조 속에 마구 쏟아 붓는다. 익숙한 것도 같고 아닌 것도 같은 향기가 물속으로

번져간다. 검게 검게 화장을 한 나는, 온몸이 향기로 얼룩진 나는, 그 물 속에 천천히 몸을 담근다. 물은 어느새 미지근하게 식어 있다. (…) 나는, 비로소 온몸의 감각이 다시 깨어나는 것을 느낀다.

나는 무언가를 되살려내기 위해 집중하고 또 집중한다. 오래도록, 아주 오래도록.

—「마스카라」

타인이 되어보는 경험은, 상대를 이해하는 지름길이다. 남자는 사라져가는 아내의 냄새를 뒤집어씀으로써 그녀가 느꼈던 것들을 겪어보려 한다. 그로써 자신이 놓친 것을 되살리고자 한다.

고은주는 부부관계를 표본으로 생의 방식을 탐구한다. 어떻게 사람답게 살고, 어떻게 나답게 살 수 있을까? 어떻게 타인과 관계 맺을 것인가. 외면은 자기기만을 낳고, 감각의 마비는 생生의 생생함마저 앗아간다. 작가는 메스를 들고 겉으로 드러난 것의 '속'을 발라내고 가면을 벗긴다. 화장을 지우고 민낯을 보게 한다. 마비된 감각을 깨우기 위해 악취를 맡게 하고, 어둠 속에서 끄집어내 고통스러운 장면과 대면시킨다. 다시 태어나려면 산고를 다시, 치러야 한다.

"그동안 터널 속에서 지냈잖아요. 이제 밖으로 나갈 일만 남았어요."

그녀의 시간이 조심스레 나의 시간과 포개지고 있다. 오래도록 고여 있던 내 삶이 다시 흘러가는 것이 느껴진다. 불현듯이.

—「불현듯이」

제대로 살려면 살기 위해 버렸던 것들을, 되살려야 한다. 과거든 감각이든 자신이든. 어두운 산도를 통과하는 고통을 다시 겪더라도. 고은주의 소설은 우리에게 달아나지 말고, 무뎌지지 말고, 기만하지 말라고 요구한다. 생생生生하게 살라 한다.

Part Ⅱ

소설이 시간을 쓰는 법

잘 정돈된 광기

간間, 지층과 화석

'바르도Bardo'의 가내 수공업

나를 만든 건, 팔 할이 몸

망각에 덫을 놓다

'나이 듦'의 사용설명서

소설이 시간을 쓰는 법

— 이순원 소설 「영혼은 호수로 가 잠든다」

"왜요? 시간이 멈추면 좋죠.

그러면 그 시간만큼 다른 세계에 있는 거니까."

—「은비령」에서

0.

시간은 일직선으로 흐른다. 아리스토텔레스는 『자연학』에서 나뉘거나 다른 것으로 환원할 수 없는 원자들이 있듯 나누지 못할 '순간'이 있으며 이 수많은 순간들을 연결한 일직선을 '시간'이라 했다. 달력이 보여주고 시계가 말하듯, 이런 일직선으로 잇닿은 시간은 한 방향으로 흐르며 되돌리지도 못한다.

하지만 소설의 시간은 객관적이지 않고 일직선도 아니다. 시간은 작가의 의도에 따라 여러 갈래로 갈라지고 과거와 현재를 넘나들며 미래를 당겨온다. 소설 속의 시간은 분침에 맞춰 또박또박 흐르는 대신, 때론 한없이 게을러지고 때론 받은 숨을 내쉬며 달려가며, 수천 년을 가뿐히 뛰어넘기도 한다. 때론 종종걸음치고 빗물이 떨어진 자리를 중심으로 동심원을 그리며 반복된다. 수평으로 흐르는 순간들은 도약하여 수직의 영원으로 응결된다.

소설 속의 시간은 시계를 보지 않는다.

> 핸들 바로 오른쪽 옆에 붙어 있는 디지털시계의 초록색 불빛이 한순간 깜깜하게 꺼지더니 이내 0:00로 나타나며 깜빡이는 것이었다.
>
> 내가 주의 깊게 본 마지막 숫자는 한계령에서 은비령으로 길을 바꾸기 전에 본 8시 53분이었다. 평소엔 숫자는 가만히 있고 시와 분을 나타내는 숫자 사이의 두 점만 깜빡였는데, 0:00로 나타난 다음엔 숫자도 점도 함께 깜빡였다.
>
> 그제서야 나는 서울에서 시계를 차고 오지 않은 걸 알았다.
>
> —「은비령」에서

1. 함께 흐른다

이순원 작품 속의 시간은 시계에서 풀려난다. 작가는 시간을 자유자재로 다루며 자신이 골몰하고 있는 문제의 해법을 찾는다. 집필 시기에 따라 작가의 시간 운용 방식은 차이를 보이는데, 『압구정동엔 비상구가 없다』를 비롯한 현실비판 의식이 강하게 드러난 작품에는 동시대의 시간과 '같이' 간다.

작품집 『얼굴』에 수록된 몽타주 형식의 작품들이나 「자본가여 단결하라」 등은 현실의 모순을 날카롭게 드러낸 작품은 동시대를 '리얼타임'으로 보여준다. 「익명—혹은 그런 이름의 사회학을 위한 여섯 개의 단상」 등은 당대의 현실이 생생하게 담긴 스냅 사진이 나열된다. 익명의 남자와 여자가 익명의 책을 읽는 풍경, 이러한 익명성이 폭력으로 이어질 수 있음은 화장실에 그려진 낙서가 한 여교사를 궁지에 몰아넣는 사건으로, '베스트셀러 시인은 얼굴이 없다'는 '나서고 싶지 않은 익명, 혹은 그런 익명의 인기 기명 편승 내지 도용에 의한 상술적 문화 폭력'을 꼬집으며, 신문에 등장하는 J 씨, K 모 양, 정부 모 부처의 H 국장 등은 나쁜 사건에 연루된 당사자들을 익명으로 보호해주는 세태를 드러내며, 술집에 일하는 '이름 없는 들풀들의 익명'과 예비군복을 입은 익명들로 '집단 익명성의 야만성'을 보여준다. '익명'으로 묶인 이런 에피소드들은 동시대를 날것으로 포착하고 제시하려는 성격이 강하다. 현실의 단면을 보여주는 스냅 사진들은 동시대를 보여주는 앨범이 된다.

동시대의 면면을 실시간으로 기록하는 이러한 작품들은 현실을 똑똑히 보고 기록하고자 하는 작가의 문제의식에서 비롯된 것으로 보인다. 등단작 「낮달」은 억압적인 제도와 규율을 상징하는 군대를 배경으로 사진을 찍은 '나'의 이야기를 담아낸다. 폐색의 시대를 상징하듯, 달은 낮의 빛에 가려져 있다. 작가는 그 빛에 가려진 현실을 똑똑히 바라보고자 하는 '카메라의 눈'을 견지하고자 한다. 작가가 현실에 밀착하여 그 현실의 면면을 발견할 때 소설 속의 시간은 동시대 시간과 함께 흘러간다.

하지만 급히 흐르는 물에 몸을 싣는 일은 숨가쁘고 어지럽다. 현실을 날렵하게 담았지만, 리얼타임으로 담아낸 시간은 휘발되기 쉽다. 이 어지러운 흐름의 연원은 어딘지가 궁금해진다. 물결과 함께 가다가 숨을 고르고 싶다. 문득, 멈춰선다. 뒤돌아보면 지나온 자리가 눈에 들어온다.

2. 거슬러 오른다

어디에서부터 여기까지 흘러온 걸까. 지나온 자리를 되짚다보면, 소설 속의 시간은 거꾸로 흐른다. 이는 작가의 문제의식이 만들어낸 자연스러운 흐름으로 보인다. 현재를 생생히 담아내다보면, 자연스레 이런 현재가 어디서 기인했는지 알고 싶어진다. 어느 모퉁이에서 물결이 뒤틀렸는가. 어쩌다 이 지경에 이르렀는가.

「그대, 양진을 아는가」는 강원도 '양진'이란 공간을 통해 한국 근현대사의 굴곡을 훑어간다. 반공 이데올로기, 힘의 이데올로기가 어떻게 사람들의 심성을 왜곡시켰으며 어떤 희비극을 낳았는지를 보여준다. 특히 소설의 후반부에 등장하는 선거전은 한국 근현대사의 모순을 "그런 개인의 탐욕들에 의해 우리 역사가 지극히 너그러운 일면을 보여왔음을" 집약적으로 드러낸다.

이순원 소설에서 과거의 탐색은 단순히 회고조로만 흐르지는 않는다. 윗물의 흐름이 아랫물과 이어지듯 과거는 현재와 무관하지 않음을 보여준다. 광주에 투입된 공수부대원을 주인공으로 삼은 「얼굴」은 과거의 일이 어떻게 현재에도 영향을 끼치는지를 파헤친 작품이다. '나'는 그 당시의 일을 잊으려 애쓰지만, 광주 사람들은 그의 '얼굴'을 잊지 않는다. 누군가 자신의 얼굴을 알아볼 거라는 초조함과 불안, 공포에 시달리지만 "물리적 가해자였으면서도 또 다른 정신적 피해자라고 어느 누구에게 말할 것인가". 그때의 기억을 거듭 상기하는 '나'를 통해 광주는 끊임없이 현재로 소환된다. '오월은 아직 살아 있다.' 과거는 현재진행형이 된다.

과거를 되짚는 일은 아쉬움을 다해 잃어버린 것들을 복원시키는 작업이기도 하다. 이순원 작품에서 과거를 되짚는 작업은, 여행기 형식을 띠는 일이 잦다. 공간의 이동과 시간의 궤적과 맞물리는 셈이다.

어차피 우리의 인생살이가 하나의 끝모를 여행길이라면, 그리고 소설이라는 것 역시 그 여행과도 같은 삶의 한 기록이라면, 지나온 날들 가운데 저 깊숙이 숨어 있다가도 한순간 햇빛 아래 부서지는 한 조각 작은 비늘과도 같은 언뜻언뜻 우리 뇌리에 남아 반짝이는 옛 기억의 편린들을 되돌아 추억함 역시 아름다운 여행일 수 있을 테니까.

—「이제 다시 갈 수 없는 날들을 위하여」에서

과거로의 여행은 어린 시절의 반짝이는 흔적들을 길어 되찾는 여정이다. 흐름에 휩쓸려가다 등진, 원풍경을 복원하는 작업인 셈이다. 「이제 다시 갈 수 없는 날들을 위하여」는 고향의 풍습과 풍경을 짤막한 이야기로 엮는다. 마치 앨범을 펼치듯, 기억 속의 풍경과 그에 얽힌 에피소드들이 단장短章으로 이어진다. 바람꽃과 김일병 이야기, 큰 령을 내려오면 만나던 마을 풍경, 할머니와 형의 추억, 징검다리, '초당취연草堂炊煙', 복날의 질놀기, 판례(성인식). 여행기가 낯선 풍물과 인상적인 풍경을 담아내듯, 이 작품은 작가의 과거에서 채집한 것들로 채워진 기억의 박물관이다. 이는 회고적 취향이라기보다는 복원의 성격을 띠며, 작가가 옹호하고 싶은 세계를 드러내는 역할을 한다. 또한 '공동체적 삶'에 대한 그리움을 담은 작품들은 근대적인 소설보다는 '이야기'에 가까운 형식으로 펼쳐진다. 베갯머리에서 들은 할머니의 목소리처럼 정다우며 회고담 형식은 자연스럽게 흘러나오는 육성을 담아낸다.

"소설이라고 해서 꼭 어떤 틀을 가진 이야기가 아니면 어때. 두서없긴 하지만, 이른 아침 아무도 몰래 풀밭으로 나가 거기 총총히 맺힌 이슬방울들을 하나하나 맹감나무 잎사귀에 굴려 모아보듯 언젠가 때가 되면 한번은 그것들을 모아보고 싶었던 먼 기억 속의 여행기 같은 것은 어떨까."

기억의 여행기에서 때론 '인물'이 돋을새김 된다. 『해파리에 대한 명상』은 어린 시절 인상 깊게 남았던 해파리 아저씨에 대한 회고담이다. '전傳' 형식을 따온 이 작품은 친척 아저씨를 주인공으로 삼아, 시간이 떠밀어버린 한 삶을 그린다. 세상의 속도를 따라가지 못하고 흐느적흐느적 시간의 흐름을 타고 흘러가버렸던 해파리 아저씨의 '흔적'을 글로 남기는 일은, 멸종되어가는 아름다운 것들을 기억하는 일이기도 하다.

하지만 앙금처럼 남겨진 사람들을 기억하는 일은 죄책감을 되새김질하는 일이기도 하다. 반성문이나 속죄의 기록인 셈이다. 「먼 길」은 살아남기 위해 희생시켜야 했던 '아재'에 대한 기억을 담아낸다. '나'의 아버지 대신 아재의 남편인 작은아버지는 전쟁터에 끌려나갔다. 그리고 살아남은 사람들을 위해 행방이 묘연해진 작은아버지는 사망 처리된다. 아재의 아들은 엇나가고 아재는 과거와 현재, 소망과 현실이 뒤얽힌 시간 속에서 헤맨다. 두고 온 사람들에 대한 미안함이 두드러진다. 현재에 이르기 위해 배제해야 했던 사람들, 누군가의 희생에 빚져 여기에 와 있다는 것을 상기한다. 그때 했어야 할 말을, 이제야 한다. 기억은 윤리의 영역으로 넘어가고, 회상은 성찰을 동반하게 된다.

한 지붕 아래에서 사는 동안 그는 내게 참으로 많은 설움과 눈총과 미움을 받았다. 내가 누리는 모든 것이 그의 등에서 나왔는데도 그랬다. 아마 그가 죽어 정말 하늘의 은별이 되었다 해도 나는 앞으로도 말에 대해 자유롭지 못하고 그에 대해 자유롭지 못할 것이다.

—「말을 찾아서」에서

"자기의 근원으로 돌아가고 싶다는 갈망이 현재를 억압하고 있는 모순의 숲을 헤치고 어둡고 긴 기억의 실핏줄을 따라 역류하려는 욕망"(신철하, 「뒤로 가는 시간의 진실」, 이순원 『해파리에 관한 명상』 해설, 작가정신, 1998)에서 기인한 과거에 대한 탐색은, 응어리진 상처자리를 더듬는 일이며 자신의 뿌리를 확인하는 작업이기도 하다.

「혜산 가는 길」은 북에 사는 어머니를 찾으려가는 여정은 상처의 밑자리를 찾는 궤적과 맞물린다. 「말을 찾아서」는 '말꿈'을 꾸고 고통에 시달렸던 '나'가 어린 시절 자신의 양아버지였던 '아부제'를 떠올리는 이야기다. 어린 시절 '나'는 노새집 양자가 되기 싫다며 아이가 없는 아부제에게 상처를 주었다. 두 사람이 함께 돌아오는 길은 이효석의 「메밀꽃 필 무렵」의 흠뻑 아름다운 길과 겹쳐지며 자연 속의 인간이 어우러진 풍경을 보여준다.

> 달이 없어도 별이 좋은 밤이었다.
>
> 아부제의 입에서 풍기는 술냄새가 조금도 싫지 않았다.
>
> 노새는 연신 딸랑딸랑 방울을 울리고, 길옆은 온통 옥수수밭이거나 감자밭, 올갈이무와 배추를 뽑은 다음 씨를 뿌린 메밀밭이었다. 꽃향기도 좋고 저녁 바람도 시원했다.

시간을 되돌릴 수는 없다. 하지만 글 속에서 되살린 사람들에게 말을 건넬 수 있다. 되찾은 시간은, 치유를 위한 시간이 된다.

3. 시간의 밖, 시간의 너머

시간은 흐르고 물결은 하염없지만 저 밑바닥은, 흔들리지 않는다. 변함없다. 「수색, 어머니의 가슴 속으로 흐르는 무늬」에서 수술을 앞둔 어머니는 겹겹이 껴입은 헌 내복을 벗지 않겠다고 고집을 부린다. 남들 눈엔 남우세스러울지 모르겠지만, "그게 어머니 가슴 속의 무늬들이야. 자식들이 무늬고, 살아온 날들이 무늬고". 어머니의 가슴에 흐르는 '무늬'는 검질기게 지켜온 중심이 일으키는 파장을 받아안은 결과물이다. 삶의 힘겨운 순간들은, 흔적을 남기며 어떤 사람을 그 사람답게 만들어준 '무늬'가 된다. 아버지의 여자들, 어머니와 '수호 엄마', 아들의 여자들은 언뜻 달라보이지만 실은 닮은꼴이다. 시간의 무늬로 삶을 견디는 방식은 동심원처럼 반복된다. 그런 변하지 않는 것들은 "홍수에도 여의도 샛강둑에 단단히 뿌리를 내리고 그 뿌리에 연결된 줄기의 힘만으로도 거센 물결 속에서 자기 열매를 꼭 붙들어 지키던 야생 호박의 강인한 생명력"(「아비의 잠」)을 품고 있다.

삶은 한번뿐이며 속절없이 변하기에 결론적으로 허망하다. 시간의 비가역성은 아쉬움과 후회만 낳는다. 하지만 그게 전부일까.

> 아까 얘기한 영원의 시간에 비하면 아주 보잘것없지만 인간에겐 또 인간의 시간이라는 게 있습니다. 대부분의 행성이 자기가 지나간 자리를 다시 돌아오는 공전 주기를 가지고 있듯 우리가 사는 세상일도 그런 질서와 정해진 주기를 가지고 있습니다. 이 세상의 일이란 일은 모두 2천5백만 년을 한 주기로 되풀이해 일어나게 되어 있습니다. 다시 말해서, 2천5백만 년이 될 때마다 다시 원상의 주기로 돌아가는 것입니다. 그래서 지금부터 2천5백만 년이 지나면 우리는 윤회에 윤회를 거듭하다 다시 지금과 똑같이 이렇게 여기에 모여 우리 곁으로 온 별을 쳐다보며 또 이런 이야기를 하게 될 겁니다. 이제까지 살아온 길에서 우리가 만났던 사람들을 다 다시 만나

게 되고, 겪었던 일을 다 다시 겪게 되고, 또 여기에서 다시 만나게 되고, 앞으로 겪어야 할 일들을 다시 겪게 되는 거죠.

—「은비령」에서

이순원 소설에는 '별'을 보는 순간이 종종 등장한다. 별을 보는 일은 우주의 시간과 맞닿는 일이다. 그때만큼은 일상의 시간은 자욱이 사라지고 헤아릴 수 없는 시간과 마주한다. "그래서 별을 보면 욕심이 없어진다고 말하는 건지도 몰라요. 그건 영원을 보는 거니까."

별을 보는 순간, 수평의 시간은 '수직'으로 도약한다. 일상적인 대상 속에서 돌연 영원한 시간과 접속한다. 속俗과 성聖을 잇는 야곱의 사다리가 놓인다. 우주가 지상과 교섭한다. "우리가 이곳에 머물고 있는 건 아주 짧은 시간"이지만, "때로 아주 길게 느껴지는 시간이죠. 사랑하고 헤어지고, 다투고 미워하고, 그 모든 일들이 지금 이 작은 별에서 이루어지니까. 우리 인연도 그렇고". 이런 에피파니epiphany의 찰나, 소설 속의 시간은 시간의 밖으로 도약한다. 또한 별을 보는 순간은, 시간의 뒤섞임을 낳는다. 지금, 별을 보는 사람은 몇 년 만에 다다란 과거의 빛을 보는 셈이다. 과거의 시간과 현재의 시간이 한데 모인다.

0. 시간이 고인 곳

흐르던 물은 어디로 사라지는가. '우리는 어디에서 와서 어디로 가는가.' 기원에 대한 물음이 과거의 시간과 맞물린다면, 우리가 가야 할 곳에 대한 질문은 '죽음' 이후의 시간과 이어진다. 「영혼은 호수에 가 잠든다」는 "그는 왜 하필이면 그곳에 가 죽었을까?"란 질문으로 시작한다.

고등학교 동창 영해가 죽었다. 교실에서건 운동장에서건 거의 있는 듯 없는 듯하던 그 친구는 나에게 이런 이야기를 들려주었다. 사람이 소에 빠져죽거나 논 한가운데 있는 수렁이나 저수지 같은 데 빠져죽으면 시체는 그 자리에 떠올라도 혼은 물밑으로 난 숨길을 따라 경포호수로 간다고. 혼이 숨길을 따라 호수로 간다고. "이 다음 내가 죽으면 내가 제일 아끼던 거 니 주고 갈게"라는 알쏭달쏭한 말을 남겼던 친구가 죽었다. 암 선고를 받고 대관령 매봉에 올라가 숨을 거뒀다는 것이다. 몸도 아픈 사람이 왜 굳이 그 높은 곳에 오른 걸까. 별이 손에 닿을 듯 높은 곳에서 죽을자리를 찾은 걸까. 죽은 사람은 말이 없고, '나'는 그가 죽은 뒤에 남겨주겠다는 가장 아끼던 것의 정체도 알 수 없다. 그가 죽은 높은 곳과 혼이 모여드는 호수는 어떻게 연결되는가. 높이는 깊이와 어떻게 이어지는가.

'나'는 보현사에서 영해의 아내로 짐작되는 여자를 만난다. 그녀는 자기를 경포호수로 데려다달란다. '나'가 그 여자를 데려다주는 여정을 통해, 대관령과 보현사, 경포호수가 이어진다. 대관령은 현실에서 가닿을 수 있는 가장 높은 곳이며, 호수는 막막한 깊이를 간직한 곳이다. 그 간극은 너무 커서 단번에 건널 수 없다. 징검돌이 필요하다. 공간으로 혼을 모신 '보현사'가 등장한다.

소복 차림의 여자는 이순원 소설에 등장하는 다른 여성 인물들처럼 죽음이나 상실을 경험했다. 가까운 사람의 죽음은 '끝'을 여실히 느끼게 한다. 이 허망함을 넘어설 길은 막막하다. 남성 인물들 역시, 끝의 허무함을 끌어안고 있다. 끝 이후의 삶을 어떻게 꾸려갈 수 있을까.

"사람이 죽으면 무엇이 될까. 나는 죽어서 무엇이 될까. 저 세상은 있을까 없을까." 죽음을 알고 나서 삶을 어떻게 지속할 수 있을까. "정말 그는 빈손으로 그렇게 대관령에 누워 발 아래 호수에 얼굴을 씻고 손을 씻고 있는 것일까. 또 그래서 그날 그렇게 여자를 내게 보냈던 것일까." 상실을 경험한 두 사람은 길동무가 되어 그 길을 찾는다.

그 끝에 호수가 있다. "대관령 이쪽 사람들은 어디서 죽든 혼이 다 거기로 가 모여 있을 거 같은데. 산에 묻어도 비에 씻기고, 물에 씻기고 해서." 여러 갈래로 흐르던 물은 호수로 모여든다. 죽은 사람들과 앞으로 죽을 사람들은 '호수'란 공간에서 하나가 된다. 영해는 죽으면 정말 아끼던 것을 선물로 준다고 했다. 순서만 다를 뿐, 시간이 갈라놓은 사람들은 언젠가 한데 모인다. '호수'라는 구체적인 공간은 끝의 끝자락에 놓여, 우리는 헤어졌지만 언젠가는 다시 만날 것이라는 사실을 일러준다. '나'의 마음에 그 호수란 공간을 각인시킨 것이 영해가 남긴 선물은 아닐까. 「영혼은 호수로 가 잠든다」는 다음과 같은 작별인사로 마무리된다.

> 이 다음에 내가 죽으면 내가 제일 아끼던 거 니 주고 갈게. 정말 그는 빈 손으로 그렇게 대관령에 누워 발 아래 호수에 얼굴을 씻고 손을 씻고 있는 것일까. 또 그래서 그날 그렇게 여자를 내게 보냈던 것일까. 잘 가라. 내 오랜 친구…. 우리 다시 호수에서 만날 때까지…….

시간에 실려 사람은 흘러가버린다. 탄생에서 죽음까지의 홈통을 통과해버린다. 모든 것은 헛되고 헛되다. 글을 쓴다는 것은 어쩌면 그런 시간의 흐름을 견디는 방식이기도 하다. 이순원의 소설은 한 방향으로 흘러가버리는 시간에 저항한다. 작품 속에서 시간은 때론 거꾸로 흘러 현재를 살며 과거를 품게 하고, 현재와 과거는 한데 흐른다. 기원으로 가닿기도 하며 잊어서는 안 되는 순간과 거듭 마주 보게 한다. 균일하게 흐르는 시간에 틈을 내어 영원으로 가닿은 순간을 꿈꾸며, 수평의 시간에서 수직의 도약을 꿈꾼다.

이순원의 소설은 호수처럼 그 모든 시간을 받아 안고 품는다. 우리는 그 호수에 얼굴을 비추며, 다른 시간과 마주하게 된다. 모두에게 공평하게 도래할, 그 호수. 시간이 멈춘 곳에서 우리는 훗날 만나게 될 것이다. 죽음은 인간을 시간의 굴레에서 벗어나게 한다. 물에 실려가던 모든 것은, 시간의 밖으로 풀려나, 물이 된다.

> 이 세상을 떠났다가도 다시 돌아와 정말 그런 경험을 다시 하게 된다면 얼마나 좋을까 하는 마음이 앞선 때문인지도 모른다. 정말 그런다면 우리가 살아가며 가끔씩 마주치는 느닷없는 슬픔과 불안과 공포도 그렇게 무섭거나 두렵지 않을 것이었다.
>
> —「은비령」에서

이순원의 소설은 시간을 씀으로써, 시간을 다독인다.

잘 정돈된 광기

— 최수철 「광인일기」(『문학과사회』, 2012 겨울호)

"나는 미쳤다." "나는 결코, 미치지 않았다."

어느 쪽이 미친 사람의 입에서 나올 법한 말인가. 자신이 미쳤다고 순순히 인정하는 사람일까, 남들이 제정신이 아니라는데 멀쩡하다고 뻗대는 사람일까. 겉보기엔 멀쩡한데 미쳤다고 집요하게 우겨대는 사람이야말로 돌아버린 건가. 분명히 미쳤는데 말짱하게 살아가는 사람이 단연코 미친 것일까. "아무에게나 자기 마음을 고백하는 사람이란 미친 사람이라고 말하고 있는 나는 미친 사람인가 아닌가."(213)

『갓길에서의 짧은 잠』(2012)에서 최수철은 '망각과 기억', '통증과 통각마비', '복화술과 최면술' 등을 맞세운 일화들을 자서전의 틀로 묶어 제시한다. 절실하지만, 좀처럼 정체불명인 문제를 내걸고 관련 에피소드의 누적으로 형상화시켰다. 「광인일기」는 그 연장선상에 놓인 작품이다.

여기, 자신이 미쳤다고 고백하는 사람이 있다. 광기는 내면에 자리잡는다. 하여 광기에 대한 기록은 내면분석과 고백의 형태를 띤다. "미친 사람이란 아무에게나 자기 마음을 '고백'하는 사람이란다."(212) 일인칭 화자인 '나'는 환자와 의사를 겸한다. 그는 스스로를 표본으로 삼아, 광기의 정체를 드러내고자 한다. 하지만 광기어린 사람이 광기를 분석한다는 건 가당키나 한가. 살아 있는 채로, 부검을 당하는 모양새다. 또한, 광기와 논리가 어울리는가. '얼음의 도가니' 열기 띤 광기에 논리의 차가운 메스를 들이대어 해부를 수행한다.

「광인일기」라지만 횡설수설의 기록이 아니다. 광기의 에피소드들은 가족사와 '나'의 과거와 현재라는 시간의 흐름에 따라 엮임으로써 서사 형식을 갖춘다. 자서전과 일기라는 형식은 시간의 누적을 통한 기억과 성찰을 담보한다. 화자는 자신의 광기를 연원으로부터 탐색하고, 가계도를 조사하며 사례를 수집한다. 에피소드들이 덧붙여질 때마다, 광기는 점차 그 형체를 드러낸다. 타일을 붙여 모자이크를 만들어나가듯 광기의 양상을 탐색하거나 그 고찰을 확대시킨다. 비슷한 분량의 에피소드들은 서술에 단속적인 리듬, 반복과 엮음의 구조를 만들어낸다.

"그때 비로소 나는"이란 구절이 반복되는데, 이는 경험이 의미화되는 순간을 이른다. "그때 비로소 나는 어머니가 사실은 그런 물건들을 필요로 했던 게 아님을 알았다. 어머니에게는 삶을 계속해서 살아갈 명분과 의미가 절실하다. 그러나 어디에서도 그 명분과 의미를 찾을 수 없었기에, 스스로 절박한 심정이 되어 오히려 세상의 종말에 집착했던 것이다."(215) 광기의 에피소드는 사례로 제시되고, 간격을 두고 의미가 제시된다.

자서전은 기원의 탐색에서 시작된다. 태몽은 가족사로 이어진다. 어머니는 종말에 대한 불안감으로 피난용품을 사모았으며, 화가였던 할아버지는 미친 사람들의 눈을 찍어댔고, 배설과 글쓰기를 동일시하던 아버지는 어머니를 죽이고 도망다닌다. ‘나’의 광기는 어머니, 할아버지, 아버지로부터 물려받은 것이다. 가족의 광기는 나에게로 수렴되니, 내 삶이란 배수관을 흘러내린 오수들이 웅덩이와 다를 바 없다. “모든 게 새로울 게 하나 없는 단순 반복에 불과했다. 매 순간의 삶이 결국 패러디에 지나지 않았다.” 하지만 이러한 에피소드들이 광기의 유전자를 물려받았으니 나도 미칠 밖에,라는 결정론을 뒷받침하는 것은 아니다. 가족들이 드러내는 광기는 현대인이 가질 법한 내면풍경을 여실히 드러낸다. 불안, 타인의 고통에 대한 예민함, 집착, 살의는 우리 내부에 잠복된 광기를 드러낸다. 광인의 낙인은 되레 미치광이가 무엇인지에 대해 집요하게 파고드는 계기가 되어준다.

고골의 「광인일기」(1835)와 루쉰의 「광인일기」(1918)는 미치광이로 만드는 사회의 광기를 그려냈다. 고골의 ‘광인’은 차르 전제정치 하의 9등관으로 소박한 꿈이 좌절되자 광기로 치달았다. 루쉰의 ‘광인’은 봉건제도의 불합리한 면모를 ‘식인’으로 규정했고 미치광이들은 되레 그를 광인으로 지목한다. 최수철의 ‘광인’은 파충류의 뇌와 싸운다. 차들이 질주하는 고속도로에서 빠져나와 갓길에 멈춘다. 미치광이가 득시글거리는 세상에서는 소수가 광인 취급을 받는다. 고골이나 루쉰이 시대의 요청에 따라 계몽의지를 강하게 드러내어 안/밖을 구별지었다면 최수철의 광인은 안팎의 경계를 지워버린다. 타인의 광기에 대한 관찰은 자기 안의 광기에 대한 발견으로 이어진다. ‘나’는 저승사자에게 위협당하는 사람이며 동시에 돌을 집어든 저승사자이기도 하다. ‘나’는 사막을 헤매는 펠리컨이며 동시에 그 사막을 구성하는 모래 알갱이다. 광기의 고백으로 모두들 미쳤다는 자백을 받아내고자 한다.

광인은 자문자답하는 사람이다. 자명한 것을 왜곡시켜, 질문을 만들어낸다. 일직선을 구부려 미로를 창조한다. 대로는 갓길로 엇나간다. 잘 정돈된 듯 보이는 광기의 기록이 머릿속을 뒤죽박죽으로 만든다. 사실, 머리통을 떼어내지 않는 한 광기에서 벗어날 도리가 없다. 광기로부터 벗어나려면 나를 벗어야 하는데, 나는 나로부터 도주할 수 없다. 모래시계 안의 왕복운동에서 벗어나려면, 모래시계 자체를 부서버려야 한다. 시간 '밖'에 대한 상상이 출구가 되어준다.

소설 첫머리의 태몽에서 별들은 각축전을 벌인다. 서로를 사냥하였으며, 더 크고 더 밝게 빛나는 별들이 더 작고 덜 밝게 빛나는 별들을 공격하며, 작은 별들이 달아나거나 허망하게 부서져버리곤 했다. 서로의 차이와 다른 무게는 충돌과 소멸을 자아낸다. 글의 말미에는 별은 무게와 다툼을 버리고, 깃털로 날아든다. "재난 대비 식품을 사모으는 어머니, 늘 달아나는 아버지, 미친 여자들의 얼굴을 찍는 할아버지, 형광 페인트가 칠해진 자동차 지붕, 패션쇼, 스트립쇼, 스트리킹, 저격과 매복 등등 그 모든 것들이 각기 하나의 깃털이 되어 나와 함께 공중에서 이리저리 날아다녔다."(222) 별들이 싸운 까닭은 사라지지 않고, 살아남기 위해서였다. 사냥을 멈춘 별들은 차이를 지운 가벼운 깃털이 된다. "사람들은 누구나 강박적으로 매달리는 것에 대해 오히려 아주 쉽게 망각해버리곤 하는 법이었다. 마음속으로 누군가 자신을 그 강박증으로부터 풀어주기를 간절히 바라고 있기 때문이었다."(217~218)

죽음 뒤에 고요한 풍경, 광기에서 놓여난 '나'마저 지워버린 상태. 아무리 복잡한 미로를 만들어 시간의 추격을 피해간들, 출구는 정해져 있다. 내 속에서 붐비던 광기는 죽음만이 재워준다. 죽음은 모든 것을 원자로 되돌린다. 차이는 지워지고, 시간과 공간은 사라진다. 각각의 타일들은 모자이크를 이뤄, 하나의 풍경을 이룬다.

광기의 기록은 결국 광기를 덜어내는 작업이며, 광기를 기억하는 일은, 광기를 잊어가는 과정에 다름 아니니다. 내 속에서 충돌을 벌이던 광기는, 깃털로 가뭇없이 날아다닌다. "그렇게 나는 마침내 한 사람의 진정한 광인으로 다시 태어났고, 앞으로 내내 광인으로 살아가야 하는 운명을 담담히 받아들였다."(222) 몸통 없는 깃털이 무저갱을 날아다닌다. 독자의 머릿속이 조용히, 소용돌이친다. 광기는 전염성이 강하다.

간間, 지층과 화석

— 송하춘 작가의 작품세계

위인전보다 지금은 인간전을 써야 합니다. (「청계천 가는 길」, 259쪽)

소설은 일종의 인간학Anthropology이다. 인간과 인人—간間, 인간들의 모둠인 사회를 다각도로 그려내고자 한다. 인간에 대한 관심은 소설이라면 의당 지녀야 할 덕목임이 틀림없다. 하지만 인간의 참모습을 온전히 그려내기란 수월치 않다. 인간의 안팎이 실로 복잡다단해서다. 인간은 신과 짐승 사이에 낀 존재이며, 현실과 이상 사이에서, 이성과 감정 사이에서 갈팡질팡하는 존재다. 송하춘의 작품은 이러한 경계에 선, 사이間의 인간을 그린다.

「다이너소어 모뉴먼트의 추억」에서 화자는 멕시코 기자와 영화를 보러간다. 영화 제목은 〈파블로 피카소〉건만 피카소가 주인공이 아니다. 단지, 붓 가는 대로 화면 위에 선이 그어지고 채색이 되고, 선과 색채의 어울림은 묘한 추상을 느끼게 만든다. 이 영화는 피카소의 화법을 형상화시킨 작품이며, 화자는 인물 없는 영화를 통해, 피카소가 결국 '인물'을 그린다고 결론짓는다.

> 피카소는 결국 인물을 그린다. 하나의 인물이 완성되면 그 위에 다른 인물이 겹친다. 여러 사람이 여러 번 겹친다. 여러 번 인물이 겹치면 인물은 많아져야 하는데 오히려 없어진다. 인물로 시작해서 다시 그 인물들을 없애버리면, 그 없어진 자리에 우리의 상상력이 동원한 여러 가지 생각이 담기게 된다.
>
> —「다이너소어 모뉴먼트의 추억」 65~66쪽

피카소 그림의 바탕은 인간이다. "아무리 복잡한 그림이라도 그것은 인간으로부터 시작되며, 인간의 자유분방한 상상력은 결국 인간으로부터 나온다." 한 인간이 다른 인간과 겹쳐지고, 인물 수가 늘어날수록 개별 인간의 모습은 지워진다. 하지만 인물들의 겹침은 인간의 보편적인 면모를 드러내는 데 기여하게 된다. 추상에서 구상으로, 구상은 다시 추상으로 이어진다. 우리는 소설 속에서 개별 인물을 보지만, 그 인물을 통해 인간 보편에 대한 단서를 얻게 되는 것이다.

이 글은 송하춘의 소설 중 중단편 20편을 추린 선집 『사막의 폭설』, 『그의 청동기』(문학사상, 2010)를 대상으로 작가가 어떻게 인간을 그려나갔는지를 살피고자 한다.

공간의 확장, 시간의 지층

단편소설의 제한된 분량 안에서 다양한 인간상을 담아내기 위해 작가는 시간 축과 공간 축의 확장을 꾀한다. 멀찌감치 떨어뜨려보면, 사람들이 사는 모습은 어슷비슷하다. 그들은 익명의 군중으로 한데 묶인다. 작가는 누구나 오갈 수 있는 공간을 무대로 삼아 다양한 인물들을 끌어들인다. 이를테면 '역'과 같은 장소 말이다. 역은 누구나 드나들 수 있고, 잠시 머물다가는 장소다. 날렵하게 겹겹으로 인간의 초상을 그려내기에 맞춤인 공간이다. 「청량리역」은 대합실을 중심으로 한 청량리역 안팎을, 「갈퀴나무꾼들」은 서울역을 무대로 삼는다.

「청량리역」 10시 사람들이 모여든다. 대합실의 승객들, 휴가를 받은 군인, 의무경찰과 직업경찰, 역 주변 사창가 아이가 역의 안팎으로 오간다. 이들은 각자의 사정 때문에 우연찮게, 여기 지금 모여 있다. 무심한 만남과 무수한 스침이 이루어지는 공간이다. 그 속에는 아이도 있고, 어른도 있으며, 여자와 남자, 직업이 제각각인 인간들이 서로가 누구인지 모르고 스쳐보낸다.

등장인물들은 우연하게 한 장소에 모여든 듯싶고 서로에게 무심한 듯 보인다. 하지만 "전광판 시계가 방금 10;00을 넘어서"는 순간, "사람들이 우르르 개찰구 앞으로 몰려가더니, 금세 입구까지 닿은 긴 꼬리를 이었다. 출발 시각 10분 전쯤이면 개찰이 시작될 거라는 걸 이미 고대하고들 있었던 모양이다. 무심해뵈던 사람들이 언제 그토록 세상 돌아가는 일에 촉각을 곤두세우고 있었던지, 세상은 참 무심하다고 탓하거나 깔볼 일만도 아닌 것 같다. 무심해뵌다는 건 자기한테 몰두한다는 뜻일 테니까, 함부로 그 무심을 탓하다가는, 탓하는 사람만 자기 일에 몰두하지 못하는 셈이 되고 말 것이다."(230쪽) 작가는 사람의 속까지 읽어내는 CCTV처럼 같은 시각, 같은 공간에 모여든 사람들의 면면을 드러낸다. 거리를 두고 객관적 관찰을 수행하면서, 가까이 당겨 속사정을 보여준다.

멀찌감치 떨어져보면, 사람들은 한 무더기로 뵌다. 그러나 가까이 들여다보면 얼굴이 눈에 들어온다. 차이가 드러난다. 남들 눈에는 그저 경찰무리들로 뵈던 사람들도 한 발짝만 다가서면 입장 차에 따라 나뉜다. 예컨대 보통사람들 눈에는 경찰은 모두 같아 보이지만, 한 발만 들어가면 경찰도 직업경찰과 의무경찰로 나뉜다. 직업경찰은 그 일을 업으로 삼았기에 프로며, 의무경찰은 임기를 마치면 민간인으로 돌아갈 테니 아마추어라고 구분된다. 직업경찰의 의무경찰을 두고 "프로의 세계를 아마추어가 엿보는 건 싫"다고 하며 의무경찰은 "아마추어는 아마추어대로 그들만이 갖는 묘한 자존심이 있어서, 잎사귀 하나쯤은 아마 맞먹어도 된다고 생각"한다. 최 경장이 호송하던 죄수들이 도망간 사건은 언뜻 들으면 어이없는 사건사고에 불과하지만 점차 이 사건이 품고 있는 다른 이야기들이 드러난다. 최 경장은 딴에는 죄수들의 사정을 헤아려 그들을 사창가에 풀어주었다. 게다가 함께 호송을 맡은 경찰은 일 계급 승진을 위해 이 사실을 고자질했다.

우리는 서로를 스쳐지나간다. 타인은 그저 타인으로 사라진다. 그러니,

> 그들은 노파가 왜 죽었는지, 혹은 누가 죽였는지를 알고 싶어하지 않았다. 더구나 그 죽음을 슬퍼하거나 애석해하는 사람은 대합실 안에 아무도 없었다. 이제 경찰이 할 일이라고는 그 죽은 노파를 차에 실어가는 일일 것이다. 그러나 산사람을 실으러왔다가 죽은 송장을 싣고 간다고 해서 그게 재수 없는 일이냐 하면 그건 아닌 것 같다. 그것이 산사람이든 죽은 송장이든, 그들은 그것을 어디론가 실어다주기만 하면 그만이다. 산사람이면 구청 사회복지과로 갈 것이고, 죽은 송장이면 경찰병원이나 시립병원 같은 데로 일단 갈 것이다.
>
> —「청량리역」 253쪽

신문에 단신으로 처리될 노파의 죽음에 대해 독자만큼은 속사정을 알게 된다. 작품 속에서 노파의 심정과 그를 둘러싼 다른 사람들의 사연을 읽었기 때문이다. 그저, 낯설었던 사람들은 한 소설 안에 묶임으로써 낯을 익히게 되는 것이다.

차이에 주목하고 내면을 그려낼 때, 한 무더기로 뵈던 인간들의 얼굴이 돋을새김된다. 군중 속에서 유령처럼 나타나는 이 얼굴들, "까맣게 젖은 나뭇가지 위의 꽃잎들 —에즈라 파운드 「지하철 정거장에서」" 작가는 대합실에 모인 익명의 사람들의 사연을 하나씩 제시한다. 하나의 꽃잎은 다른 꽃잎과 겹쳐졌을 때 꽃으로 만들어진다. 개인과 군중의 이미지는 중첩된다. 무더기로 뵈던 사람들은 낱낱이 꽃잎으로 제각각 사연이 있고, 이들은 서로 연결됨으로써 그 순간, 그곳의 풍경을 한 송이의 꽃으로 엮인다. 익명의 공간에서 무심하게 스쳐가는 사람들의 사연을 하나씩 살려내는 관찰 기록문은 인간사의 복잡다단함을 그려낸다. "낯설고 무관한 사람들이지만, 세상이란 결국 이렇게들 만나서 이야기 나누며 사는 것이던가."(「청계천 가는 길」, 260~261쪽)

잠시나마 관계를 맺는 폐쇄공간도 등장한다. 「그해 겨울을 우리는 이렇게 보냈다」는 해군 함정, 「백수광부의 처」에서 민방위훈련으로 멈춘 버스 안, 「청계천 가는 길」의 택시 안이 그 예다. 낯설게 스쳐보냈던 사람들은 우연히 인연을 맺게 된다. 「청계천 가는 길」은 택시 속 풍경에서 시작된다. 택시운전사는 일시적으로 손님과 한 공간을 점유한다. 운전기사는 승객을 목적지까지 운반하고, 승객은 운전사에게 잠시 자신을 의탁한다. 게다가 택시에 라디오가 켜져 있으면, 라디오 속에서 이야기를 나누는 사람들도 같은 시간을 공유한다. 우연히 한 시각, 한 공간을 함께 하고, 찰나지만 관계를 맺는다. "저쪽 방송국에 앉아 있는 사회자와 초청인사 두 사람에다가, 지금 택시를 타고 있는 나와 운전기사, 그렇게 네 사람은 서기 1900년대가 열리는 어느 날 낮과 밤이 교차하는 그 시각을 함께 보낸 적이 있다.”(260쪽)

택시가 고산자로를 달리자, 역사 속 인물 김정호의 시간이 한 겹 더해진다. 고산자와 무관해 보이는 길에 이런 명칭이 붙은 까닭은 “전국적으로 사람들이 많이 다니는 거리에다가 역사적으로 유명한 사람의 이름을 붙여서, 오며가며 그 길을 지날 때마다 그렇게 위대한 사람의 업적을 기리기도 하고, 또 잊혀가는 위인들의 삶을 되새겨보는 것도 좋은 일”(262쪽)이기 때문이란다.

택시를 타고 목적지를 이동하는 짧은 시간 동안 운전기사와 화자, 라디오 방송의 사회자와 대담자, 김정호가 어우러진다. 좁은 공간과 한정된 시간은 확장되고 많은 사람과 시간을 끌어안는다. ‘나’는 여간해서 합승을 허락하지 않는다고 말한다. 그 까닭은 “왠지, 운명을 달리하는 사람끼리 한 차를 타면 그 사람 운명과 내 운명이 함께 섞일 것 같아 께름칙한 생각이 자꾸만 들기 때문이다. 만에 하나 사고라도 생기는 날이면, 설령 그 사람 운수로 내가 구제되지는 못할망정, 나 때문에 그 사람이 피해를 봐서야 되겠는가.” 반면, 운전기사는 다음과 같이 말한다. “한 배에 탄 사람들이란 것도 말이다. 아니, 한 배 안에 탄 운명이란 것들도 말이다. 함께 타고, 태워주고, 가는 동안 즐겁게 어울리고 말이다, 그러다간 내릴 때는 누가 누군지도 모른 채 헤어지면 그뿐인 것을, 얼마나 삭막한가, 자, 우리 한잔 하자고.”

우연에 의해 한 공간, 한 시간을 점유한 인간들의 모습은, 만났다 헤어지기를 거듭하는 사람살이에 빗대진다.

그동안 살면서 나는 꽤 많은 사람들을 만났어요. 근데 가만히 보면 그 숱한 사람들도 때로는 하나같이 보일 때가 있어요. 내가 우리 가게에 앉아서 가만히 보면 사람들은 대개가 저기, 연못이 있고 그 연못 속에 정자가 잘 배경을 이뤄주는 섬돌에서 사진을 찍어요. 그러고는 지금 우리가 앉아 있는 바로 이 잔디 위에서 점심을 먹거든요. 그리고 많은 사람들이 이곳에서 웃어요. 이런 모든 것을 내 상점에 앉아 오랫동안 바라보면 꼭 커다란 한 마리의 짐승이 꿈틀거리고 있는 기분이 들어요. 그 거대한 짐승은 마치 강물이 넘실거리듯 항상 굼실굼실거리는 거예요.

—「한번 그렇게 보낸 가을」 313쪽

「한번 그렇게 보낸 가을」에서 대학생과 매점 여자가 고궁에서 만난다. 돌레에서 돈레로 불리다 세상을 돌멩이처럼 떠돌던 기구한 여자와 대학생은 처지가 영판 다르다. 그러나 고궁이란 공간은 잠시나마 이들은 한 자리에 모이게 하고, 서로의 속내를 엿보는 시간을 나누게 한다. 「갈퀴나무꾼들」의 진백은 아내를 마중하러 서울역에 나갔다 낯선 여인과 정사를 나눈다. 「다이어노소어 모뉴먼트의 추억」에서 '나'와 몰리나는 살을 섞고 헤어진다. 짧은 정사 뒤에 고국으로, 혹은 집으로 돌아간다. 일시적인 만남이지만, 한때 어울려 「은장도와 트럼펫」에서 쓰리꾼인 화자와 정님은 소꿉장난 같은 살림을 차린다.

어떤 공간들이 사람들의 만남을 주선하여, 각자의 속사정을 드러내는데 기여한다면 사람들의 만남은 각자가 겪은 시간들을 만나게 한다. 누군가를 만나는 일은, 상대가 쌓아올린 시간과의 만남이기도 하다. 「사막의 폭설」에서 미국에서 돌아온 한혜주는 압구정동의 김동수를 찾아온다. 둘의 관계는 미국과 이라크의 전쟁 상황에 맞물린다. 서울에 사는 사람들과 걸프전쟁의 연관성은 실감나지 않는다. 하지만 한혜주와 김동수의 이야기와 묶임으로써 서울과 걸프전은 엮인다. 딸이 김동수와 다시 만나자, 한혜주의 아버지는 다짜고짜 선전포고하고 덤빈다. 한혜주 아버지의 권력과 김동수 아버지의 재력이 만나게 하기 위해, 부모는 둘의 만남을 부추겼다. 하지만 상황이 바뀌자, 만나지 말라고 가로막는다. 딸과 아들의 심정이야 상관없다. 이러한 부모의 행태는 전쟁을 일으킨 인물들과 별반 다를 바 없다. 또한 누군가를 자의에 의해 단정하고, 그 공간에서 몰아내는 행위는 전쟁이라는 땅따먹기 놀음과 겹쳐진다.

부모세대는 압구정동이란 공간을 만들었다. 자식세대는 그 속에서 나름의 추억을 만들어갔다. 하지만 다른 사람들은 압구정동의 젊은이들을 '오렌지족'이라 싸잡아 매도하고, 그곳에서 내몬다. "아버지의 바다에서 노는 고기를 아버지들이 먼저 저주한 것이다. 떠나지 못한 사람은 김동수뿐이었다. 누구는 유럽으로, 누구는 일본으로, 또 누구는 개처럼 질질 끌려서 군대로, 그들의 압구정동은 그렇게 산산조각이 나버렸다." '압구정동'은 부모세대가 일군 공간이다. 자식세대는 그곳을 해방구로 삼았지만 부모세대는 자식들을 압구정동에서 내몬다. 자식들은 본의 아니게 뜨내기로 산다.

> 동빙고동 살 때에도 아빠는 그랬습니다. 저, 국민학교 오학년 때였죠. 저희들의 교육을 위해서 강남으로 건너가야 한다고, 그래서 아빠는 우리 어린것들을 이끌고 압구정동까지 오지 않았습니까. 동빙고동 전에는 성북동에 사셨다고요. 그 전에는 장충동에 사셨다는 말을 들었고요. 아빠는 언제나 서울특별시 중에서도 서울 슈퍼 특별시에서만 살기를 바랐습니다. 그러고도 모자라 이제는 저를 미국으로 보내시겠다고요?

—「사막의 폭설」 181쪽

어떤 공간은 거기 살면서 추억을 만든 사람들의 것인가, 혹은 그 장소를 일군 사람의 것인가. 이 작품은 공간에 대한 질문을 던지고, 전쟁이란 땅따먹기 놀이에 대한 비판을 가한다. 또한 「사막의 폭설」은 압구정동이란 공간에 이라크 사막이란 공간을 겹쳐놓는데, 공간이 겹치면, 시간의 지층도 더불어 두터워진다.

유년의 파괴, 열리는 세상

송하춘 소설의 화자들은 적극적으로 행동하지 않는다. 사건을 이끌기보다, 어떤 사건을 두고 관찰하고 성찰하는 편이다. 세상에 대한 거리두기는 어린 화자가 등장할 때 두드러진다. 어린아이는 세상이 돌아가는 이치와 사람살이의 깊은 속내는 모른다. 제 뜻과 상관없이 돌아가는 사람살이와 세상 일이 알쏭달쏭하기만 하다. 어린 화자를 내세우면 작품은 아이러니를 포함하는 비밀의 추적과정과, 비밀의 발견이란 파국으로 마무리되곤 한다. 어린아이들은 단서조각만을 가지고 이런저런 추측을 하고 궁금증을 커져간다. 결말의 파국과 함께 비밀의 실체는 일거에 드러난다. 탐색의 과정과 비밀캐기를 통해 자연스레 인간과 세상에 대한 어떤 면모가 점차 밝혀진다.

「추석」의 어린 화자는 첫 장면에서 문구멍으로 마당 풍경을 엿본다. 난리통이라지만 어린 화자는 그저 새 운동화 한 켤레가 갖고 싶을 따름이다. 지극히 어린이답다. 자기와 한방을 쓰게 된 피난민 판식이에게 반말을 찍찍하며, 판식이가 할아버지 앞에서 푼수 없이 나댄다고 생각한다. 세상이 어떻게 바뀌었는지도 모르고, 자기 행동을 어떤지 돌아보지 못한다, 어리니까. 탱자나무에 걸린 빨간 헝겊을 보고 어린 화자는 눈병 걸린 사람이 내다버린 것이라고 우기지만, 친구는 사람의 혼백이라며 이 동네에서 누군가 죽어나갈 거라고 말한다.

> 나는 줄곧 문구멍을 지켜보았다. 문구멍을 통해서 보이는 것들을 빼놓고는 모두가 궁금했다. 보이지 않는 감색 운동화, 보이지 않는 눈아피, 보이지 않는 누군가의 혼백, 그리고 또 보이지 않는 할아버지, 아버지, 땅딸보, 심지어는 방금 말소리를 뚝 그쳐버린 할머니, 어머니조차도 아무것도 보이는 것이라곤 없었다. 아무것도 보이지 않는 이 엄청난 비밀 속에 갇혀서 나는 여간 밖으로 나갈 짬을 낼 수가 없었던 것이다.
>
> —「추석」 226~227쪽

어린 화자는 불안에 시달리지만 정작 그 불안의 실체는 알지 못한다. 시야의 좁음 때문에 세상의 비밀을 알지 못한다. 시야의 협소함에서 오는 정보량의 차이는 아이러니를 낳게 된다. 주인공은 모르지만 독자들은, 이 상황이 어떠한지 알기에 이해에 낙차가 발생한다. 아이는 땅딸보가 맞는 광경을 보고 히죽대지만, 그 대화 내용을 이해하지는 못한다. "그날 나한테 나타난 추석이란 생선 가시처럼 뼈다귀만 앙상한 허탈, 바로 그것이었다. 굳게 문고리를 걸어닫고 기다리던 것들은 아무것도 돌아오지 않은 채, 다만 추석 전날의 알 듯 알 듯하면서도 모르겠던 그 비밀들이 차지하는 엄청난 시간이 나를 허탈에 빠지게 했던 것이다." 판식이를 구하러 나간 할아버지는 돌아오지 않는다. 어린 화자는 빨간 헝겊 조각을 태워버리고, 집안에서는 곡소리가 들려왔다. 무지—인식—고통. 문제풀이 과정은 파국으로 갈무리된다.

「밀알의 새」에서 '나'의 아버지는 행적이 묘연하고, 어머니는 곰배팔이하고만 어울린다. 동네 사람들은 수군거리지만 어찌된 일인지 할머니는 아랑곳하지 않는다. '나'는 어머니가 몸이 성치 않은 곰배팔이와 어울린다는 소문이 싫다. 곰배팔이가 멀쩡한 남자가 사라진 마을에서 여자들을 후리고 다닌다더라, 어머니가 되레 곰배팔이를 꾀어냈다는 소문까지 무성하다. "내 보기에도 어머니가 곰배팔이와 속닥거린 적은 한두 번이 아니었다. 걸핏하면 곰배팔이가 어머니 곁에 서 있었다. 둘이는 무슨 말인가를 궁금하게 주고받다가도 내가 가까이 가기만 하면 하던 말을 뚝 그치곤 하기를 여러 차례 당했었다." 게다가 두 사람은 밀밭 언저리를 맴도니, 소문은 더욱 무성해진다. 할머니는 어머니를 다그치고, 사람들은 아버지를 내놓지 않으면 불을 질러버리겠다고 위협한다. '나'는 불안에 시달린다. 사람들은 용천뱅이(나병환자)들이 들끓는 호밀밭을 베어버리자고 하지만 어머니와 할머니는 완강하게 거부한다. 이런 비밀의 유지 과정은 '종달새'와 엮인다. 새 둥지의 종달새를 잡아달라는 말에 아버지는 "잡지는 말고 그냥 보기만 해라. 종달새는 겁이 많니라. 사람 냄새만 나도 달아나 버리거든", "갖고 싶지만 참아야 된다". 종달새가 더 크자 안달이 난 나는 어머니를 졸라대지만 "새는 어미가 기르는 법이야. 사람의 손을 타면 새는 죽어"라는 말이 돌아온다. 곰배팔이가 때가 되면 종달새를 잡아주겠다는 말로 나를 달랜다. 종달새에 사로잡힌 나는 마을 사람들이 밀밭을 베러올 거라는 소문을 전하며 곰배팔이를 채근한다. 새는 자라고 아이는 커가고 비밀도 몸을 불린다.

동네 사람들이 어머니를 톡, 톡, 톡, 톡 쪼아대는 데서 시작한 작품은, 종달새의 발견과 성장, 새들이 모두 날아가버린 호밀밭의 풍경으로 끝맺는다. 종달새는 이 작품 전체의 비밀을 품고 있다. 화자가 새에 대한 소유욕은 비밀에 대한 궁금증을 나타내며, 비밀을 아는 순간, 알이 깨어지듯 파국이 찾아든다. 새들은 날아가고, 곰배팔이는 잡혀가고, 아버지는 달아나고 고막을 찢을 듯한 총소리가 들린다. 아이가 어른이 되려면 그 동안 알지 못했던 것들을 깨달아야 한다. 하지만 비밀이 풀리는 순간, 파국이 찾아든다. 알지 말아야 할 것을 알아버린 순간, 어린 시절은 끝이 난다. 호밀의 연두색 물결만 공허하게 바람에 쓸리고 있었다. 모든 것이 밝혀지고, 모두들 사라지지만 시야는 공허 속에 넓어진다. 파국은 인식의 지평을 넓히는 것과 결합된다.

「이방의 계절」의 화자의 누이는 집을 나갔다. 무슨 일이 생겼냐고 묻는 어린 화자에게, 어머니는 "아니다, 넌 알 것 없다"고 말한다. 어린 화자는 누나가 왜 나갔는지, 어디로 갔는지는 모르지만, "누나가 보이지 않자, 내가 떠올린 누나에 대한 기억은 벼 포기를 흔들고 가던 어둠 속의 꿈틀거림과 비누 냄새"였다. 감각만이 전부다. 처음엔 대수롭지 않던 그것들이 왜 하필 누나가 떠나고 나자 생생한 기억으로 살아남는지는 모른다. 그저 그것이 자신이 깨달은 또 하나의 멀고도 낯선 세계라는 것만은 어렴풋이 안다.

"누나는 울타리 밖으로 나가떨어진 공이었다. 공은 도시의 바람과 선망으로 부풀어 있었고, 어디론가 달아나고 싶어했고, 그리고 이 세상 어딘가에 숨어 있었다."

반면 아버지는 "삽질을 하기 위해서 태어난 사람 같았다. 파고파고 또 파도 아버지가 파야 할 땅은 남아 있었다. 삽질하는 아버지를 보자 누나 생각이 났다. 파고파고 또 파다가, 아버지는 마침내 그 속에 묻힐지도 모른다. 흙 속에 파묻히고 싶어서 아버지는 땅을 팠고, 그게 싫어서 누나는 숨어버렸는지도 모른다. 언덕 아래로 짙은 초록의 들판이 강물처럼 굼

실거렸고, 그것은 이미 한 폭의 수묵화가 아니었다."(97쪽)

누나가 나가던 날 밤의 풍경은 한 폭의 수묵화로 남아 있었다. "그것은 언제나 내 기억의 가장 먼 데 있었고 그로부터 내 생애는 시작되는 셈이었다." 한 장의 수묵화로 정지된 누나의 가출 아래 숨겨진 사연을 헤아릴 때, 멈춰 있던 들판은 강물처럼 굼실거린다.

탈주와 안주의 간間

「이방의 계절」에 그려진 줄곧 땅을 파는 아버지와 집 나간 누나란 대립된 인물 유형은 다른 작품에서도 반복되어 등장한다. 송하춘 작품의 인물군을 거칠게 나누자면, 도주형 인물과 안주형 인물로 대별된다. 안주하는 생활인은 주로 '교사'라는 직업군으로 나타난다. 소설에 등장하는 교사들은 교사직을 마뜩치 않아한다는 공통점을 지닌다. 교사란 직업은 적게 먹고 적게 싸는 직업이며, 안정되지만 변화가 없다.

「갈퀴나무꾼들」에서 교직으로 복귀하는 대신, 연출로 전직한 아내는 다음과 같이 말한다. "교사는 말하자면 될 수 있는 대로 좋은 것만 보려하고, 나쁜 것도 좋게 말하려는 습관이 있어서, 그저 좋은 것이 좋다는 식의 안일한 타성에 젖고 마는 수가 있겠는데, 연출은 다르다는 것이다. 취재를 하다보면 세상에는 좋은 일보다 나쁜 일이 더 많다는 걸 알게 되고, 연출을 하다보면 그 나쁜 것들을 어떻게 좋은 쪽으로 일깨워줄 수 있을까 고심하게 되니까, 그러다 보면 결국 적극적이고도 창조적인 삶을 살게 되더라는 것이다."(90~91쪽) 교사 남편은 달리는 아내 뒤에서 외롭다.

교사직을 고수하는 사람들은 자신이 변화 없는 안정된 나날 속에 남겨져 있다는 것을 고통스러워한다. 「백규평전」은 주인공 교사 백규가 이

사장 둘째 딸의 결혼식에 참석하는 이야기다. 백규는 매월당 김시습을 동경하지만, 실제 생활에서는 그처럼 살 수 없다. 생활이 그를 붙들어 맨다. 고학을 해서라도 학업을 계속해야 하고, 그러기 위해서는 야간고등학교의 교사직을 포기하지 못한다. 자신이 경원하던 사람들과 점점 닮아가야 한다.

> 이익을 위하지 않으므로 그의 말이 굳세고 곧으면? 그러나 백규는 이익을 위하여 그의 말을 누그러뜨리고 굽혔다. 이름을 사랑하지 않으므로 그의 일이 바르고 엄하며? 그러나 백규는 이름을 사랑하여 그의 말을 흩뜨리고 얼버무렸다. 구차히 살려하지 않으므로 그의 말이 족히 임금을 움직이며? 그러나 백규는 구차히 살고자 그의 말을 묻어버렸다. 죽음을 두려워하지 않으므로 그 법이 가히 티끌세상을 깨우치며? 그러나 백규는 죽음이 두려워 감히 티끌세상의 티끌을 쓸지 못했다.
>
> —「백규평전」 73쪽

백규는 먹고사는 문제에 붙들려 이상을 버리고, 자신의 얼굴조차 잃어간다. 이 작품의 마지막에서 백규는 증명사진 속의 자기 얼굴을 낯설어한다. 「백수광부의 처」에서 '나'는 자신을 벌레처럼 느낀다. "아내가 입원을 해서 정신이 산란할 때 조달호 선생이 쓰러지고 부인이 연행되어 간 이 마당에 학인은 나타나서 도대체 고국에 남아 처진 사람들의 무엇을 보고자 하는 것일까. 학인을 떠올리는 순간 철호는 문득 자신의 삶이 오 년 전 구차한 시간 속에 우뚝 멈춰지는 것을 느꼈다. 학인 앞에 철호는 벌레처럼 꿈틀거리는 한 마리 작은 미물이었다."(129)

누구는 교직을 고수하고, 누군가는 교직을 박차고 뛰쳐나간다. 「두럭산」은 젊은 교사 남상훈과 중년 교사 한성민의 대립이 두드러진다. 화자는 한성민이지만, 서술자는 두 사람의 입장을 공평하게 제시하고 판단은 독자에게 맡긴다. 학교 앞 두럭산에 미군 헬기가 떨어졌고, 아이들은 비행기의 알맹이를 다 파갖고 달아났다. 훔쳐간 물건들을 되돌려놓으라는 엄포가 떨어지고, 경찰이 학교로 들어오고, 가택 수색을 당한 집도 여럿이었다. 한성민과 남상훈은 이 사안에 대립각을 세운다. 한성민은 그 현장에는 어른들도 있었는데 왜 학생들만 다그치느냐며, 어른들이 저지른 잘못을 아이들이 뒤집어써야 하느냐, 왜 마을에서 벌어진 일을 학교가 떠맡아야 하느냐고 묻는다. 남상훈은 "마을이나 학교나, 이번 일은 다 우리 지역 사회에서 벌어진 큰 사건 아닙니까. 학생들이 저지른 잘못을 학생들 스스로가 나서서 해결하도록 가르쳐야지. 그걸 교사가 앞장서서 덮어두려 한다거나, 남에게 책임을 전가하려 든다는 건 위선입니다. 교육의 순수성을 빙자한 도피 심리죠"라고 일갈한다.

신구 세대를 대표하는 두 교사는 '껌'으로 두고도 다툰다. 아이들이 유행병처럼 껌을 씹자, 한성민은 그것을 근절해야겠다고 판단한다. 아이들이 까닭을 묻자, 버릇없어 보인다는 이유를 내건다. 아이들은 남상훈 선생님도 씹는다고 말한다. 아이들이 껌값을 충당하기 위해 쌀을 판다는 한서인의 말에, 남상훈은 껌도 새로운 문화로 받아들여야 한다고 말한다. 두 선생의 갈등은 구세대와 신세대의 갈등이란 세대갈등의 면모도 보인다. 한성민은 아직 젊다고만 생각되는 남상훈이 자기와 다른 견해를 가질 때, 그것을 고쳐주고 싶지만 남상훈은 그런 한성민을 완강히 거부한다.

> 남상훈은 한성민에 비하면, 이제 사범학교를 갓 나온 풋내기에 불과하다. 그런 남상훈에 비하면 한성민은 너무 꾀죄죄하다고나 할까. 왜정 때 교

> 원양성소를 나왔고, 교단에서만 삼십 년을 늙었고, 더구나 이 학교에서만 십 년이 넘도록 쳇바퀴를 돌리는 개미처럼 말하자면 고인 물이었고, 앞으로도 또 그렇게 살아야 할 사람이 아닌가. 그것은 어쩌면 그의 신념이요 긍지였는지도 모른다.
>
> —「두럭산」 18쪽

젊은 교사 한성민은 일제시대의 잔재인 학교에 머무는 사람들을 이전 세대라며 싸잡아 공격한다. "일본 놈과 짜고 세운 학교, 해방이 되고도 달라질 줄 모르는 학교에서" 새로운 교육이 가능하겠냐며 떠나고 싶은 게 당연하다고 말한다. 아이들은 그에게 열광하지만, 결국 남상훈은 미군부대 통역관으로 뽑혀 교단을 떠난다. 남상훈과 교장, 한성민은 어떤 의미에서는 닮은꼴이다. 흔히 젊은 교사가 패기만만하고 진보적이라고 말한다. 하지만 겪어보지 않은 사람들은 쉽사리 비난하게 마련이다. 박 교장의 "남선생 그 사람은 아직 젊으니까, 매사에 떳떳합니다. 떳떳한 사람일수록 남의 잘못을 용서하지 않아요"의 말이나, "한 선생은 자꾸만 남상훈을 의심하는 모양인데, 그럴 필요 없다니까요. 그 사람, 딴 욕심 없는 사람입니다. 다만 생각이 젊고 시각이 새로워졌다고나 할까? 새로운 눈으로만 보면 낡은 역사란 언제나 모순투성이요, 흠집덩어리지 뭐겠소? 한 선생이나 나나 이제는 어쩔 수 없이 흘러간 물이구려"라는 말은 새겨들어봄직하다.

이 작품의 제목이 '두럭'이란 산 이름에서 따왔다. 교가에 자주 등장하는 '산'은 긴 시간 동안 한곳에서 자리잡고, 변하지 않는 모습으로 아이들을 지킨다. 교육도 변화에 재빠르게 발맞추는 것이 아니라, 지킬 것들을 전해주는데 주안점을 두기에, 산과 유사한 속성을 지닌다.

"두럭은 이 고장에서 가장 높고 큰 산이다. 그것은 언제나 끝이 뾰족한 삼각의 푸른 숲으로 저만큼 학교 앞에 버티고 서 있었다. 이 동네 아이들은 누구나 두럭을 보며 나이를 먹고, 두럭의 키를 재며 꿈을 키"웠던 두럭은 결말 부분에서는 "봉오리는 이제 삼각의 푸른 숲이 아니었다. 그것은 어느덧 밋밋한 언덕으로 내려앉아 있었고, 삼각의 봉우리가 잘려나간 바로 그 자리에 우뚝 솟은, 거대하게 얼키설키한 은빛 철탑이 하나, 그때, 낯익은 헬리콥터 한 대가 바람개비를 돌리며 그 철탑 쪽으로 날아가고 있었다"로 변모한다. 같은 공간이라 할지라도, 시간의 변화에 따라 의미를 달리하게 마련이다. 남아서 작아지는 자신을 보며 고통스러워할 것인가, 활주로 없이 떠오르는 헬리콥터처럼 날아가버릴 것인가.

송하춘 소설의 인물들은 탈주를 꿈꾸지만, 차마 떠날 수 없어 고통을 받는다. 도주와 일탈의 욕망이 주인공들을 괴롭힌다. 탈주를 꿈꾸던, 이상을 향해 치닫는 인물들은 죽거나 사라지고, 남은 사람들은 이러지도 저러지도 못한다. "결국 백 선생은 그 사람 곁에만 있고 싶어 미국에 가지 않았고 그 사람은 또 미국에 가지 않는 백 선생에게 실망해서 사랑하지 못하고 있다."(「산꿩」) 「산꿩」의 최민영과 「그의 청동기」의 진호는 이상과 열정에 붙들려 살다가 숨을 거둔다. 시간은 그들의 이상과 열정을 거둬가버렸다.

> 사람이 나이를 먹는다는 게 낡아가는 일일까, 무르익는 일일까. 길은 하나뿐이야. 그자들이 바보천치라서 낡아가는 쪽을 택했겠니? 환경이 그자들을 그 길로 몰고 갔다. 여기 눌러 있는 한, 우리 또한 한배 안에 탄 운명이라는 사실을 왜 모르니?
>
> —「백수광부의 처」 122쪽

질문이 절절하다. 송하춘의 소설은 안주와 탈주 사이의 간間은 어디일까,란 심란한 질문에 맞닥뜨리게 한다. 「춤추는 선생님」에서 화자는 노상 술을 마시는 교사 아버지를 진저리쳤고 교생실습을 와서는 어린시절 불량했던 친구를 만난다. 화자에게는 교사란 내키지 않는 직업이다. 허나 교생실습을 하면서 화자는 혼란에 빠진다. 밖에서 봤을 땐 자유롭게 비판이 가능했는데, 안에 들어와보니 속사정이 복잡하다. "처음엔 너무 친절한 게 오버액션이 되었더니 이번엔 겸손하다 못해 거만해져버리고 말다니, 도대체 어찌된 일인지 흡사 싸구려 유리 상회에 들어갔을 때처럼 어느 게 진짜 내 모습인지 구별할 도리가 없었다." 어릴 적 친구는 그에게 물가에서 춤추는 선생들을 구경시켜준다. "헤이! 헤이! 활개치는 허다한 내 아버지들을 목격"하고 화자는 아버지의 세계로 진입한다.

그렇다면 시간은 인간을 변질시키기만 하는가. 「백수광부의 처」 아내의 몸에서 나온 돌멩이를 '사리舍利'라고 부른다. 그 돌멩이는 시간의 산물이다.

> 욕망이랄 것도 좌절이랄 것도 없는 메마른 인고가 한 십 년쯤 쌓이면 우리들의 삶은 겨우 이런 작고도 단단한 돌멩이 하나 굳힐 수 있는 모양이었다. 그것은 하물며 보람도 아픔도 아니었다. 다만 돌멩이일 뿐이었다. 십 년을 걸려 한낱 좁쌀만한 돌멩이 하나를 만들고 마는 삶이지만 그 하찮은 삶이 그날 철호한테는 아주 그럴듯하게 느껴지는 것이었다.
>
> —「백수광부의 처」 136쪽

열정이나 이상은 사라지되, 흔적을 남긴다. 시간을 받아안은 돌, 지층에서 발견되는 화석들은 살아 있었음을 증언한다. 돌은 그 속에 단단하게 시간을 품고 있다.

> 칼날은 언제나 보이지 않는 법이야. 칼이 무엇인가를 해낼 수 있다고 생각할 수는 없어. 보이지 않는 곳에 항상 칼은 있는 법이라고. 보이지 않는 그 칼을 우리는 다만 믿고 있을 뿐이야. 보이지 않는 건 좋은 거 아니니? 긴장되게 해주니까. 네가 그냥 이 칼을 품어. 그게 좋겠지? 다만 보이지 않는 곳이면 돼. 아무도 찾지 못하게 깊이깊이 말이야.
>
> —「은장도와 트럼펫」 164쪽

나무의 나이테처럼, 돌에 새겨진 무늬처럼, 시간은 인간에게 '간間'의 흔적을 남긴다.

'바르도Bardo'의 가내 수공업

— 송은일 『나의 빈틈을 통과하는 것들』(도서출판 북인, 2014)

쉼표, 숨을 고르다

이렇게 살면 안 되는데, 달리 살길은 보이지 않는다. 삶에 쫓겨 죽음을 향해 달음박질치는데 갓길은 뵈지 않는다. 진흙에 빠진 차는 헛바퀴만 돌리며 힘을 뺀다. 안간힘을 쓰기보다 숨을 고를 시간과 공간, 쉼표가 절실하다. 송은일의 세 번째 창작집 『나의 빈틈을 통과하는 것들』은 쉼표가 찍히고 숨을 고르는 '— 사이'를 담아낸다. 쉼표의 앞뒤, 변화의 경계에 놓인 인물들의 삶이 담긴다.

> "너한테 지금 필요한 건 여유야. 문학이, 소설이 너의 전부가 아니라고 일단 밀쳐놓을 수 있는 여유, 좀 놀아. 여행 다니면서 여행기를 쓰든지. 내 차 빌려줄게. 주제를 정하면 행로가 정해질 거야."
>
> —「파우스트와 나와 케이」에서

병에 걸린 사람은 요양이 필요하다. 병을 다스리고 다시 살아갈 힘을 얻을 시간과 공간이 절실하다. 삶에 치인 사람은 이전의 삶에 쉼표를 찍고, 다음 삶의 방향을 모색한다. 전진하다가 진흙구덩이에 빠진 차가 후진으로 빠져나갈 힘을 얻듯이 말이다. 정지는 되새김질로 이어지고, 되새김은 앞으로의 길을 천천히 열어주어, 움직임을 낳는다.

「나비의 동굴」의 삶에 치이고 병마에 시달리던 남자에게는 자신을 다독이고 삶을 추스를 시간과 공간이 필요하다. 어머니의 집으로 돌아온 그는 뒤란에 있는 동굴로 들어간다. 「나의 빈 틈을 통과하는 것들」은 아내의 죽음을 받아들이기 버거워하는 남자와 새로운 삶을 단행하는 여자가 얽히는 이야기다. 중편소설 「움직임과 정지 사이의 기승전결」은 붙들려 살던 삶의 방식에 종지부를 찍으려는 여자와 그녀에게 휩쓸려 변화의 길목에 놓인 남자를 담아낸다. 「맹렬한 오후」의 옷가게 주인은 전망 없는 삶을 버텨나가지만, 빠져나갈 엄두를 내지 못한다. 쇼윈도의 안쪽에 앉아 있던 여자는 손님이 놓고간 『욕망의 식물학』이란 책을 들춘다. 「파우스트와 나와 케이」는 '나'는 케이와의 관계를 통해 파우스트가 되어버린 자기 삶을 들여다본다. 남녀의 사랑, 삶과 예술의 어쩌지 못할 애증관계가 그려진다. 「그러면 안녕」의 여자와 남자는 어긋나버린 사랑을 잇지도 끊지도 못한다. 남자는 여자에게 신발을 선물하고, 여자는 진짜 '안녕'을 고하려고 그 사랑의 기억을 다시 살아본다. 「혹」은 회사에서 떨려나오고 발등에 혹이 난 여자가 화상 입은 구두수선집 사람과 변두리의 삶을 만나는 이야기다.

송은일의 소설들은 정지와 움직임의 '틈'을 잡아낸다. 잔에 물이 차오르는 순간을 차분하게 담아내며, 막 넘치는 찰나에서 마무리한다. 앞으로 어찌 변할 것인지를 구체적으로 보여주는 대신, 변화를 가져오는 잔잔한 움직임에 집중한다. 끝의 직전, 끝의 시작까지를 그려내는 것이다. 비가 내리기 직전, 구름은 고요 속에서 분주히 움직인다.

송은일의 소설은 겉보기에는 잠잠하지만, 물방울로 점점 무거워지는 구름의 양상처럼, 멈춤과 움직임 '사이'의 잔잔한 격렬함을 자분자분 담아낸다. 하루의 끝자락인 오후는 맹렬하다. 탁자는 속말로 시끄럽고, 옷가게 여자는 앉아서 부지런히 손을 놀려댄다. 안녕이란 간단한 인사말에는 얼마나 많은 시작과 끝의 사연들이 담겨 있는지를 보여준다. 책 속의 활자들은 조용하지만, 읽은 사람의 내면에 변화를 일으킨다. 겉으론 잔잔한 듯 보이지만, 속으론 들끓는다. 송은일의 소설은 멈춤과 움직임, '사이'에 있다. 혹은 움직임과 멈춤의 '틈'을 보여준다.

식탁의 웃음, 식물의 욕망

나무는 한자리에 붙박여 몸으로 시간을 받아쓴다. 나무로 만든 가구의 삶도 그러하다. 「탁자가 있네」는 한때 금강송이었던 탁자를 화자로 삼은 작품이다. 탁자는 기역에서 히읗까지 이름 붙여진 사람들의 손을 거친다. 'ㄱ'에서 'ㅎ'까지의 명명은 익명성과 우연성, 전화번호부를 첫 장에서 끝장까지 넘기듯 모든 인간들의 삶을 두루 살핀다는 느낌을 준다.

탁자는 말을 하진 못하지만, 볼 줄은 안다. 미음이 붙여준 '방랑자'란 이름처럼 여러 사람을 거치며 사람살이를 관조한다. 이 탁자는 보고 생각하고 느끼지만 말을 하거나 인간의 삶에 개입하지 못하고 철저한 관찰자의 입장에 머문다.

「탁자가 있네」는 일인칭 관찰자인 탁자의 인간 관찰 기록문이다. 탁자는 남의 삶에 복판에 가만히 놓여, 인간이 서로에게 보여주지 않는 모습까지 볼 수 있다. 때로 인간은 서로를 속이고 탐하며 기만한다. "내가 지읒이 알아들을 수 있는 말을 할 수 있다면 그만 놈 내버리고 딴 녀석 찾으라고 치읓의 실상을 알려줄 텐데 아쉬웠지. 한편으로는 지읒이 내 말을 알아듣지 못하는 게 다행이기도 했고."

사랑과 기만, 엇갈림, 헤어짐과 다시 만나기를 거듭하며 탁자는 '인생유전人生流轉'을 실감하게 된다. 오랜 방랑 끝에 잠시 잠들었던 탁자는 다시 눈을 뜨고, 자신이 거쳤던 사람 중 호의를 가졌던 시옷과 키읔이 결혼한 걸 알게 된다. 그리고 자신에게 '방랑자'라는 이름을 붙여주었던 미음에게 발견되어 그녀 곁으로 온다. "한 치 앞도 모르는 게 사람살이고 나는 그 사람 곁에 있지만, 그 사람이 미음이므로 느긋해" 한다. 미음은 탁자를 상대로 이야기를 늘어놓는 열여섯 살짜리 여자아이의 눈에 비친 세상 이야기를 소설로 썼다. 탁자의 이야기가 소설이 됨으로써 소설의 안팎이 엮인다.

「탁자가 있네」는 방랑자 탁자의 웃음으로 갈무리된다. 인생유전이나 웃음으로 갈무리되는 소설이라 하여 자조적이거나 사는 게 다 그렇지, 라는 운명론으로 기우는 건 아니다. 이 작품의 화자인 '탁자'가 가진 독특성 때문이다. 금강송으로 만든 단단한 탁자는 긴 시간을 살아내고 다양한 인간을 겪어냈다. 높낮이가 다른 파도가 일고 가라앉기를 거듭하지만 결국 바다에 수렴되는 것처럼, 탁자는 긴 시간을 거치며 인간의 삶을 보아왔다.

작품 말미에 '미음'이 탁자의 주인이 되었지만 시간이 지나면 어떤 일이 벌어질지는 모른다. 다음에 어떤 삶이 기다리고 있건, 순간의 '웃음'이 당분간 삶에서 얻어낼 수 있는 가장 큰 결실일지도 모른다. '의인화'를 모르냐고 묻는 넉살 좋고 감수성 예민한 탁자가 화자인 이 작품은 소설집을 열면 독자를 안아들인다. 이 작품집에 실린 소설 전부가 탁자처럼 다종다양한 인간의 삶을 바라보며 틈의 '웃음'에 다다르려는 작가의 길찾기를 담아낸다.

「맹렬한 오후」의 영희도 가구처럼 산다. 그녀는 하루의 대부분을 옷가게 쇼윈도 안에 앉아 있다. 그녀의 가게가 있는 "거리에 오래된 가게들이 없지 않지만 새로 들어온 자리들은 대개 일 년이 못되어 망해 나간다". 영희는 옷가게에 앉아 가게들이 들고나는 것을 지켜본다. 옷가게의 벌이는 형편없고, 머지않아 가게를 접어야 한다. 변화의 필요성은 느끼지만 변화를 꾀하는 건 만만치 않다. "뭔가를 그만둔다는 것은 그 일을 시작할 때보다 훨씬 큰 힘이 필요"하다. 게다가 "여러 번 뭔가를 그만두느라 소진한 영희는 이제 스스로 그만둘 힘이 없었다".

'생각한 대로 살지 않으면 사는 대로 생각하게 된다.'(폴 발레리) 이제까지의 삶의 방향이 마뜩잖았다면 먼저 정지해 왜 여기까지 왔는지를 따져봐야 한다. 길을 잘못 든 사람이 멈춰 서서 지도를 펼쳐보듯 말이다. 영희는 부지런히 손을 놀리며 자신의 삶을 되새김질한다.

> 지나서 돌아보면 하고 싶었던 것들은 전부 내 것이 아닌 헛것이었다. 헛것들. 헛것들은 중독성이 강하다. 빠져드는 순간 빠져 있는 것조차 잊는다. 뜨개질을 하며 텔레비전을 보는 것은 라디오를 들으며 뜨개질을 하는 것과 같다. 봐도 보는 것이 아니고 들어도 듣는 것이 아닌 상태. 손을 무의식으로 움직일 뿐 손이 뭘 하고 있는지를 자주 잊는다. 빠져 있는 것이 아니라 빠져 나가 있는 것 같다. 몸은 소파에 있는데 정신이라든가 마음이라든지 하는 것들은 날아가 천장쯤에 파리처럼 붙어 있는 꼴이다.
>
> —「맹렬한 오후」에서

그녀는 헛것을 쫓으려고 손을 놀린다. 조각보나 털실로 옷을 짓는 행위는 삶의 단면들을 잇고 짜내는 과정과 닮았다. 정지한 듯 보이는 그녀의 삶은 실상 맹렬한 움직임을 억누른 것처럼 보인다. 도화선에 불을 붙여줄 계기가 필요할 뿐이다. 영희는 손님이 놓고 간 『욕망의 식물학』이란 책을 뒤적인다. 쇼윈도 안에 앉아 가게를 지키는 영희의 삶 자체가 '식물'의 삶과 닮았다. 있던 자리를 좀처럼 벗어나질 못한다. 여기서의 삶이 만족스러워서는 아니다. 외부에서 강한 충격을 받거나 내면에서 강한 충동이 일지 않는 한, 살던 대로 살다 사라질 가능성이 높다. 식물이 씨앗이 심겨진 자리에서 줄기를 피워 올리고 꽃을 달아 열매로 맺고 그 자리에서 흙으로 돌아가듯 말이다. 차분히 흘러가는 이 소설은 영희의 내면에서 일어나는 분주한 생각을 담아낸다. 『욕망의 식물학』에 등장하는 사과, 튤립, 마리화나의 예는 영희의 삶을 빗대어 드러낸다. 깨물어 보고 싶지 않는 시든 사과는 영희가 거울에 비쳐본 자신의 모습이며, "만지지도, 향기를 맡지도 말고, 그저 멀리서 감탄만 하라는" 시각적 즐거움만 제공하는 튤립은 쇼윈도 안쪽에 붙박여 바깥쪽을 바라만 보는 영희와 닮았다.

『욕망의 식물학』을 가게에 두고간 빨강 재킷의 여자는 어항 속 같은 영희의 삶을 흔들어놓는다. 빨강 재킷을 만난 뒤 영희는 바구니 안의 셔츠들을 색깔 별로 바꿔본다. 여자가 들고 난 뒤, 영희는 망한 횟집과 폐품을 수집하는 노인들에게서 자신의 미래를 예감하고, 과거에 지나갔던 남자와 현재 근처에 있는 마뜩치 않는 남자들을 떠올린다. 빨강 재킷의 여자라는 이물異物이 끼어듦으로써 영희가 마주했던 단조로운 풍경이 달라지기 시작한다. "물건 하나를 옮기다보면 주변의 물건들이 죄 따라 움직인다. 그렇게 하지 않으면 안 될 필연성 같은 것이 저절로 만들어진다. 잘 팔리지도 않는 가게 물건들을 재배치하느라 밤을 새우고, 식탁 위치 한번 바꾸려다 집의 가구를 모조리 옮기는 것도 그 때문이다."

여자가 드나들고 난 뒤, 영희는 유리벽을 통해 늘 봐왔던 노인과 아이를 내다본다. "아무래도 그들의 구도가 낯설다. 하루에도 몇 번씩 봄직한 풍경이 왜 낯설까"라고 묻는다. 풍경은 여전한데, 그 풍경을 바라보는 영희의 시선이 변했다. "아이들의 무심하던 몸짓에 의도가 생기는 게 느껴진다. 맞지 않는 구도를 발견한 것 같다."

『욕망의 식물학』에서 마지막으로 인용된 식물은 마리화나다. "치명적으로 강력한 독은 상대방이 그에 대한 저항력을 키우도록 하는 압력으로 작용함으로써 이내 그 효력을 잃어버리고 만다. 따라서 그보다는 상대를 쫓아버리거나 불구로 만들거나, 아니면 혼란을 일으키는 편이 효과적이다." 소설 말미에서 영희는 여전히 그 자리에 앉아 있다. 다만 내면의 흔들림은 최고조에 달한다. 「맹렬한 오후」는 섣불리 전망을 제시하거나 변화의 가능성을 단언하지 않는다. 단지, 풍경이 달리 보이는 상태에 머문다. 마리화나의 역할은 '소설'이 독자에게 미치는 영향과도 닮았다. 소설은 우리의 단조로운 일상에 끼어들어 다른 풍경들을 펼쳐 보여 달리 볼 것을 요구한다.

안녕과 안녕 사이

새로운 시작은 이제까지의 삶을 되살아보는 데서 시작한다. 안녕하기 위해서는 완전히 '안녕'해야 한다. 「그러면 안녕」은 사랑의 시작과 끝을 그린다. '나'와 경준은 백선당이라는 한 울타리 안에서 태어나 자라면서 연인이 되었지만, 경준을 짝사랑하던 간호사의 돌연한 자살로 둘은 헤어졌다. 마음이 멀어져서가 아니라, 불쑥 끼어든 불가해한 사건으로 헤어졌기에 그들의 마음은 여전히 서로를 향한다. 하지만 다시 시작할 엄두를 내지 못한다. 두사람은 끊지도 잇지도 못할 사랑에 발목이 잡혔다.

경준에게 결별 선물로 '신발'을 받는 나는 그 사랑을 처음부터 되짚어 간다. 경준을 짝사랑하던 "윤 선생이 다음날 아침 거멀너머 해수욕장 오른쪽 절벽에서 추락한 주검으로 발견되지만 않았다면 정말 아무 일도 없었던 양 되었을 것이다". 그러나 더 거슬러 올라가보니, 벽은 다른 데 있었다. "그와 나는 백선당이라는 한 울타리에서 태어난 아이들이었고 아직도 그 안에 들어 있었다. 그건 잊을 수 있는 기억이 아니라 실재하는 울타리였다. 우리는 윤 선생한테 당하지 않았어도 함께 살겠다고 나서지는 못했을 것이다. 경준과 나는 우리의 울타리를 뛰어넘을 용기가 없었다." 그때는 보이지 않던 것들이 시간과 공간에 거리를 둠으로써 보이게 된다. "네 눈이 이제 좀 밝아진 게지. 우리 눈이 이제야 뜨였던지."

경준은 '나'에게 신발로 이별의 말을 건넨다. 신발은 길을 떠날 때 필요하다. 경준이 '나'에게 준 작별 선물에는 새로운 출발을 바라는 마음이 담겨 있다.

끝내 헤어질 수 없는 것들도 있다. 안고 있기엔 내 속이 타들어가지만, 버리면 내 삶을 버린 듯 아득해질 걸 알기 때문에 이러지도 저러지도 못한다. 「파우스트와 나와 케이」는 소설을 위해서라면 악마에게 뭐든 내주겠다는 여자의 이야기다. 서로 버티며 대드는 예술과 삶, 남자와 여자의 길항 관계를 보여준다. '나'는 케이를 사랑한다. 그를 사랑하지만 '나'는 소설을 위해서, 숲에서 케이를 제물로 내걸고 손을 그어 피를 낸다. 절실해서다. 그녀에게 소설은 삶의 전부지만, 케이에게는 소설이 삶의 일부일 따름이다. 그럼에도 불구하고 케이의 소설이 더 탁월하고 세간의 주목을 훨씬 더 받는다. "토마스 만이나 나, 또 너는, 악마와 거래하는 사람이 아니라 악마나 파우스트를 만드는 사람이야. 악마도 파우스트도 우리 같은 사람들이 지어낸 이야기 속에, 우리 속에 이미 존재하는 거잖아." 그렇게 삶을 더 중요하게 여기란 케이의 말이 '나'의 초조감을 달래주진 못한다. 내 안에 들끓는 질투심, 열망이 메피스토를 불러온다.

악마와의 거래로 '나'는 케이와 소설을 손에 넣는다. "소설과 함께 케이가 내게 왔다. 그 모든 과정을 우연이라 믿기에는, 또 내 삶의 연속선에서 발생한 것들이라 믿기에도 지나치다는 꺼림칙함이 가시지 않았다." 케이와 결혼한 '나'는 그와 함께 살게 된 집과 생활을 지키기 위해 발버둥을 친다. 예술과 삶을 모두 붙들려고 애를 쓴다. 하지만 "내가 얻은 것들에 대한 대가로 무얼 얼마나 지불해야 하는지"를 궁리하며 하루치 지옥을 날마다 살아낸다. 칼자국은 아물었지만 손은 여전히 그 병을 앓듯이 말이다. 둘 다를 얻기 위해 정작 '나'는 안녕하지 못하다. '나'는 케이를 제물로 바쳤다고 생각하지만, 실은 그 거래를 통해 자신을 파우스트로 만든 것이다.

병은 병을 아파한다

"뭐든 당연하게 여기지 말고, 제발, 당신 삶에, 당신이 갖게 된 결함들에, 의문을 가져 봐. 마디마디 힘주어 내뱉던 아내의 그 말에 의문을 품어보니 괴물처럼 변해가는 몸뿐만 아니라 사십여 년 삶 자체가 의문이고 결함이었다. 전 생애가 결함이 된 사내에게 처자식이 있는 집은 더 이상 집이 아니었다. 그래서 어미 집으로 왔다."

「나비의 동굴」의 사내는 통풍에 시달린다. 증세가 심할 경우 관절들에 결절이 돋는데, 전신의 관절마다 호두알이나 포도송이 같은 결절이 매달린다. 약은 듣지 않았고 가족들은 등을 돌린다. 사내는 어머니 집으로 돌아와 동굴에 틀어박힌다. 삶을 다시 시작하는 것이 가능한가? 훼손된 삶은 어떻게 치유될 수 있는가? 동굴 속이란 공간과 동굴 안의 시간은 멈춤과 되새김질을 낳는다. 사내는 자신의 동굴을 티베트 불교에서 말하는 바르도Bardo로 여긴다. 바르도는 두 개의 전생 사이에 머무는 매혹적인 정토淨土를 일컫는다.

사내의 어머니는 고양이로 음식을 만들어주고, 일을 하여 그러모은 돈으로 대문을 달아 괴물처럼 변한 아들을 다른 사람의 시선으로부터 차단시킨다. 사내는 동굴 안에 고양이가 새끼 낳을 둥지를 만들어준다. 고양이가 태어나게 하고, 그 고양이를 먹은 힘으로 새끼 낳을 고양이의 둥지를 만들고, 그 고양이들과 함께 살아간다. 이러지도 저러지도 못할 상황에서 어머니와 아들은 각자의 방식으로 시간을 견딘다.

사내는 동굴 속에서 사방으로 길을 뚫는다. 「맹렬한 오후」의 옷장수 영희가 헛것에 붙들리지 않으려고 부지런히 손을 놀리듯 말이다. 둘 다 은둔하고 손을 움직여 시간을 보낸다. "사내는 누워 지내지 않기 위해 일을 찾았다. 먼저 통로 안 흙벽에다 고양이들의 둥우리를 팠다." 그리고 수레를 만들어 사방으로 길을 낸다. 유폐 공간에서 벗어날 길을 제 손으로 뚫고자 한다. "두 해 정도에 걸쳐 그가 뚫은 동바르도 길이 얼추 백여 미터쯤 됐다. (…) 땅 속 사내의 세상이 느린 속도로나마 넓어져가는 중이었다." 동굴 안쪽의 길은 동굴 바깥쪽으로도 뻗어간다. 사내와 초·중, 고등학교 동창인 장희는 직속상관과 불륜관계였고, 금융사고를 저질렀다. 남자는 혼자 도망치고 혼자 3년 실형을 산 장희는 정신을 놓는다. 동굴 속의 사내는 장희에게서 자신을 본다. 남 얘기 같지 않아서다. "제 일생을 떼어먹히고 병들어 돌아와서 고작, 빨갛고 노란 털의 고양이 타령이나 하고 있다. 멍청한 년! 천치 같은 년!"

동병상련同病相憐을 통한 연대의 모색은 「혹」에서도 나타난다. 발등에 혹이 난 윤초는 구두수선공의 왼쪽 볼과 목에서 화상자국을 본다. "다섯 해 전 윤초가 수선공의 흉터를 처음 발견했을 때의 느낌은 흉함이 아니라 고립감이었다. 저이는 흉터에 갇혀 살겠구나. 이 상자가 저이의 감옥이거나 섬이겠구나."

아픈 사람은 남의 아픔에 민감하다. 타인의 병은 내 병을 들여다보거나 다스리는 약이 되어준다. 발등의 혹을 떼어내는 수술을 앞둔 윤초는 회사에서도 떨려났다. 윤초는 신발 수선공의 상처와 자신의 혹을 '상처'로 묶는다. 하지만 두사람의 처지는 엄연히 다르다.

> 어쨌든 지금 윤초가 신발 수선공인 그이를 향해 기획기사를 운운할 수는 없었다. 자신은 신발 속에 숨길 수도 있는 발등의 혹 하나를 자신에게 생기는 모든 액운의 핑계로 삼고 엄살 떨며 살아왔지 않은가. 그이는 무엇으로도 가릴 수 없는 상흔을 얼굴이며 목에다 붙이고 있었다. 목 아래 몸에는 어느 만큼의 화상자국이 있을지. 그런 그이에게 자신의 일이 무슨 상관이라고 취재 운운한단 말인가.
>
> —「혹」에서

동병상련은 성급한 연대로 이어지지 않는다. 그저 봐주고 들어주고 써줄 따름이다. 이름을 몰랐을 때 순용은 윤초를 '레디삐Let it be'라고 불렀다. 삶의 힘겨움에 대해 주문처럼 되뇌어지는 말은 'Let it be(순리에 맡겨라)'다.

「나비의 동굴」에서 동굴에 숨어살던 사내는 고양이 때문에 자신과 처지가 닮은 장희와 밖으로 나간다. 병을 치유하려고 고양이를 먹던 그가 고양이를 먹이러 굴 밖으로 나가는 것이다. 그를 동굴에서 광장 같은 마트로 끌어낸 것은 타인의 아픔에 공명되었기 때문이다.

"데운 우유를 반쯤 먹었나 싶을 때 나비가 눈을 반짝 뜬다. 눈동자가 까만 별 같다. 사내는 모처럼 흐흐 소리 내어 웃는다. 장희가 나비를 안은 채 끼루룩, 미친년처럼 웃는다." 사람들은 괴물처럼 변한 남자가 나타나면 시선을 피했다. 사내의 어머니는 그 시선들에게서 아들을 가려주려 애썼다. 동굴에서 나온 사내도 그런 애틋함으로 여자를 웃게 했을 것이다.

실종과 불륜, 삶의 틈새

송은일 소설에서 은둔과, 실종, 불륜은 여태까지의 삶을 멈추는 계기로 작용한다. 「나의 빈 틈을 통과하는 것들」은 아내를 잃은 남자와 자신의 이름과 일을 동시에 버리는 여자의 이야기다. 남자의 아내는 다른 사내와 여행을 갔다가 교통사고로 숨졌다. 남자는 아내의 불륜보다 아내와 사통한 외간 사내의 사무적인 태도와 돈으로 무마하겠다는 제안을 받아들여야 하는 자신의 처지가 괴롭다. 아내를 거기까지 내몬 것이 자신이 아닌가란 자책에 시달린다. 죽은 사람은 말이 없으니 아내의 진심을 알 수도 없다. 아내의 죽음을 받아들이지 못하는 남자는 아내의 재를 날려 보내지 못하고 길을 떠돈다.

떠돌던 남자는 기지국을 설치해달라며 통신사의 상담원 여자에게 패악을 떤다. 신호가 잡히지 않는다는 것은, 아내와의 소통이 불가능하다는 절망감과 자신의 내면을 누구에게도 토로할 수 없다는 답답함을 드러낸다. 그의 아내와 이름이 비슷하다는 이유로 통곡의 벽 역할을 해야 하는 상담원 여자는 억울할 따름이다. 그녀의 일이 상담원인 이상, 꼼짝

없이 앉아 남의 욕을 묵묵히 들여야만 한다. 하지만 '꽃잎'이란 이름은 그녀가 붙인 것도 아니다. 배꽃이 날릴 때 태어났다고 해서 부모가 붙여준 이름이다. 게다가 그녀는 아들이 아닌 일곱째 딸로 태어났다는 이유에서 '바리'란 별명으로 불린다. 자신을 힘들게 하는 삶의 어쩌지 못하는 조건들을 그녀는 감당하며 살았다. 하지만 남자의 육두문자는 그녀에게 새 이름과 새 삶을 찾아가는 계기가 되어준다. 아무 상관없던 두 사람은 우연히 서로의 삶에 영향을 미치고 남자는 한 시절을 털어내고, 여자는 한 시절을 새로 여는 지점에서 만나는 것으로 소설은 마무리된다.

「움직임과 정지 사이의 기승전결」은 남편에게서 달아나는 여자의 이야기다. 실종은 공간의 이동이며, 곁에 늘 있어 되레 둔감했던 존재에 대해, 생각하는 '거리'를 만들어준다. 더불어 그 실종을 조장한 자신에 대해 되돌아보는 계기를 마련한다. 조여영은 아버지가 살아 있을 때와 같은 방을 갖고 싶어 부유한 늙은 의사 박과 결혼했다. 그러나 조는 그 삶이 자기 삶이 아니란 걸 절감하고는 탈출을 감행한다. 고속도로의 휴게소에서 김산하의 트럭에 올라타고 달아난다. 매기골에 숨어 지내는 동안 조는 한번도 골짜기 밖으로 나가지 않았다. "그곳에서도 갇혀 산 것이나 다름없었다. 그런데도 갇혀 산다는 생각을 못할 만큼 그 숲에서의 일상이 조에게는 걸맞았다. 감당할 수 있는 크기의 세상이라서 그 세상을 누릴 수도 있었던 것 같았다." 그녀는 이제껏 자신을 가둔 것이, 헛것에 붙들린 자기 자신이라는 것을 깨닫게 된다.

박은 아내가 실종되자 아내가 왜 달아났는지에 대한 의문을 풀려고 한다. 왜 달아났는가? 란 질문은 아내가 달아날 만큼 못 견디게 만든 '나'는 무엇인가란 질문으로 이어진다. 아내의 흔적을 찾아다니는 동안 여러 여자를 불행하게 만들었던 그의 과도한 성욕은 점차 사라져간다. 성욕은 그의 삶에 대한 과도한 욕망에서 기인했다. 그의 욕망은 아내들을 말라죽게 했다. 박은 조가 사라진 이후 자신이 잉여인간이 되어가는 것을 느꼈다. 아내의 실종은 그가 변화하는 계기가 된다.

박은 다시 찾아온 조를 가둔다. 조가 갇힌 공간은 "자동온도 조절 장치 탓에 여름에는 덥지 않고 겨울에는 춥지 않다. 누군가, 혹은 뭔가를 사육하기에는 완벽한 공간이다." 그런 곳에서 달아나는 것은 불가능하다.

하지만 몸이 딴 데로 달아나는 건 중요하지 않다. 어디로 달아나건 마음이 붙들려 있다면 도망에 불과하다. "달아나고 또 달아나다 여기 있었다. 다시 달아날 궁리를 하면서. 이제 도망치려면 완벽해야 하리라고 느끼면서." 실종과 도주로 그들 부부는 변했다. 한번 변한 삶이 이전과 같을 리 없다.

조의 몸속에는 김산하와 만든 아이가 자라고 있다. 조는 갇혔지만 갇혔다고 생각하지 않는다. 갇힘 속에서 여유롭다. 그녀는 겉보기에 달라진 게 없다. 하지만 그녀의 속에서는 아이가 자라난다. 아이가 자라나, 어머니의 몸을 벗어나려면 시간이 필요하다. 뱃속의 아이는 조용히 조금씩 자라난다.

바르도의 가내수공업자

이 소설집에서는 유난히 가만히 앉아 손으로 뭔가를 만드는 수작업자들이 많이 등장한다.

세상에서 쫓겨나 동굴에 틀어박힌 사내는 제 손으로 길을 뚫는다. 의자에 앉아 사람살이를 들여다보고, 생각하며 손을 놀려 조각보를 잇고 낡은 구두를 고치듯 훼손된 삶을 복원해낸다. 소설가의 일이 그러하다. 삶과 사람에 거리를 두고 바라본다. 상처를 들여다보고, 상처의 기원을 탐색하며 상처와 더불어 살아가는 법을 모색한다. 이야기꾼의 소설답게 책장은 바삐 넘어가지만, 갈피갈피 생각이 고여 머물게 한다.

티베트에서 사람이 죽은 다음에 다시 환생하기까지 머무는 사후의 중간 상태를 바르도Bardo라고 부른다. '바르도'의 '바르Bar'는 '사이'를 뜻하고 '도Do'는 '매달린', '던져진'을 이른다. 한 상황의 완성과 다른 상황의 시작 사이에 걸쳐진 '과도기' 또는 '틈'을 의미한다. 어떤 의미에서 모든 사람은 탄생과 죽음이란 '틈'을 살아가는 존재다. 바르도에서 소설가는 사람살이의 틈새를 파고들어 과거와 지금, 사람과 사람, 사람과 세상 사이를 손으로 깁고 잇는다. 마음속의 소리를 끄집어내 목소리로 엮어준다.

> "크든 작든 누구나 상처를 가지고 있다. 악운처럼 다가와 운명처럼 삶을 지배하는 상처와 상흔. 하여 누구나 헌 신발이나 헌 옷을 깁듯 자신의 상흔은 기워가며 산다. 신기료장수 차순용의 손은 타인의 상처를 깁는 일에 미립이 났다."
>
> —「혹」에서

『티벳 死者의 書』의 원제목은 『바르도 퇴돌 첸Bardo Todrol Chenmo』로, "바르도 상태에서 가르침을 들음으로써 위대한 해탈을 성취한다"란 뜻이다. 소설은 마음의 고요한 움직임과 변화의 조짐을 담아 우리의 일상에 틈을 벌려준다. 송은일의 소설집 『나의 빈 틈을 통과하는 것들』은 우리 삶의 틈새에서 조용한 움직임의 싹을 틔워줄 것이다.

나를 만든 건, 팔 할이 몸

— 복거일 『내 몸 앞의 삶』(문학과지성사, 2012)

당신에게 '육신교환수술'을 제안한다. 젊은 당신의 몸을 늙은 몸과 바꾸자는 거다. 대신 거액을 주겠다. 당신은 이 제안을 받아들이겠는가? 『내 몸 앞의 삶』의 주인공 윤세인은 이 황당한 제안을 받아들였다. 마흔셋 자기 몸을 내주고, 그는 예순 넘은 노인 몸으로 뇌를 옮긴다. 정말 가능한지는 차치且置하자. 이런 설정이 낳은 값진 질문들이 소중하다. "새 기술은 묵은 문제들을 풀면서 새 문제들을 불러온다. 새 문제들은 우리가 모르는 줄도 몰랐던 지식의 모습을 어렴풋이 드러내준다. 그래서 새 기술에 낯선 철학적 함의들이 따른다."(221쪽)

『내 몸 앞의 삶』은 과학소설로 분류할 수 있다. 과학이 사람의 삶과 문명에 영향을 미치는 모습을 형상화시켰기 때문이다. 작가는 『파란 달 아래』(문학과지성사, 1996)에서 우주 개발이 남북관계에 어떤 영향을 미치는지를 달 기지를 배경으로 다룬 바 있다. 새로운 과학은 사고실험을 위한 기반이 되어준다. 가능성이 현실화된 가상세계를 배경으로 한 과학소설은 현재를 들여다보는 알레고리로도 유용하다.

이 작품은 대화를 효과적으로 활용하여, 시대상과 논쟁거리가 되는 사안들을 일목요연하게 정리한다. 정보처리 방식과 논제 제시가 효율적이다. 이를테면 초반부에 등장하는 세관 직원의 조사과정은 윤세인의 과거 행적과 시대상을, 중개상과의 질의응답은 육신교환수술에 대한 정보를 적절하게 전달해준다. 또한 수술 전날, 중개상과의 대화는 뇌와 몸의 관계에 대한 질문들을 던진다.

줄거리는 크게 둘로 나뉜다. 전반부는 과학기술과 사회의 문제를, 후반부는 과학기술과 정체성의 관계를 서사 구조에 녹여낸다. 전반부는 윤세인이 육신교환수술을 결심하기까지의 과정이다. 윤세인이 처한 상황은 우리 사회의 미래상을 당겨보는 데 유효하다. 그의 국적은 중국 치하의 북조선이다. 중국이 동아시아의 패권국가가 되면서 한반도는 중국의 영향권 안에 들었다. 남조선은 중국과 미국 사이에서 중립적 태도를 취하고 공화국은 중국의 속국이 되었다. 이러한 시대 상황이 그의 인생을 꼬이게 했다.

대학 신입생 시절 윤세인은 남조선과 밀통하여 북조선의 독립을 꾀했다는 혐의로 중국으로 끌려갔다. 이십여 년의 노역은 젊음을 송두리째 앗아갔다. 하지만 경제개방정책을 수용한 지도층은 체제 변화를 선전하려고 사상범을 풀어준다. 석방된 윤세인은 첫사랑과 존재를 몰랐던 딸과 대면한다. 그는 대견하게 자란 딸의 미래를 위해 혼수자금이라도 보태주고 싶지만 돈이 없다. 하여 재교육 현장에서 만난 중개인에게 육신교환수술을 자청한다.

"반중국 독립운동 혐의로 체포된 젊은이는 이제 중국의 늙은 부호에게 중년의 몸을 팔려하고 있다."(113쪽) 억울한 인생이다. 멋모르고 독서서클에 가입했다가 이십여 년간 유형 생활을 했고, 돈 때문에 젊은 몸을 노구와 바꿨다. 몬테크리스토 백작이라면 복수를 단행했을 것이다. 여느 사람이라면 자기 연민으로 자신을 망가뜨리기에 십상이다.

하지만 윤세인은 이 모든 상황을 이상할 정도로 담담하게 받아들인다. 고뇌하지만 호소하지 않고, 아프지만 수용한다. 이를테면 딸과 함께 가게로 가며 그는 "이 작은 일이, 마실 것을 사려고 다 자란 딸과 함께 가게로 걸어가는 이 작은 일이, 이처럼 큰 행복을 주는데, (…) 나는 얼마나 큰 행복을 잃은 것일까?"(49쪽) 하지만 그는 이내 "도움이 안 되는 생각"이라며 고개를 젓고 "남아 있는 삶을 내 딸을 위해 바치기로 굳게 다짐"한다.

중개인 전세훈은 말한다. 자유로운 상황에서 자발적으로 몸을 사고파는 행위는 양쪽 모두에게 이익을 주는 것이므로, 조선인이나 중국인이냐 하는 건 본질적인 부분이 아니라고 한다. 윤세인은 이것이 전형적인 자본주의 논리이며, "어쩐지 잘못되었다는 생각이 들었지만, 막상 반박하려고 하면, 마땅한 논리가 생각나지 않았다"며 생각을 거둔다.

윤세인은 생존에 도움이 되지 않는 생각들은 버리고 자신에게 주어진 삶의 조건들을 수용한다. 함께 군단에 끌려간 사람들은 죽었지만 윤세인만 살아남았다. "나는 군단에서의 삶에 이내 익숙해졌고 아마도 그것이 내가 살아남은 이유"(12쪽)라는 것이다. 그는 어처구니없는 상황에 놓여도 비판하거나 개선책을 찾기보다는, 묵묵히 받아들인다. 이런 수용적 자세는 생존에는 보탬이 된다. 적자생존適者生存. 강한 자가 아니라, 적응하는 자가 살아남는다. 하지만 윤세인은 살아남은 자로서 안도감과 성취감을 적잖이 부끄러워했다.

이 소설에서 윤세인이 처한 상황은 논란거리를 제공한다. 돈 많은 늙은 중국인이 가난한 북조선 젊은이의 몸을 산다. 민족간, 계층간의 불평등 문제를 함의한다. 자본주의는 거래 당사자들의 뜻만 맞는다면 뭐든 사고파는 게 가능하다고 한다. 그런데 몸이 상품이 될 수 있나? 의학기술이 발달해도 돈이 있어야 수혜를 받는다. 의학기술의 발달은 불평등을 심화시키지 않을까? 가난하건 늙건 시간은 인간에게 가장 공평히 주어진다. 돈으로 젊음을 사고, 죽음을 미루는 상황은 불평등을 극대화시킨다. 과학기술의 발전은 누구를 위한 것일까?

후반부에 등장하는 윤세인의 수술과 몸이 바뀐 다음의 이야기는 인간의 '정체성'의 문제를 부각시킨다. 몸을 바꿔도 나는 여전히 나인가? 이러한 질문은 개체로서의 '나'의 문제뿐만 아니라, 종으로서의 '인간'의 정체성 문제와도 결부된다. 사람을 사람답게 만드는 건 '뇌'인가, '몸'인가.

당신이 생각하기에, 다음 중 어느 쪽이 사람을 대표할까?

1. 인공 몸속에 사람의 뇌가 들어간 사이보그
2. 사람 몸속에 인공두뇌가 들어간 사이보그

사람들은 1번을 택하게 마련이다. 뇌가 사람다움을 보장한다는 생각에서다. 2번 입장도 일리가 있다. 모든 유기체는 생식을 위해 태어났으니, 한 사람의 정체성은 생식기관들이 대표한다. 뇌보다 성세포를 만들고 퍼뜨리는 기관이 중요하다. 윤세인의 행로도 2번의 입장을 대변한다. 육신교환수술을 단행하는 것은 딸을 위해서다. 부모의 죽음 앞에서 그는 다짐한다. "무덤도 없이 저세상으로 떠나신 내 부모님이 자신들을 실망시킨 외아들에게 무슨 말씀을 들려주실지 알 것 같았다. 결국 중요한 것은 자신들에게 손녀가 있다는 사실이라고, 자신들의 소중한 손녀가 잘 시집가서 아이들 많이 낳아 잘 기르도록 하라고."(73쪽) 그가 육신교환수술을 단행한 것은 유전자를 남겨 대를 잇기 위해서다. 한 인간의 삶은 유전자를 나르는 벨트컨베이어 역할을 한다. 더불어 그는 자신이 노역생활 동안 쓴 시를 출판해달라고 부탁한다. 유한한 삶을 사는 인간이 영원에 가까이 가는 방식은 두 가지다. 문화유전자meme를 남기거나 자손을 남긴다. 딸과 시집으로서, 윤세인은 개체로서의 '나'와 종으로서의 인간의 소임을 다했다고도 볼 수 있다.

또한, 이 작품은 '뇌 중심'의 사고에 딴죽 건다. "생각해보면 뇌는 사람의 몸에서 아주 작은 부분이다. 뇌의 무게는 몸 전체 무게의 이 퍼센트. 그런데 사람들은 제 정체성이 뇌와 함께 가고 나머지 구십팔 퍼센트의 몸은 다른 길로 간다고 생각"(139~140쪽)한다.

윤세인은 새로 받은 몸의 주인이었던 남자의 고향으로 간다. "사람의 몸은 나름의 내력과 기억이 있고 그것을 물려받은 사람은 그런 내력과 기억을 존중해야"(185쪽)한다는 생각에서다. 몸에게 예의를 갖춰야 한다는 생각은, 뇌의 결정이다. 그는 거기서 오랫동안 남편을 기다렸던 몸주인의 아내를 만나 부부생활을 시작한다.

"내가 여기 선 건 운명이었다. 벌써 오래 전에 결정된 일이었다. 이제 그녀 남편의 몸이 나라는 존재의 구십팔 퍼센트를 이루고 있었다. 그 사실이 내 삶에 영향을 미치지 않을 수 없었다. 나의 선택과 행위들은 내가 새로 얻은 늙은 몸의 역사에 의해 제약될 수밖에 없었다. 새 몸으로부터 내가 벗어날 길은 없었다."(214쪽)

몸을 존중하는 뇌. 윤세인다움이 새로운 삶을 열어준다. 뇌와 몸이 합쳐져, 한 사람의 사람다움을 보여준다. 운명을 수용함으로써 새로운 길이 열린다. 어떤 황망한 상황에서도 인간은 살길을 모색한다. 받아들임으로써. 오스트랄로피테쿠스부터, 인간이란 종種은 빙하기를 비롯한 가혹한 환경에서도 살아남았다. 개체로서의 인간과 종으로서의 인간은 그렇게 만난다. 어쩌면 소설의 운명도 그러하지 않을까. 과학과 소설을 합침으로써 인간 삶의 조건에 유효한 질문을 산출하는 방식으로 말이다.

망각에 덫을 놓다

— 이병천 『사냥』(민음사, 1990)

1. 나의 기억, 남의 기억, 우리의 기억

작가마다 작품을 추동하는 동력은 제각각이다. 이병천의 경우, 그것은 과거다. 첫 소설집 『사냥』에는 과거의 삽화들이 빈번하게 등장한다. 화자인 '나'는 초등학교 동창회에 참석하여 어린 시절을 떠올리거나, 지하실에 감금되어 느닷없는 매질을 당하면서도 회상에 잠긴다. 비단 나의 과거뿐만 아니라 타인의 우여곡절 섞인 과거사와 죽은 사람의 생전을 복원하고 나아가 잊혀져가는 역사적 사실까지 다룬다. 그렇다면 작가는 왜 이렇게 과거에 천착하는 것일까?

살다가 이런 질문에 사로잡힐 때가 있다.

'나는 어떤 사람일까?'

이 질문은 '나는 어쩌다 이런 사람이 되었을까?'란 질문과 이어진다. 현재에 내가 어떤 사람인지 알려면 과거엔 내가 어떤 사람이었는지부터 짚고 넘어가야 한다. 현재는 과거의 산물이다. 무심코 흘려보냈거나, 겪었어도 의미는 몰랐던 과거의 일들은 지금 삶에 곧잘 얼굴을 들이밀고 발목을 잡는다. "비록 멱살을 잡혀서 오게 됐더라도 말야. 너는, 너 자신에게만큼은 해명하고 또 설득하고 싶어지는 이유가 있을 게 아니냐? 그래야만 네 마음이 조금이라도 편해지는 바로 그런…"(177쪽)

과거의 조각들은 그 자체로는 별 의미가 없다. 작가는 그 조각들을 짜맞추어 의미 있는 무언가로 바꾸려고 한다. 과거에 나는 어땠고, 어떤 과정을 겪었는지를 되밟다보면 지금의 나란 사람의 정체도 파악할 수 있다. 과거의 나를 통해 지금의 나를 보고, 내가 앞으로 갈 길의 길잡이로 삼는 것이다.

과거를 현재화시킴으로써 시간의 흐름에 맞설 수도 있다. 뭉텅뭉텅 흘러가다보면 어느새 죽음에 다다르는 것이 사람의 생이다. 허무할 밖에 없다. 과거의 일을 현재로 끌어와 재구성하다보면 무의미하게 흘러간 시간들의 의미를 발견할 수 있다. 조르주 플레의 말마따나 소설 쓰기는 "회상이란 인간이 혼자 힘으로 빠져나올 수 없는 허무로부터 인간을 구출하기 위해서 찾아온 '천상의 구원'인 것이다".

또한 과거를 거듭 떠올린다는 것은 현재의 삶이 그만큼 불안하다는 것을 반증한다. 현재는 유동적인데 비해 과거는 이미 일어난 일로 고정되어 있다. 끊임없이 변하는 현실의 진상을, 완결된 과거를 통해 비춰볼 수 있다.

> 문제는 미칠 듯이, 진리가 행복이, 어제의 진리와 어제의 행복한 빼고 (…) 불안하네. 믿기지 않고 말이야. 실은 세상의 진리 행복보다는, 나 자신부터, 나 자신부터 (…) 자네는 어떤가? 불안하지 않은가?(300쪽)

현대 사회의 발빠른 변화와 가치관의 혼란은 구성원들을 끊임없이 불안하게 만든다. 그러기에 사람들은 안정감을 주는 무언가를 갈구한다. 이병천은 고향이나 모성 등 유년시절의 추억에 기대곤 한다. 과거와 현재를 비교하여 그럼에도 불구하고 변하지 않는 것을 찾아 불안을 잠재우고자 한다. 「매」에서 "시작이나 끝도 없이 갈기갈기 조각난 기억의 편편들이 새떼들처럼 어지럽게 머릿속으로 떠다니고 있었다. (…)나는 붙들고 매달려도 좋은 어떤 것 하나를 기어코 찾아냈다. 그것은 얼마든지 매달려도 끄떡없을 만큼 견고하고 든든한 것이었다. (…) 쉴 새 없이 쏟아져내리는 눈물과 함께 나는 힘차게 그것을 붙들었다. (…) 어머니!"(265쪽) 작가는 어머니와 자신을 잇는 탯줄과 태를 묻은 고향에서 안정을 찾는 것이다.

'나'의 과거를 복원하는 데 있어 '남'의 역할도 무시할 수 없다. 타인은 나의 과거를 떠올리는 거울 구실을 한다. 「빛나는 졸업장」에서 화자인 '나'는 초등학교 동창회에 참석차 고향 마을로 내려간다. 어린 시절의 친구들을 만나며 초등학교 시절의 자신을 회상한다. 동창들과 고향 마을의 변화양상을 보고 자신의 변화도 가늠해본다. 그런 회상의 와중에서 나는 일등을 놓고 다투던 선희에게 모욕을 주었던 기억을 떠올린다. 가난하고 불우했던 나는 과거에 피해자였다. 그러나 되짚어보니 타인의 과거에 상처를 남긴 가해자이기도 했다. 이런 마음의 빚을 깨닫고, 나는 과거의 자신을 겹으로 보게 된다.

이병천의 소설에 등장하는 '남'의 태반은 이미 죽은 사람들이다. 「빛나는 졸업장」의 죽은 동창생들, 「농약 꽃」의 자살한 이모, 「애기똥풀」의 병에 걸려 죽은 누이, 「휴전선」의 고인이 된 박 시인, 「발굴」의 행방불명된 우윤이 일가가 그 예라 할 수 있다. 그들은 죽었기에 자기 이야기를 할 수가 없다. “방안에 선생의 피붙이 아닌 사람은 우리 둘뿐이었고 나는 묘하게도 선생의 죽음을 증명하고 주위에 전해줄 사람도 우리 둘뿐일 것이라는 생각이 들었다.”(103쪽) 이런 경우 작가는 할 말 못했던 사람들에게 입을 빌려주는 무당 역을 맡게 된다. 남의 고통과 슬픔에 목소리를 빌려주는 것이다. 이미 죽은 자들은 기억을 만들어낼 수 없고 잊히는 것만 남았다. 죽는다는 것은 어쩔 수 없다고 해도 잊힌다는 것은 가슴 아픈 일이다. 기억의 맞은편에 망각이 있다. 작가는 그들의 삶을 복원해냄으로써 망각에 맞선다.

> 우윤과 승희와 그 모친의 한없이 쓸쓸하고 불행한 낯빛의 환영이 떠나지 않았기 때문이다. 그들이 내게 손을 내밀며 자기들을 꼭 기억하라고 부탁하는 목소리도 나는 들을 수 있었다. (175쪽)

이병천 소설 속에서 죽은 사람들은 하나같이 선하고 약했다. 살아남은 자의 부채감과 의무감에서 작가는 그들의 생전을 복원해낸다. 「농약 꽃」은 이모가 자살한 당일에 어떤 일이 있었는가를 아침부터 추적해나간다. 이모의 자살은 오래 전에 일어난 ‘사건’이나 소설은 그 사건 속의 ‘사연’을 추적하는 것이다. 짚어보자면 이모를 죽음에 이르게 한 것은 아들의 패륜이었고, 이 패륜은 농촌에 유입된 도시문명의 폐해에서 비롯되었다. 그러나 이 소설은 이런 사회학적 분석을 중심으로 삼기보다는 이모의 심리변화를 추적하는 데 역점을 둔다. 한 사람이 자살을 결심하게 된 까닭은 무엇일까? 소설은 자살 당일 이모의 암담하고 막막한 심정을 차곡차곡 따라가 죽음의 의미를 밝혀낸다.

망각에 무력한 것은 한 사람의 생만이 아니다. 「농약 꽃」의 마지막 부분에서 나는 스무고개 놀이를 하던 동생과 이모의 묘 앞에 서게 된다. 동생은 고향 집에 대한 씁쓸한 기억을 되새기는 나의 말을 이렇게 잘라버린다. "형! 이제 우리도 컸으니까, 집 따위를 알아맞히는 것 말고 마을 이름을 알아맞히는 스무고개를 하지."(28쪽)

나와 남의 과거에 대한 관심은 우리들의 과거에 대한 탐구로 확장된다. 대문자 역사History는 큼지막한 사건과 영웅을 중심으로 쓰인다. 승자가 펜을 쥐고 있으니 패자와 장삼이사들의 우여곡절이 자리잡을 곳은 없다. 그에 비해 작은 이야기 소설小說은 그 바닷속으로 흘러들어간 사람들의 사연을 올올이 살려낸다. 한 개인의 삶을 통해 잊히지 말아야 할 역사적 사실을 환기시키는 것이다.

「휴전선」에서 나는 장례식에 참석하여 '휴전선'을 화두로 삼았던 시인의 생전을 떠올린다. 이 소설은 시인과 동행했던 휴전선 여행의 여로를 따라간다. 그 여행에서 박 시인과 나는 아들이 휴전선을 넘다 사살된 사연이 있는 노인과 만났다. 여행과 만남, 박 시인의 죽음은 내가 휴전선의 의미를 되새기는 계기가 된다. 마지막 부분에서 휴전선의 의미는 이렇게 갈무리된다.

> 그렇다. 휴전선은 미신迷信이다. 못된 이무기에게 해마다 처녀 하나씩을 바치는 대신 풍어를 얻으려고 했던 바닷가 마을의 전설처럼, 휴전선 마을의 저 황 노인과 같은 가족들의 사연처럼, 아니, 평생을 일관되게 휴전선 시인으로 살았던 선생을 지금 우리가 아무런 기약 없이 매장해 버리면서….(122쪽)

역사는 기억할 것과 기억하지 않을 것을 구분한다. 기억하기 싫은 것들을 지우고 생각하고 싶지 않은 것들을 망각 속으로 밀어 넣곤 한다. 「휴전선」은 역사 속에서 배제되고 잊혀가는 것들을 구체적인 삶의 모습, 여행이라는 구조를 통해 되살려낸다. 역사책과 달리 소설은 '나'와 그 역사를 살아간 사람들의 삶을 통해 역사적 진실을 구현해내는 것이다.

2. 기억의 방식

기억의 내용에 못지않게 기억의 방식도 중요하다. 동일한 과거사를 공유했더라도 각자마다 그것을 기억하는 방식이 다르다. 과거를 현재화시키려면 그것을 작가 나름의 방식으로 창조적으로 해석하고 재구성해야 한다. 구슬처럼 널려 있는 과거의 기억을 어떤 식으로 꿰어맞추느냐가 소설의 미학적 성공을 가늠하는 잣대이다.

> 하나의 과거가 경우에 따라서는 조금이라도 달라질 수도 있는 법이니까요. 아니, 중요한 것들은 아닙니다. 이야기의 순서랄지 표현방법…뭐, 그런 것들이지요. (285쪽)

우선 과거를 단순한 호기심 거리로 전락시키는 것을 경계해야 한다. "봐라, 네 호기심은 사람들의 이름만 외우는 데서 그쳤다. 그 사람들의 행적을 바로 아는 것이 더 중요한데 말이야. 물론 그런 일보다는 그곳에서 네가 할 바, 너만의 새로운 길을 찾아내는 것이 제일 중요하고."(155쪽) 무슨 일이 있었는지를 육하원칙에 따라 기술하는 것은 신문의 몫이다. 이럴 경우 나와 타인의 과거는 신문 한 구석을 차지하는 가십거리가 되어 폐지더미로 묶여 사라진다.

소설은 사건의 전달이 아니라, 그것의 진상과 의미에 중점을 둔다. 과거를 호기심거리로 다루지 않으려는 이런 마음가짐을 이병천은 고고학자의 태도에 비견한다. "발굴이란 고분이 발견됐다고 해서 무턱대고 착수하는 것만은 아니다. 조금의 실수도 용납하지 않기 때문에 두려워할 줄도 알아야 하고 후대를 위해 유보해둘 줄도 알아야 한다. 왜냐하면 정확하게 완벽하게 설명해주지 못한다면 한번 열어버리는 순간 기화되어 날아가버리는 일회적인 과거는, 저 판도라의 상자처럼, 박제된 호기심만을 세상에 남기기 때문이다."(181쪽)

「농약 꽃」의 스무고개는 이런 접근 자세를 상징적으로 보여준다. 소설의 서두 부분에서 화자는 이모 이야기에 앞서 '스무고개' 이야기를 꺼낸다. 일문일답이나 객관식 문제와 달리 스무고개의 답을 구하려는 사람은 여러 가지 질문들을 던져야 한다. 거듭된 질문의 고개를 넘어가야 비로소 답에 다다른다. 작가는 이런 거듭된 질문을 통해 답을 구하는 과정을 인간의 역사에 대응시킨다. "신은 끊임없이 인간들에게 질문을 함으로써 인간은 그 대답으로 행동을 결정하는데 그것이 바로 역사이고 삶이라는 이야기네."(240쪽)

이모는 이미 죽었다. 아무리 회상한들 그 결론이 바뀔 리 없다. 그러나 질문을 통해 그 죽음에 이르는 과정을 역추적해볼 수 있다. 사람이 죽으면 생몰 연도가 새겨진 묘비만 남는다. 소설은 그 간략한 두 숫자 사이에 낀 한 사람의 일생을 질문을 통해 차곡차곡 채워나간다. 이모가 자살했다. 그런데 왜? 작가는 그녀가 자살에 이르게 된 과정을 보여주고, 그녀가 그럴 수밖에 없었음을 정서적으로 공감시키려 한다. 이모의 마지막 하루를 따라가보자. 죽은 남편이 등장한 꿈에서 깨어나, 며느리를 보며 아들을 떠올리고, 아침에 아궁이에 불을 지피다 손가락을 데고, 밭으로 가다 남편의 묘를 바라보고, 소나무 밑에서 울다가 아들의 손에 의해 빨래 함지에 머리를 처박히고 종국에 농약을 털어넣고 죽는 데서, 그녀의 하루와 생은 끝난다. 이모의 마음으로 그녀의 마지막 하루를 함께함으로써 종국에는 그녀가 죽을 수밖에 없었다는 것을 깨닫게 만든다.

작가는 사실에 대한 간략한 기술이 휘발시키기 쉬운 정서적인 측면을 되살려내려 한다. 이모의 심리적 추이를 따라가 독자의 심정적 공감을 포획해내는 것이다.

심미적으로 배열된 과거는 의미를 발생시킬 수 있다. 표제작인 「사냥」에는 가물치, 은어, 참게, 자치 등의 물고기에서 잠자리, 산비둘기, 원숭이, 곰과 멧돼지, 참새 등등 수많은 짐승들을 잡는 방법이 등장한다. 이런 정보 자체가 주는 재미도 간과할 수 없지만 사냥법들을 찬찬히 들여다보면 그것을 하나로 꿰어놓은 끈을 발견할 수 있다. 사냥당하는 짐승은 자신이 가진 본성과 특성 때문에 죽는다는 것이다. 이는 자신의 본성, 끊을 수 없는 끈 때문에 죽은 사람의 이야기와 연결된다.

이를테면 피붙이의 정이라는 덫에 걸려 죽은 아들의 이야기를 끌어내는 식이다. 본성에 매어 있다는 점에서 사람 또한 여타의 동물들과 다를 바 없다.

과거에 대한 탐색은 여로형 구조와 맞물린다. 여기서 여행이란 낯선 풍물과 체험이 아니라, 과거 혹은 자신의 내면의 탐색과정이다. 밖의 지도가 아니라 내 안의 지도를 짚어가는 것이다. 「매」에서 가출한 '나'는 대합실에서 우연히 만난 중년 남자에게 끌려가 지하실에 감금되고 영문 모를 매질을 당한다. 화자는 지하실에서 탈출을 도모하거나 매질의 이유를 되새기기보다는 자신의 과거를 되새긴다. 그런 회상작업을 통해 상처의 뿌리를 재조명하고, 그것의 의미를 탐색한다. 과거에 붙들려 애꽂은 사람들을 매질하는 중년 사내와 과거에 분노에서 헤어나오지 못해 집을 뛰쳐나와 매질 당하는 나의 과거사는 겹친다. 이 소설에서의 '매질'은 망각에 대항하는 채찍질인 동시에, 그 과거에 휘둘리지 않겠다는 각성을 촉발한다. 과거의 원한과 분노에 옥죄인 중년 사내는 나의 어두운 분신이며, 나는 그에게 매질당하여 과거의 질곡에서 벗어나게 된다. 여행에서 만난 '낯선' 나를 통해 나는 앞으로 나아갈 깨달음을 얻는 것이다. 여로형 구조는 그런 깨달음의 과정을 담아낸다.

3. 이미지와 상징에 포획된 시간

과거로 한 걸음씩 나아가기는, 세밀한 말 고르기와 정교한 문장배열과도 연결된다. 감각적인 언어 구사, 이미지 묘사를 통한 작중인물의 형상화, 시적인 분위기를 조성하는 간결한 문장 등 이병천 문체의 심미성은 여러 평자들이 지적해왔다. 이런 문체의 아름다움은 소설과 시로 만나게 하는 연결고리가 된다.

소설이 흘러가는 시간을 사건의 흐름에 따라 보여준다면 서정시는 상징과 이미지를 통해 시간을 확장하고 응축한다. 「애기똥풀」에서 누이의 죽음과 그것들을 둘러싼 사연이 등장한다. 그런 누적된 서사 내용은 소설의 말미에 나온 애기똥풀로 요약된다. 누이의 생은 "잎이나 가지의 어느 곳을 잘라도 사정없이 노란 피를 쏟는" 애기똥풀에 다름 아니다. 「더듬이의 혼魂」에서 삼촌은 위험을 알아채는 '더듬이'로, 「단도短刀의 집」에서 한 자루의 단도는 복수와 증오를 상징한다. 상징은 인과관계를 중심으로 한 서사의 배열인 소설에서 시간성을 지운다. 과거의 일회성 사건은 상징이 되어 시간의 흐름에서 벗어난 의미를 갖게 된다.

서사의 연쇄고리 속에서 그것을 응축시키는 이미지의 사용은 시적인 문체의 특징이다. 서사의 흐름에서 벗어나는 시간, 즉 멈추어진 시간 속에서 형성되는 이미지를 통해 내면적인 갈등과 방황은 순간적으로 포착된다. 사람의 생은 태어남에서 죽음까지 흘러가 잊힌다. 서사란 사건의 흐름을 뒤쫓는 것이다. 그러나 시는 장면이나 내면이 하나의 이미지로 압축시켜 강렬한 인상을 남긴다. 이런 이미지의 사용은 시간의 흐름에 저항하는 다른 방식이다. 이미지는 흘러가는 시간을 붙잡아 순간, 동결시킨다. 생은 속절없이 시간에 따라 흘러가지만, 한순간의 아름다운 이미지로 압축될 수 있다. 예컨대, 「매」에서 궂은 세월을 감당한 어머니의 생은 대나무의 이미지로 형상화된다.

> 나는 대나무 한 그루씩을 붙들고 눈을 털어내리기 시작하였다. 한번씩 흔들 때마다 머리와 어깨 위에 무더기로 눈이 쏟아졌다. 폭설이 내릴 때 눈을 털어주지 않으면 작은 것들은 그 무게를 이기지 못하고 근처의 나무에 의지하였다. 그리하여 밭에 있는 모든 나무들은 자기들 중에 가장 크고 굵직한 대나무에 몸을 의지하게 되고, 그 녀석은 홀로 자신의 인내와 외로운 씨름을 하다가 이겨내지 못하고 결국 쓰러지고 마는 것이다. (274~275쪽)

시적인 문체는 사건의 인과성보다는 현 상황에 대한 등장인물의 내면풍경을 드러낸다. 사건은 제자리걸음시키고, 시간이 멈춘 자리에서 지배적 인상을 강하게 나타내는 것이다. 시간을 확장, 압축시키는 문체로 이병천 소설은 시와 만난다.

4. 망각에 덫 놓기

소설이 과거를 다루는 것에 대해 이런 질문을 던질 수도 있다. 그렇다면 거듭되는 과거 회상은 지나간 것에 대한 집착에 불과할까? 퇴행이나 복고주의란 혐의에서 자유로울 수 있을까?

현실이 오리무중일 때, 유년시절과 고향을 유토피아로 설정하고 어른이 된 현재의 삶과 도시를 비교하며 한탄하기 쉽다. 어린 시절의 천진난만과 어른의 비루함을 대립시키는 이분법이라는 손쉬운 해결방안을 마련하게 된다. 그럴 때 과거는 현재의 삶을 가로막는 걸림돌이 된다. 애상에 젖은 과거의 되새김질은 현재 삶에 걸림돌일 뿐이다. 기억을 위한 기억, 호기심을 충족시키는 과거사에 대한 경계가 필요하다.

「사냥」에서 사냥 당하는 동물들을 자신이 애초에 가졌던 본성과 습성 때문에 죽는다. 이 소설의 마지막에 등장하는 것은 한 인간의 죽음이다. 산으로 도망갔던 덕대는 볼모로 잡힌 어머니 때문에 뻔히 보이는 덫으로 기어내려온다. 모자 사이의 끈에 이끌려 죽음의 아가리로 스스로 걸어들어간 것이다. 그게 전부라면 이 소설은 효자의 미담으로 끝났을 것이다. 그러나 덕대는 죽기 직전, 어머니를 총으로 쏴죽인다. 그는 방아쇠를 당겨 어머니와 아들의 질긴 인연의 끈을 스스로 끊은 것이다.

「애기똥풀」에서 누이는 가난 때문에 죽었고, 그 가난의 책임은 숙명론적 세계관에 빠진 아버지에게 있다. 아버지는 모든 것이 팔자소관이며 신의 뜻이라고 말한다. 날들이 지나면 누구나 죽는다. 누이라고 다를쏘냐. 아버지는 그저 달력만 뜯어낸다. 시간의 흐름은 모든 죽음을 동질화시키고, 그 죽음이 가진 의미마저 무화시킨다. 의미 없이 잊히는 죽음은 현재의 삶을 한 치도 변화시키지 못한다. 그러나 형은 아버지에게 강하게 반발하며 '일'을 해야 한다고 말한다. 형은 '토끼와 개구리의 우화'를 넘어서고자 한다. 자살하러 나갔던 토끼들은 자신들보다 더 불행한 개구리들을 보곤 행복에 겨워 제 집으로 돌아왔다 한다. 타인의 불행을 자신의 불행의 위안책으로 삼은 것이다. 그러나 죽은 자의 슬픔을 먹이 삼아 살아남는 자의 기쁨은 비루하다. 타인의 억울한 죽음을 지켜봤다면 그런 비극이 되풀이되지 않게 무언가 해야 한다. 숙명론에 빠지거나 잊히길 마냥 기다리기보다는 그런 과거를 가슴에 품고 현재를 바꿔나가겠다는 의지를 싹틔워야 한다. 그게 살아남은 자가 죽은 자에게 가져야 할 예의다.

「휴전선」에서 아들을 잃은 황 노인은 아들의 죽음을 거듭 머릿속으로 회상하는 것에 그치지 않고, 아들이 못 건너온 강에 돌멩이를 던져넣는다. 우공이산愚公移山. 한 줌씩 옮긴 흙이 산의 위치를 바꾸고, 돌멩이 하나하나가 강을 메운다. 과거는 그냥 과거가 아니다. 기억과 재창조를 통해 과거는 생생하게 되살아나 현재의 삶과 미래의 삶의 징검돌이 된다. 이병천의 소설은 망각에 맞서 덫을 놓는다. 막무가내로 흘러가는 시간에 덫을 놓아 삶의 의미를 포획하고자 한다. 소설은 주도면밀한 덫 놓기로 생의 꿈틀거림을 포획한다.

'나이 듦'의 사용설명서

— 권채운 『바람이 분다』(문학나무, 2018)

살다보면 누구나 늙는다. 하지만 이 자명한 사실을 선선히 받아들이긴 어렵다. 사람들은 늙어버린 자신을 당혹스러워한다. 어느 날 거울 속의 새치, 어떤 봄날의 무릎 통증, 안방에서 건넌방으로 작은 방으로 밀려나는 세간살이. 노약자 보호석이 편안해지고 어르신이나 늙은이로 불리며 도리없이 노인이 되어간다.

늙음만으로 존재를 규정당하는 사람이 '늙은이'다. 늙은이란 호칭은 흔히 마뜩잖게 여겨진다. 꼰대나 노친네, 틀딱충이라고 비하되고 투명인간 취급을 당한다. 경쟁력이나 밥벌이 능력이 우선시되는 사회에서 노인은 쓸모없는 존재로 전락한다. 노년세대는 부정적인 노년담론과 맞물려 차별의 대상이 된다.

늙을수록 사람노릇하기가 여간 어려운 게 아니다. 옛날에야 장죽 물고

뒷짐진 채 헛기침이라도 하면 어른 대접을 해주었지만 요새 세상은 영 거꾸로 돌아가는 형국이라 늙은이라면 어린애들도 일단은 얕보는 눈치가 역력해서 되레 젊은 것들 눈치를 보느라 눈이 돌아갈 지경에 이르렀다.

—「절로 휘파람」

노인은 세상의 무대에서 밀려나 '관객'으로 취급당한다. 과거에서 살며 자기 삶을 곱씹고 자신의 경험치를 내세우며 남의 삶에 함부로 훈수를 두는 존재로 치부된다. 젊음과 활력이 경쟁력과 효율이 지배하는 사회에서 지혜로운 현자로서의 노인은 사라졌다. 무엇보다 노인은 병과 죽음에 가까운 존재로 여겨진다. 둘 다 사람들이 질겁하는 것들이다. 노인을 피하려는 심정은, 노인이 품은 죽음과 병을 피하려는 마음에서 비롯된다.

늙어 꼬부라진 것도, 불구인 채로 살아 있는 것도, 다 죄다. 이 화창한 세상에 얼마나 볼썽사나운 몰골인가. 우리 모자가 가뭇없이 사라져버린다면 세상은 박수를 칠 것이다. 세상까지 알아볼 것도 없다. 형이 제일 먼저 큰 짐을 덜었다고 좋아할 것이다. 그럴 수는 없다. 누구 좋으라고 사라져줄 것인가. 그는 벌떡 일어나 앉았다가 도로 누었다가 생 몸부림을 쳐보지만 답답한 가슴에서는 더욱 불이 날 뿐이다.

—「희망가」

한국은 2000년대에 접어들어 65세 이상이 전체 인구의 7.2%에 이르는 고령화사회에 진입했다. 그러나 우리는 노인에 대해서 잘 알고 있는 걸까? 통념에 휩싸여 그들을 바라보는 건 아닐까. 태어날 때부터 노인이었던 사람은 없기에 노인에게도 노년은 낯설다. 소외된 계층, 짠한 마음을 불러일으키는 존재, 죽음과 가까운, 그래서 피하고 싶은 존재, 그게 전부일까? 다들 노화를 숨기려고 애쓰는 안티에이징의 시대, 권채운의 소설은 노인을 전면에 내세운다. 노인의 목소리를 들려주고 내면을 보여주며 그들이 놓인 상황을 찬찬히 밝혀주는 소설의 힘으로 우리 가까이의 오지奧地, 노인의 삶을 보여준다.

노인의 목소리, 노인의 속내

권채운의 소설집에 실린 대부분의 작품은 '노인'을 화자로 삼는다. 노인이 아니더라도 「희망가」의 아들은 낡은 아파트에서 늙은 어머니와 살며, 「절로 휘파람」의 장례식장 영업을 뛰는 이 과장은 노인의 삶과 함께 한다. 「무정한 세상」의 회사에서 밀려난 남자도 노년층이 느끼는 소외감이나 억울함을 공유한다.

소설 속의 노인들은 관객이기를 거부하고 마이크를 쥐고 전면에 나서서 속내를 털어놓는다. 속으로만 삭이던 노인들의 말이 튀어나온다. 일단, 그들은 세상과 사람들이 섭섭하다. 자식들은 가족여행이랍시고 외국 리조트로 끌고 간다. "과부 사정은 홀아비가 안다구 지들이 안 늙어봐서 늙은이 사정 몰라. 지들 생각대로 한다지만 도대체 엄니는 어쩌면 좋겠냐구 왜 못 물어봐? 늙은이 잔친데 왜 지들 좋은 데로 하능겨?" 아들은 매일 밤 운동을 나가는 어머니에게 툴툴거린다. 하지만 대왕노릇을 하는 남편과 손자들 뒷바라지에 지친 할머니도 할 말은 있다. "퇴근 시간도 없는 할머니 직장은 무보수에 쉬는 시간조차 없다는 것을 아들은 알까. 피로가 쌓이면 따라서 짜증이 늘어난다." 자식들은 시골에 혼자 사는 어머니를 찾아오지는 않으면서 전화로 잔소리만 해댄다. "그렇게 일 다니다가 병이라도 나면 책임을 지지 않겠다는 거다. 언제는 저희들이 무슨 대단한 책임을 졌다고."

노인들은 섭섭하다. 자식들은 부모 마음을 모른다. 자기들 입장만 내세운다. 노인은 이해와 넉넉함을 강요당하고 포기를 종용받는다. 자식으로 대표되는 사람들뿐만 아니라 사회도 노인을 열외로 취급한다. 도무지 이쪽 사정은 헤아려주지 않는다.

> "지하철역의 에스컬레이터는 늙은이가 만들어야 한다는 게 요즘 내 생각입니다. 늙으면 계단을 오르는 것도 어렵지만 더욱 고통스러운 것은 계단을 내려갈 때인 걸 젊은 사람들이 알 턱이 없지요. 올라가는 에스컬레이터는 곳곳마다 설치해놓고 내려가는 에스컬레이터는 아예 만들지 않은 지하철역을 만나는 날이면 한숨부터 나옵니다. 한발 한발 내딛을 때마다 온몸을 울리는 통증, 에이 정말 싫습니다."
>
> —「뜸뜨는 시간」

늙어도 귀가 순해지지 않는 노인들은 통달한 척하지 않고 솔직하게 자신의 속내를 드러낸다. 침묵보다는 발화가 누군가의 진심을 이해하는 징검돌이 되어준다. "인간은 자기가 그 처지에 가닿지 않으면 절대로 모른다. 그러니 누구를 이해한다고 하는 건 순 뺑이다. 그저 이해하는 척할 뿐이다." 독자는 노인들이 주인공이 된 소설을 통해 노인이 되어본다.

이 섭섭한 사람들이 원하는 건 무얼까? 귀 기울이면 바람이 들린다. 「바람이 분다」에서 새 총무는 우렁각시처럼 청소며 음식이며 살림을 하고 살뜰하게 노인들을 챙겨주었다. 노인들의 이름을 불러주고, 환갑잔치도 화려하게 챙겨준다. 처음엔 새로운 총무가 마뜩잖았던 이 여사도

차츰 마음을 열어간다. "언제나 다정한 눈빛으로 진심어린 말을 건네며 나이 들면 어쨌거나 식사를 잘해야 한다면서 일본에 사는 딸이 보내준 귀한 소화제까지 들이미는" 총무에게 정이 담뿍 든다.

「절로 휘파람」에서 장례식장 영업을 뛰는 지섭은 노인들에게 '저승사자'로 불린다. 노인들은 그가 마을을 뻔질나게 드나들며 염탐하듯 자신들을 살피는 게 못마땅하다. 하지만 정작 노인들의 일상을 살뜰히 살피고 안부를 묻는 사람은 지섭이다. 지섭 자신도 "매일매일 동네를 돌며 노인들의 안부를 챙기면서 자기가 장례식장 직원인지 동네 순찰꾼인지 헷갈릴 지경인데다 알 수 없는 것은 소금을 뿌릴 기세로 냉대하는 노인들과도 그만 정이 들어버렸다. 사람은 미우나 고우나 자주 보는 사람과 정이 들게 생겨먹는 것이다." 노인들이 원하는 건 자기들을 봐달라는 것, 마음을 헤아려달라는 것이다. 그렇게 애써서 살았는데 알아주는 사람도 없고 아프고 외롭기만 한 삶을 알아달라는 것이다.

권채운의 소설은 노인들의 삶을 통해 투명인간으로 밀려난 사람들의 속내와 목소리를 드러내준다. 하지만 단지 그 속을 드러내는 데서만 그치지는 않는다. 더 깊숙이 내려가 그들을 붙들고 있는 고민인 '어떻게 늙어갈 것인가?'를 캐묻는다. 늙는다는 것의 의미는 무엇일까? 노화와 쇠퇴를 어떻게 받아들여야 할 것인가?

어떻게 늙어갈 것인가

나이를 먹고 경험을 많이 쌓는다고 저절로 현명해지는 것은 아니다.

> "나이 들면 인품이 넉넉해지고 여유로워질 줄 알았다. 소위 나잇값이라는 게 있지 않을까. 오산이었다. 막상 나이 들고 보니 젊을 때의 당당함이

사라지면서 여유도 함께 자취를 감추었다. 아직은 나 스스로가 옹졸하다는 걸 느끼는데 어느 날 문득 스스로가 옹졸하다는 걸 느끼지 못하는 날이 오면 어떡하나."

—「데파스」

노인들이 때론 혐오의 대상이 된 까닭은 '꼰대'가 되었기 때문이라고 한다. 작가는 꼰대를 우리 근현대사와 팍팍한 삶의 결과물로 본다. 전쟁으로 가족과 단절되고 성장 위주의 사회에서 먹고 살아가기 위해서는 팍팍해질 수밖에 없다. 돈이 전부이고 자기 돌보기에도 바쁜 세상에서 살다보면 마음과 관계는 메마른다. "아무도 그녀를 진심으로 대해주지 않았다. 아니 사람으로 대해주지 않았다. 그녀는 기계처럼 일했다. (…) 배운 것도 없고 그렇다고 아무도 가르쳐주지 않은 사람살이는 팍팍할 뿐이었다."「그립다 말을 할까」의 이 여사에게 삶이 가르쳐준 것은 사람을 쉽게 믿을 수 없다는 것, 세상은 냉혹하다는 것이었다. 그녀가 노인정에 새로 들어온 총무를 못마땅하게 여긴 것은 이런 삶의 이력 때문이었다.

하지만 마음을 열고 살갑게 대해주는 총무를 보며 이 여사는 점차 마음을 고쳐먹게 된다. "한 평생 살면서 누구에게 이렇게 마음이 간 기억이 없다. 이 여사의 사람관계는 언제나 계산이 앞섰다. 계산이 맞지 않으면 칼같이 돌아서는 게 이 여사의 셈법이었다." 총무에게 횡령 혐의를 씌우려 했던 회장도 이런 셈법으로 움직였을 터이다. 자신의 자리를 놓치지 않으려는 노욕도 한몫했다. 든 자리는 몰라도 난 자리는 안다고 총무가 사라진 노인정은 황량하다. 이제까지의 삶의 방식이 가까이 다가오는 사람마저도 밀어내게 만든 것이다. 이런 깨달음은 변화의 조짐으로 이어지는데, 이는 이 여사가 '그리움'을 아는 대목에서 꽃 피운다.

노인은 살아남은 존재다. 오래 살아온 사람은 경험치로 타인에게 자신의 삶의 방식을 밀어붙이는 경향이 있다. 하지만 한 사람의 삶의 경험은 그 폭이 좁다. 우물 안 개구리에게 둥근 우물천장이 세상의 전부이듯. 성품이 너그럽지 못하고 생각이 좁아지면, '옹졸壅拙'해진다. 고집스럽게 지켜오던 우물에서 나와 더 넓은 세상을 보게 되면 다른 가능성이 생긴다.

「데파스」의 '나'는 불륜 의혹으로 가족에게 버림을 받고 일본에 와서 조카의 아이를 돌본다. 나이 들어 외국 생활을 하는 건 만만찮다. 하지만 일본이라는 타국에서의 삶은 이제까지의 삶에 '거리'를 두게 만든다. "거리가 객관적이게 한다더니 한국에 있을 때만 해도 미망에 사로잡혀 신경안정제 없이는 하루하루를 버티지 못했는데 산바라지가 힘에 겨워서인지 타국이라서인지 약을 먹지 않아도 그럭저럭 잠이 들어서 처방받아온 약은 고스란히 남아 있다." 처음엔 일본에 와서 본 인공 바다를 보고 저것도 바다인가 싶었지만 "한 점 바람결에 바다 냄새가 스친다. 바다구나. 이 세상에는 네모난 바다도 있구나. 내가 맞는다고 철석같이 믿었던 어떤 것들이 꼭 맞는 것이 아닐 수도 있는 거구나." '나'는 자신이 고수하던 생각과 삶의 틀을 조금씩 바꿔나간다.

뒷골목을 찾아나서는 모험을 감행하며 새로운 사랑의 가능성에 설레게 된다. 앙드레 모르아는 "노화에 따르는 제일 나쁜 것은 육체가 쇠약해지는 것이 아니라 정신이 무관심하게 되는 것"이라 했다. 살아 있다는 건 '변화'한다는 것이다. 그런 변화를 받아들였을 때 죽은 듯 보이는 나무에 피가 돌고 싹이 트기 시작한다. 이제까지 삶의 방식을 답습하는 것이 아니라, 새로운 관점과 가능성에 자신을 열어둘 때 사람은 늙지 않고 성숙해진다.

내 속의 '나'들을 꺼내본다

하지만 지금까지와 다른 방식으로 산다는 건 쉽지 않다. 아주 익숙해진 자신과 이별하는 일이기 때문이다. 「무정한 세상」의 남자는 전직을 결심한다. 감사역으로 발령을 받고 강당으로 출근하게 되자 개그맨이 되기로 한 것이다. "세상을 웃어주고 싶어요. 그 나이에? 내 나이가 어때서요? 애들만 사람 웃기라는 법 있우? 정말 웃어야 할 사람들은 어른들이라고요. 생전 웃을 일이 있나? 그저 골치만 아프지." 하지만 개그맨으로의 전직은 쉽지 않다.

하지만 남자는 그 과정을 통해 살기 위해 버렸던 것들을 떠올린다. 웃음과 여유, '달걀'을 건네주던 여자. 그것들을 버리면서까지 잘 살자고 했는데 결국 대기발령자로 강당에 앉아 있다니. 잘못 살아왔다는 후회, 되돌릴 수 없다는 절망이란 인생파산에 그는 개그로 맞선다. 세상의 어떤 개그도 대기역으로 발령받은 남자가 강당으로 출근하는 것만큼 우스꽝스럽지 않다. 인생 파산에 개그로 맞서던 남자는 지하철에 선다. 승객들은 안 됐다는 표정으로 바라보고 자리를 양보한다.

죄송합니다.

나는 허리를 깊이 숙이고 나서 출입문을 향해 돌아섰다. 그예 눈물이 솟는다. 이게 아닌데…. 열차는 왜 이렇게 느리게 가는 걸까.

열차가 서자 나는 황급히 내렸다.

승강장의 의자에 엉덩이를 털썩 내려놓자 열차가 출발한다. 열차 안에서 한 여자가 손을 흔든다. 나는 얼른 주위를 돌아보았다. 승강장에는 나 혼자였다.

느닷없이 어슴푸레하던 그녀의 모습이 또렷이 떠올랐다. 나는 열차가 사라진 어두컴컴한 터널을 망연히 바라보았다.

제대로 작별하려면 무엇과 이별해야 하는지부터 찬찬히 들여다보아야 한다. 반성과 성찰은, 돌아보는 것에서 시작된다. 내가 놓치고 버린 것들을 결산하는 것에서 새로운 삶이 시작된다.

노인은 마트료시카Matryoshka 인형이다. 그 속에는 갓난쟁이와 어린아이, 사춘기와 청장년기가 다 들어 있다. 이것을 하나씩 꺼내면 자신의 온 생을 돌아볼 수 있다. 「뜸뜨는 시간」의 여자는 자기 몸 구석구석에 뜸을 놓으며 생을 반추한다. 세월은 몸에 머문다. 뜸자리를 짚어가며 자기 몸의 구석구석에 새겨진 어머니와의 추억을 떠올리는 것이다. 발뒤꿈치엔 엄마가 사주었던 빨간 구두와 뒤꿈치가 벗겨진 나를 업어주던 엄마의 기억을 되살린다. 삼음교는 오줌싸개였던 나에게 매몰찼던 엄마의 모습을 떠올리게 한다. 어머니는 애증의 대상이다. 어린 '나'를 두고 재가한 어머니가 일생토록 원망스럽고 보고 싶었다. 이제 내려놓아야 하는지 쉽지 않다. 뜸을 뜨며 천천히 어머니의 생을 거슬러올라간다. 어린 나이에 아이를 낳고 남편은 북으로 끌려가고, 천릿길을 걸어서 피난을 가는 바람에 무릎이 아팠던 어머니는 아픈 무릎에 뜸을 놓다가 콩알만 한 눈알이 생겼다고 한다.

> 엄마는 나를 보기만 하면 무릎을 보여줍니다. 그야말로 옛날 일이 되어버린 그 시간으로 되돌아가서 이미 오래 전에 딴 세상 사람이 된 우리 할아버지와 할머니를 원망합니다. 반추해서 아무런 득이 될 것 없는데 왜 그러는 걸까요. 그때는 누구라도 그럴 수밖에 없었다는 걸 왜 이해하려들지 않는 걸까요. 아니 이해는 고사하고 엄마가 지금까지 삶이 고단한 것이 모두

그분들 때문이라고 핑계 삼고 싶은 것인지 모르겠습니다. 욕하면서 닮는다던데 어쩌지요? 나도 더 나이 들면 엄마처럼 엄마를 원망하며 살게 될까봐 겁이 납니다. 엄마는 내가 나이 들어서 엄마를 이해할 거라고 믿는 걸까요? 천만에요, 엄마는 내게 배신의 쓰라림을 첫 번째로 안겨준 사람입니다.

나는 엄마를 이해할 수도, 자신을 버리고 간 어머니를 용서할 수 없다고도 한다. 하지만 예전의 엄마가 자신의 부모들을 원망했듯, 나 역시 어머니에 대한 원망은 쉽게 버리질 못한다. 그러나 엄마처럼 '나'도 무릎이 아파서 뜸을 놓고 있다. 화자는 자신의 몸 구석구석에 스스로 불을 놓음으로써 그 기억을 되살려내고 태우려 한다. 뜸을 뜨는 시간은 젊었을 때는 좀처럼 받아들이기 어려웠던 엄마의 시간과 나의 시간이 포개진다. 마치 나의 오줌싸개 버릇이 손자에게 대물림 되었듯이.

자신을 버린 어머니에 대한 원망은 「저 언덕 너머」의 화자도 공유한다. 딸이 옛집으로 어머니를 만나러가는 여정은 '과거'를 거슬러 올라가는 것과 맞물린다. 그 과정을 통해 나는 어머니의 일생과 포개진다.

이해한다고 하면서도 정작 몸은 이해하지 못하겠다고 버티는 것이다. 나는 늘 자식의 입장에서, 버림받은 입장에서만 생각해왔다. 어머니가 나를 버렸을 나이의 곱절을 먹도록 한번도 어머니의 입장에서 생각해보려 하지 않았다. 이십 년 전에 벽보로 붙어 있던 초라한 어머니의 모습을 단번에 구겨버렸던 것은 가까스로 이룩한 내 가정에 어머니가 틈입자가 되지 않을까 하는 마음에서였을 것이다.

딸은 자신과 어머니가 그다지 다르지 않았다는 것을 깨닫게 된다. 그건 늙어봐야, 자신도 그 자리에 앉아야만 알 수 있는 것이다. 오래간만에 만난 어머니에게 자신이 딸임을 밝히지 않는다. 할머니가 된 어머니는 딸의 정체를 알아채지만, 그저 한 끼 음식을 대접할 뿐이다. 마주앉아 마음을 나누는 것이 전부다. "어머니의 집 위에 높다랗게 외등이 켜져 있었다. 얼마나 촉수가 밝았던지 초가지붕은 눈이라도 내린 것처럼 하얗게 빛났다." 성급하게 손을 내밀거나 화해로 갈무리하기보다는 '기다림'의 마음을 알아채주는 것으로 서로가 조금 더 가벼워진다. 겨울의 나무는 온 힘을 다해 잎을 떨어놓는다. 나목裸木이 되어서야 자신의 온몸이 온전히 보인다. 기억이 희미해지는 것, 아픈 과거와 점점 멀어진다. 과거는 그제야 '지난' 일로 흘러간다.

회귀를 통한 이해의 바탕이 되어주는 것은 '공통분모'의 발견이다. 위 세대와 자신을 포개는 것은 연관성을 깨닫는 데서 비롯된다. 「뜸뜨는 시간」에서 어린 나는 자신의 온 생을 한탄하며 울부짖었다. "할머니가 엄마를 낳았으니까 엄마가 나를 낳지 않았느냐, 할머니가 엄마를 낳지 않았으면 나도 이 세상에 나오지 않았을 것 아니냐." 이 말을 뒤집으면 할머니가 엄마를 낳고 엄마가 나를 낳았기에 '나'란 존재가 성립한다는 것이다. 자신의 과거에 함께한 존재, 자신의 근원이 된 존재와 자신이 어떻게 연결되었는지를 되돌아보는 것으로, 자신이 누군지도 받아들이게 된다.

「테파스」의 나는 어린 시절에 만났던 나나스께(참외로 만든 장아찌)를 통해 어릴 때 문간방에서 빌붙어살던 작은 할아버지를 떠올린다. 참외자루를 메고온 할아버지는 천덕꾸러기로 지내다가 우물을 파주곤 사라졌더랬다. "작은할아버지는 이미 세상을 떠난 뒤였다. 농약을 마셨다고 했다. 나는 대야에 물이 철철 넘치도록 펌프질을 하며 눈물을 쏟았다. 나라도 잘해드릴걸. 죄송하고 죄송했다. 까맣게 잊고 살았던 작은 할아버지의 외로움이 나나스께 한쪽에 이끌려나와 내 외로움과 겹쳐진다.” 동병상련, 아픔을 공유함으로써 나는 누군가의 동지가 된다.

봄, 다시 봄, 봄

청춘은 봄에 빗대진다. 사랑이 싹트고 자신이 누군지를 궁금해진다. 노년은 그에 비해 삶을 마무리하는 막바지로 불린다. 하지만 작가는 노년을 ‘쇠퇴’의 어법에 묶여 문제로 가득찬 우울한 시기로만 그리지 않는다. 살면서 우리는 거듭 ‘봄’을 맞을 수 있다.

「장아찌」의 노인들은 죽음을 농담거리로 삼는다. 소설의 제목인 ‘장아찌’는 논바닥에, 밭고랑에 곤두박질쳐서 죽는 것을 이른다. 노인들은 이런 죽음을 가지고 논다.

> “논둑에? 다리도 부실한 양반이 논둑 하다가 논바닥에 장아찌 박을려구 그려?”
>
> “한해쯤 고추농사 안 짓는다구 클나? 그러다가 밭고랑에 장아찌 박구말 거여.”
>
> “그런 장아찌 박아서 뭐에 써? 요새 고추장독에 장아찌 박아봤자 고추장만 베리지. 짠 거 먹으면 죽는 줄 알구 서울 애들은 거들떠두 안 봐. 즈들 핵교 댕길 때는 허구한 날 장아찌로 도시락 싸줬구먼서두.”

‘장아찌’가 된다는 것은 일터에서 일을 하다가 죽는 것을 이른다. 살기 위한 고된 노역이 아니라, 일이 삶 자체인 노인들만이 죽음을 장아찌에 빗댈 수 있는 법이다. 소설의 주인공인 장머릿댁은 농사를 지으며 혼자 산다. 외롭기도 하고 걱정도 많지만, 농사일을 하기 위해 장만한 “스쿠

터를 탈 때마다 묘한 쾌감이 있다. 직접 기계를 다루게 될 줄은 몰랐다." 영영 자신과 거리가 멀 것 같았던 뭔가를 해보는 것만으로도 새로운 삶이 열린다. 소설의 말미에서 장머릿댁은 소투쟁이 밑동을 있는 힘껏 잡아뽑다가 논바닥으로 구른다. 자신의 일터에서 힘껏 애쓰다 장아찌가 되는 삶, 비극이라 잘라 말할 수는 없다.

'일'은 밥벌이를 넘어서는 의미를 가진다. 「절로 휘파람」에서 어떤 노인은 엉겁결에 남의 아이를 잠시 돌보고 어떤 노인은 유람선 선장을 맡게 된다. 일은 사람과 세상과의 '관계 맺기'이며 새로운 삶의 출발점으로 기능한다. 「그립다 말을 할까」의 이 여사는 돌아온 총무를 위해 점심을 차려줄 생각에 "가슴이 벌렁벌렁하다. 무얼 하지? 총무가 무얼 잘 먹었더라?" 이 여사는 방으로 주방으로 주방에서 다시 베란다의 창고로 왔다 갔다 하며 냉장고를 열어 들여다보고, 전에 없이 분주해진다. 팍팍하게 계산속만 차리며 살았던 삶에서 타인에게 뭔가를 베풀기 위해 움직일 때 생기가 돌기 시작한다.

'일'뿐만 아니라 사람과의 관계 맺기도 노년의 봄소식이다. 「데파스」의 '나'와 눈길을 주고받았던 노신사, 「바람이 분다」에서 정숙이 만난 남자는 메말랐던 삶에 봄기운을 전해준다. 끝인 줄만 알았던 삶에 등장한 새로운 조짐들. 봄이 다시 오고 낯선 골목길이 열린다.

봄은 거듭 오지만, 거푸 사라지기도 한다. 「바람이 분다」의 정숙은 무심한 남편과 섭섭한 아들과 손자 돌보기에 지쳐 다른 남자에게 끌린다. 하지만 백사장의 별빛을 보고 감동한 정숙에게 남자는 "어젯밤 백사장의 별빛 말야. 그거 도깨비불 같은 거야. 바닷물의 인이 모래 속에 침잠해 있다가 자극을 주니까 잠깐씩 빛을 내는 거지. 몽당빗자루가 도깨비불이 된 것처럼"이라고 말한다. 그 말은 정숙이 "가슴에 소중하게 담은 그녀의 별을 모두 짓뭉개"버린다. 유방암 진단을 받은 정숙의 사랑은 사라져버린다. 사랑은 삶을, 생활을 이기질 못한다. 하지만 지나가버린 것일지라도 그런 풍경이 정숙의 삶에 빛이었다는 사실은 변함없다.

> 정숙은 눈을 감고 몇 해 전의 풍경 속으로 들어간다. 움이 트는 계절이었다. 산은 봄빛이 붓칠을 한 듯이 아련했고 산들바람이 볼을 간질였다. 호수 위로 잔물결이 일고 호수 가득 물별이 반짝였다. 그는 정숙의 뒤에 가만히 서 있었다. 그의 숨이 정숙의 등을 통해 전해졌다. 아주 잠깐인 듯도 하고 아주 오래 그러고 서 있었던 듯도 하다. 액자 속에 넣어서 벽에 걸어놓는 대신 정숙은 그 풍경을 가슴에 아로새겼다. 너무 지치고 힘겨운 날, 정숙은 그 풍경 속으로 들어갔다.

「희망가」의 '나'는 몸이 불편하고 가난하다. 살던 집에서도 쫓겨날 처지다. 좌판에 늘어놓은 끝물 사과들은 그의 삶과 닮아 있다. 그런 그는 과일을 사러왔던 여자에게 홀려 처지가 더욱 곤궁해졌다. "이 풍진 세상을 만났으니 너의 희망은 무엇이냐. 부귀영화를 누렸으니 희망이 족할까" 이 절망적인 상황에서 어머니가 부르는 〈희망가〉는 처량하다. 아들은 자신을 불구자로 낳은 어머니를 원망하는 힘으로 살아왔더랬다. 하지만 아들은 이제 어머니와 자신이 내몰리고 지치긴 매한가지란 걸 깨닫는다. 어머니의 번번한 헛꿈과 자신이 여자에게 품었던 연심은 다를 바가 없다. "어머니는 아직도 헛꿈을 꾼다. 하기는 숨이 들어갔다 하면 희망가를 부르는 판이니 숨이 넘어가기 전에는 희망을 놓지 않을 게 틀림없다. 그도 어머니의 희망에 휩쓸려서 이만큼이나 살아올 수 있었는지 모른다." 소설 말미에서 죽음을 결심하고 술에 취한 그는 환영처럼 자신에게 내밀어진 손을 본다. "자, 내 손을 잡아요. 그녀다. 그녀가 방긋이 웃으며 손을 내밀고 있다. 저 손을 잡아야 한다. 아, 저 손. 저 흰 손." 환영이 내민 하얀 손, 그것은 미망이다. 하지만 그런 미망은 버티고 살아갈 구실을 준다. 미망의 다른 이름은, 희망이다. 삶은 송두리째 헛된 '꿈'일지도 모른다. 거듭 속아넘어가야 살아갈 수 있을지도 모른다.

우리는 해피엔드를 꿈꾼다. 하지만 우리는 자신의 '엔드'를 보지 못한다. 인간은 자신의 시작인 수정과 끝인 임종을 보지 못한다. 다만 시작과 끝 사이에 머물다 사라질 뿐이다. 오직 중간만 살아갈 수 있다. 「데파스」에 등장하는 이모의 말처럼 "젊을 때처럼 꼭 정상에 오르지는 않고 조금 올라가다가 그저 산속에 앉아 있다 오는 거지." 삶에는 마침표 대신 쉼표만 있을 뿐이다. 되돌아보고 숨을 고르고 다시 살아간다.

> 아기가 방긋 웃으며 옹알이를 하고 아이가 학교 다녀왔다고 큰소리를 지르고 김밥을 말아 소풍을 가고, 왁자지껄 사람 사는 것 같은 집에서 사는 것. 그냥 잠깐만 있자. 잠깐 동안만 행복하자. 본래 내 것이 아닌 것은 곧 사라지니까.

죽어가는 노인은 없다. 다만 살아가는 나이든 사람이 있을 뿐이다. 노인은 죽음에 가깝기보다는 오래 살았기에 되레 삶에 친숙한 존재일는지도 모른다. 어떻게 늙어갈까, 란 질문은 어떻게 살아갈까?라는 질문과 다르지 않다. 우리는 모두 하루하루 차츰차츰 늙어가며 조금씩 죽음에 가까워지는 존재이기 때문이다. 다들 머물다 사라진다. 『바람이 분다』는 세상의 골목을 걷는 그 뒷모습들을 가만히 바라봐준다.

수수한 옷차림에 진지하게 남의 이야기를 듣기도 하고, 손짓을 해가며 무언가를 하소연하는 듯하던 표정과 조용히 박수를 치던 모습, 슬며시 일어나 살며시 문을 열고 홀로 걸어나가던 뒷모습까지. 그곳은 웃게 해주는 곳이 아니었던 것일까. 세상을 조롱하는 곳이었을까. 아니면 아무도 들어주지 않는 이야기를 허공이 아닌 사람에게 털어놓는 곳이었을까.

Part Ⅲ

식물들의 사생활

죽음을 짜내는 페넬로페들

'사이[間]'에 머물기

침묵과 발화, 고통과 연대

침묵을 응시하다

산과 바다가 만난 인간의 자리

정원에 숨긴 말들

식물들의 사생활

— 심봉순 소설집 『라스베가스로 간다』(도서출판 북인, 2016)

식물의 삶

그들은 식물처럼 산다. 소설의 무대는 주로 "인구가 6천 명 정도밖에 안 되는 데다 경제활동을 할 수 없는 노령인구 비율이 전체 인구의 70%가 넘는 전형적인 농촌"이며 인물들은 농사를 짓거나 작은 가게를 꾸리며 살아간다. 고추나 배추를 기르는 일도, 장사하는 일도 모두 한 자리에 붙어 있어야 가능하다. 시간의 거름을 주어야 결실을 거두는 일들이다. 밭에 머물거나 터를 떠나지 못하는 그들은 '땅'에 뿌리박고 사는 셈이다.

붙박이로 사는 인물들은 제자리에 머물며 여일하게 살아간다, 식물처럼. 같은 토양에서 나는 작물이 정해져 있듯, 삶의 양상도 어슷비슷하다. 타고 다니는 차는 너나없이 '세렉스'이며 성인남자들의 놀이터는 여지없이 다방'이다. 사랑에 빠지게 만드는 상대는 거개가 다방 여자다.

식물은 자신이 처한 삶의 조건에서 벗어나질 못한다. 씨앗이 움텄던 땅에 매어 산다. 바람이 불면 바람 따라 흔들리고 햇빛과 비를 받아들일 뿐이다. 거슬리지 않고 받아들일 수밖에 없는 식물의 속성처럼, 소설 속의 인물들은 대체로 순順하다. (껄끄러운 인물들은 주로 '카센터'를 운영한다. 자동차의 이동성과 속도는 식물의 속성과 상반되기 때문일까) 어수룩하고 미욱한 그들은 희롱당하거나 사기당하거나 이용당한다. 돈이 없으면 외상을 지고 로또를 사거나 놀음을 하고 응답받지 못할 연애에 빨려든다. 삶의 조건은 팍팍한데 마땅한 대책도 없다.

순하고 안쓰러운 사람들은 하나같이 달아날 방도를 모른다. 「하지 감자」의 남편은 구타를 일삼고 살림을 부수고 다른 남자와 눈이 맞아 달아난 아내에게 쩔쩔매다 목숨마저 버린다. 「라스베가스로 간다」의 노름꾼 아버지 밑에서 자란 여자는 도박판을 맴도는 남편과 함께 산다. 다방 여자의 유혹에 속수무책인 남자들도 등장한다. 「검은등뻐꾸기」, 「어디선가 그 놈의 울음소리가 들리고」의 노총각들은 웃음을 뿌려대는 여자들에게 마음과 돈을 아끼지 않는다. 「땀띠물」, 「배추3」의 남자들은 외국인 아내에게 버림받고 목숨을 놓는다. 여자들의 삶도 여의치 않다. 「마당가 여자」의 아이가 딸린 넝마주이 여자, 주정뱅이 시아버지와 함께 사는 「허토」의 며느리에게도 삶은 팍팍한 것이다.

사랑도 생존도 호락호락하지 않다. 주어진 삶의 조건은 좀처럼 바뀌지 않는다. 발버둥을 쳐보지만 제자리로 돌아온다. 억울한 일을 당해도 적극적으로 대항하지 못하고, 자기 삶을 바꿀 개선책을 발견하지 못한다. 거센 바람에 몸을 맡기고 땡볕에 시들어가는 식물의 삶. 인내만이 전부인 삶은 갑갑하다. 식물은 입이 없다. 말을 하지도 않고 표정도 없다. 지켜보기엔 답답하다. 왜 그렇게만 사는지 속내를 알고 싶다.

하지만 심봉순 소설의 인물들이 자기 속을 온전히 드러내는 법은 없다. 화자는 주로 관찰자 자리에 머문다. 식물처럼 지켜볼 따름이다. 한 식물이 다른 식물을 바라보는 격이다. 하지만 이런 관찰자들은 속깊이 봐주기에 적역이다. 오랜 시간 한 자리에 있기에 충실한 관찰자 노릇을 한다.

심봉순은 식물관찰기록문을 작성하듯 사람들의 생을 바라보고 덤덤하게 기록한다. 이런 사람이 살았다, 이런 일을 겪었다. 얼마만큼 아팠는지 비명소리가 기록되지는 않는다. 식물은 입이 없다. 다만 충실히 기록된 내용은 그 상처를 상상하게 만들어준다.

식물 속의 '불'

식물의 삶이 단조롭다. 심심한 사람들의 삶을 담담하게 그려낸 소설은 밋밋하지 않을까? 하지만 이 소설이 주목하는 순간은, 식물이 극렬하게 움직이는 '한때'다. 식물이 제 몸을 여는 한때, 그 꽃 피는 시절에 초점을 맞춘다. 도박판에 뛰어든다, 사랑에 빠진다. 심봉순의 단편들은 꽃이 확, 피고 져버리는 그 순간을 담아낸다. 목숨을 건 사랑과 보답 없는 도박이 시작된다.

「금 따는 사람들」은 로또에 빠진 사람들 이야기다. 복권을 사는 사람들은 삶이 일거에 '역전'되기를 꿈꾼다. 삶이 팍팍한데, 개선할 만한 다른 방법이 없어서다. "로또 1등에 당첨되는 것 말고는 다른 방법이 없기 때문이기도 했다. 안산에서 카센터를 무리하게 확장했다가 크게 부도가 나서 빚쟁이를 피해 도망 다니는 신세라고 했다. 빨리 1등에 당첨되지 않으면 봉평에서도 오래 살 수가 없을 것이라고." 「라스베가스로 가다」에 기술된 노름꾼의 속사정은 다음과 같다.

남편이 노름꾼이 될 수밖에 없는 것은 전형적인 농촌 마을이 한 몫 단단히 했다. 유난히 이곳은 하는 일 없이 빈둥거리는 사람이 많았다. 특히 들판이 꽁꽁 얼어 있는 겨울철이 되면 어디 한 판 벌어지는 것이 없느냐고 승냥이처럼 눈을 번뜩이는 것이 일이었다. (…) 꼭두새벽부터 배추 작업이나 무 작업을 나가 일당으로 몇 만 원씩 버는 그네들의 친구들은 천하에 좀팽이고 한심한 작자가 되어버렸다.

—「라스베가스로 가다」에서

김유정의「금 따는 콩밭」의 가난한 농군은 자신의 콩밭에서 금줄을 찾으려다 한 해 농사를 망쳤다. 일제강점기의, 금광 열풍은, 팍팍한 삶에서 선택한 생존 방식이었다. 또한 변함없이 삶을 뒤흔들 기회이기도 하다. 도박을 하는 사람들은 극단까지 몰아간다. 가진 것을 전부 건다. 밑천까지 털리는 도박과 자신을 온전히 거는 '사랑'과 닮은꼴이다.

봄이 오고 꽃이 피고 사랑이 온다. "벚꽃과 영산홍과 철쭉과 조팝나무와 라일락이 앞다투어 피기도 하고 지기도 하고 물이 잔뜩 오른 동네 어귀의 느티나무가 연두색 잎을 한껏 틔우던 시절"에 풍기는 베트남 처녀를 데리고 돌아왔다.

꽃은 식물의 생식기관이다. 사람도 다른 여타 생물이 짝짓기하듯 몸과 마음을 붙일 사람을 찾는다. 식물이 제 몸에 불을 지핀다. 사람은 처지와 나이를 불문하고 사랑할 때 피어난다. 무료하고 서글픈 나날은 끝나고, "일생일대에 처음으로 도래한 그의 봄날"이 시작된다.

봄이 오는 데 까닭이 없듯, 사랑도 불현듯 온다. "아무 것도 모르는 새들도 목구멍에 핏대를 세워가며 지 짝을 찾"듯 자연스럽다. 「검은등뻐꾸기」의 쉰 줄에 접어든 늙다리 총각은 다방 여자에게 빠진다. "눈뭉치가 퍽석하고 내 가슴에 떨어진 것 같았다.", "살다보면 특별한 이유도 없이 풍선을 한아름 삼킨 것처럼 마음이 붕 떠 있을 때가 있을 것이다."「하지 감자」의 "귀신에 홀린" 몽당 빗자루를 처녀인 양 업고 왔던 오빠는 속내 모를 여자에게 홀린다. 오빠는 코끼리를 닮은, 의뭉스런 여자와 살림을 차린다.

누구를 사랑하는지는 따지지 않는다. 남자들은 다방 여자, 속내를 모를 여자, 외국 여자에게 쩔쩔맨다. 돈을 떼이거나 학대를 당하거나 말이 통하지 않거나 이용당한다. 여자들은 노름꾼이나 반거들충이와 매어 산다.

하필이면 왜 그런 사람들만 사랑하는가? 사랑할 사람이 딱히 없어서다.「어디선가 그 놈의 울음소리가 들리고」의 정우는 이렇게 말한다. "농촌에서 다방 여자 말고 여자 구경을 할 수 있어야 마음을 빼앗기든 어쩌든지 할 것 아니겠냐고. 오죽하면 여자 구경을 위해 비행기를 다 탈까." 외국 여자와 짝을 짓는 건 신붓감을 찾지 못해서다. 결혼적령기의 여자가 사라진 마을에서 눈길을 잡아끄는 다방 종업원뿐이다.

외롭다. 누구든 좋은 사람과 살과 마음을 붙이며 살고 싶다. 오죽하면 "암꽃과 수꽃이 같이 피어 있는 옥수수의 몸이 부러울" 지경이다. 이런 사람들은 사랑의 상대를 가리지 않고, 사랑할 때 셈속도 따지지 않는다.

'사랑'과 '도박'은 한순간에 자신의 전부를 건다는 공통점을 지닌다. "(풍기의) 여자는 그의 무턱대고 쏘아대는 사랑만으로는 살 수가 없는 영악한 여자였던 모양이다. 더는 팔아먹을 것이 없다는 것을 알아챈 여자는 정말 마지막인 그들이 사는 집을 팔자고 꼬드겼다.", "하루가 행복해야 일 년이 행복할 것이라고 민 양이 그의 어깨에 머리를 기대고 속삭이자 정우는 옥수수 걱정을 접어야 했다."

외로운 사람의 외사랑은 보답받기 힘들다. 사랑의 상대들은 영악하거나 손이 닿지 않는 데로 멀어진다. 이런 상대와의 사랑은 파국에 치닫기 일쑤다. 자신을 돌보지 못하는 사랑, 자신을 온전히 내주는 사랑의 대가는 가혹하다. 사랑의 마음은 숭덩 잘려나간다. 재산을 잃고 어머니를 잃고 자기 목숨마저 버린다. 이들은 사랑의 속성이라 알려진 통념에 지극히 충실하게 복무했던 셈이다. 사랑은 그들을 해코지한다. 얼마 안 되는 판돈을 걸고 덤벼든 노름판도 빈손으로 물러나기는 매한가지다. 그들은 건다, 모두 잃는다.

꽃처럼 지다

사랑과 도박은 엎질러지는 것이다. 모든 걸 걸었다 송두리째 잃는다. 인생에 이런 시절은 다시 오지 않는다는 듯, 자신을 탕진한다. 방책이 없는 삶은 대책도 없이 뭔가에 빠져든다.

「땀띠물」의 "제 마누라가 예뻐 눈이 뒤집힌" 풍기는 장소와 시간을 가리지 않고 아내와 몸을 섞는다. 아낌없이 사랑에 복무한다. 도박꾼들은 가족의 원성을 듣거나 마지막 동전까지 쏟아부어도 도박장을 벗어나지 못한다. 다음 기회를 노리며 다시 로또를 산다. 끝장에 다다를 때까지 자신을 탕진한다. "대한민국에서 농사를 짓는 일은 서울 강남에서 대장간을 하는 것과 똑같다." 노동력을 투입하여 얻어내는 농사의 반대편에 도박이 자리잡는다. 아무리 열심히 일해도 농사일은 전망이 보이지 않는다. 어떤 품종을 선택하느냐에 따라 한해 농사가 결딴난다. 대출금은 늘어간다. '농사'는 도박이 된다.

「하지 감자」의 오빠는 그라목손을 마시고 절명한다. 이 지독한 농약을 목구멍으로 넘기면 구해낼 방도가 없다. 불처럼 몸을 태우고 들어간다. 「배추3」의 남자도 같은 약으로 삶을 거둔다.

웨이보다 때로 더 유혹적인 그라목손은 한 마디로 시시했다. 그것을 목구멍에 털어넣는 데는 시계 초침이 두 번밖에 움직이지 않았다. 마음 같아서는 배추밭 한가운데에 가서 아주 폼나게 드러눕고 싶었지만 목구멍이 불붙은 것처럼 뜨거워서 그럴 수가 없었다. 부드러운 배추의 감촉은 다 어디로 가고, 차갑고 딱딱하기만 했다. 배추는 이 순간에도 참 마음에 안 들었다.

—「배추3」에서

배추는 서리를 맞고 농협의 대출상환일은 다가오지만 돈을 갚을 수가 없다. 농사를 고집했기 때문에 아내들을 잃었다. 이번에는 사랑하는 웨이마저 잃을까봐 불안하다. 벼랑 끝의 사내는 웨이를 죽이고 목숨을 끊는다.

희망이 없다. 내몰렸다. 사랑과 도박에 자신을 거는 이유는 달리 걸 데가 없어서다. 끝장이 오기 전에 마지막으로 꽃이나 뽑어본다. 그 사랑이 끝나면 식물 같은 사람들은 '농약'을 마시고 단번에 죽는다. 시드는 대신, 단숨에 죽는다. 꽃과 함께 시작된 사랑은 꽃처럼 진다.

봄날, 사랑에 빠졌던 풍기는 꽃이 질 때 죽음으로 걸어들어간다. 꽃처럼 피었던 사랑은 한꺼번에 진다. "그 해는 마치 누구에게 쫓기듯이 벚나무와 영산홍과 조팝나무와 철쭉과 동배나무가 한꺼번에 와락 피어났다. 한꺼번에 피어난 꽃은 한꺼번에 땅바닥에 쏟기도 하고 지기도 할 즈음에 마치 깊은 꽃잠에 빠졌다가 깨어난 사람처럼 풍기가 거리에 허적허적 나타났다." 그는 죽음을 택한다. 아내를 잃고 노모마저 "자귀나무 꽃이 활짝 피어 있는 산으로 아주 올라간" 뒤 풍기는 공원에서 노숙을 하다가, 꽃 시절 아내와의 함께 물장난 치던 '땀띠물'에 엎어져 죽는다.

웨이는 어느 순간 도망간 아내가 되었다가 도망간 샛별다방 아가씨였다가 머리 좋은 형이었다가 했다. 그들은 똘똘 뭉쳐서 나에게 덤벼들었다. 손톱을 세우고 낄낄 웃으면서 비웃었다. 그들에게 잡아먹히기 전에 나는 힘껏 식칼을 휘둘러야 했다. 내가 살 수 있는 방법이었으니까. 정신을 차리고 보니 바닥은 끈적끈적한 물로 홍수가 났고 꽃무늬 커튼이 반쯤 쳐진 커튼에 꽃무늬 색보다 더 붉은 꽃이 점점으로 피어났다. 내 얼굴과 손과 옷에는 이 모든 것보다 더 많은 꽃이 피어 죽죽 흐르고 있었다.

—「배추 3」에서

화양연화花樣年華

하지만 열기를 품은 재를 남기고, 꽃이 진 자리에 열매가 달린다. 도박꾼들은 노름판에 있을 때 자신이 생생히 살아 있다는 걸 느낀다. 모든 신경을 곤두세우고 희망에 판돈을 건다. 현재를 털어 미래에 건다. 사랑은 현재에 모든 걸 건다. 보답받지 못할 사랑이라고 해서 상처만 남겼다 한들, 그 사랑이 없는 삶보다는 낫다.

"풍기에겐 월남댁과 땀띠물에서 놀던 그 시절이 화양연화였을 거야."
겨울 땀띠물에서 죽은 풍기는 남들에겐 수수께끼였다. 멋모르는 사람들은 풍기가 여자에게 속았다고 하지만 그에게 있어 아내와 가장 행복했던 순간이 꽃피던 시절이었다. 아무리 고약한 땀띠라도 씻은 듯이 치료되는 신기한 샘물 "땀띠물"에는 봄날의 추억이 고여 있다. 그는 그 기억에 잠겨 숨을 거둔 것이다. 가장 찬란했던 시절로 돌아가려는 몸부림으로 죽는다.

아이러니하지만, 가장 아름다운 순간은 삶이 엎질러지는 순간, 직전에 온다. 식물은 한순간, 제 온몸을 끌어모아 '꽃'을 터트렸다. 다시 오지는 않지만 꽃의 시절이 있었다. 후회하지 않기 위해, 자신마저 그 사랑에 등 돌리지 않기 위해 사랑을 잃은 남자들은 단숨에 죽는 것은 아닐까.

모든 것은 순간이고 스쳐지나간다. 허무하지만, 반면 더욱 찬란하다. 꽃은 줄기처럼 힘이 세거나 뿌리처럼 강하지 않다. 다만 최선을 다해 찰나를 살다 간다. 하여 더욱 애틋하고 아름답다. 작가는 순하고 미욱한 사람들이 누린 꽃의 시절을 보여준다. 슬픔은 어쩔 수 없지만, 꽃 시절은 기억된다.

'허토'는 장사를 지낼 때 상제들이 봉분하기에 앞서 흙 한 줌을 관 위에 뿌리는 것을 이른다. 소설 「허토」는 한 남자의 일대기를 다룬 '전傳'의 형식을 취한다. 며느리인 은조의 눈으로 본 시아버지의 이야기와, 시아버지가 화자가 되어 자신의 인생을 상술한 부분이 번갈아서 등장한다. 자기 얘기를 하는 주관적인 내용과 관찰자가 기술하는 관찰이 갈마들어 한 남자의 생을 입체적으로 그려낸다.

소설은 은조의 시아버지 장례에서 시작된다. 죽은 시아버지는 술주정뱅이에 몹쓸 사람이었다. 횡포를 일삼아 가족들을 괴롭혔다. 은조는 상견례를 할 때부터 그가 마음에 들지 않았다. 시부모의 가겟방에 곁들여 살면서부터 미움은 더욱 깊어진다. 시아버지가 폭력을 휘두르고 술에 취해 횡포를 부리는 걸 가까이 지켜만 봐야 했기 때문이다. 은조가 초반에 시아버지를 바라보는 시선은 차갑다. 하지만 화자가 은조의 시아버지인 '나'로 바뀌면서 점차 이 못돼먹은 인간의 속사정이 드러난다. 그의 아버지는 무능했고 어머니는 주사가 심해서 아들을 박대했다. 어릴 때부터 장돌림하며 온갖 고생을 하다가 겨우 자리를 잡았다. 하지만 사랑하는 여자는 술집 여자라고 해서 맺어지지 못하고 양반집 규수와 억지로 혼인했다. "마음에 둔 여인과 살지 못했던 그는 이따금 허허로웠다.

허허로워지면 그는 그 화풀이를 그의 착한 아내에게 다 풀었다."

은조의 시선으로 본 시아버지의 주사에 이어, 시아버지가 자신의 입으로 왜 술에 빠지게 되었는지를 기술한 부분이 등장한다. 모진 시어머니에게 들볶이는 아내를 애틋하게 바라볼 무렵, 정을 담뿍 줬던 아들이 부뚜막에서 놀다가 펄펄 끓는 솥에 빠져 절명했다. 그는 그때 이후로 내내 취해서 살게 된다. 남들이 질색하는 그의 술버릇에도 내력과 사연이 있었던 것이다.

"술에 발목을 붙잡혀서 한평생을 살아왔기에 그런 대로 평탄한 삶을 살았을 것 같았다. 맨 정신이 아니었기에 자식 구실도 할 수 있었고 남편 구실도 할 수 있었고 대추나무에 연 걸리듯이 주렁주렁 딸린 자식들의 아비 구실도 할 수 있었지. 만약 술에 발목이 잡히지 않았다면 이 모든 것을 감당했을 것 같지 않다." 그에게도 할 말은 있었던 것이다. 또한 시아버지가 함께 사는 시간이 늘어나면서 은조는 조금 그를 이해하게 된다.

"그와 그의 아내는 마른 한숨을 잘 쉬었다. 특히 은조 부부와 마주치면 한숨부터 크게 쉬었다. 처음에는 그의 눈에 못마땅한 것을 한숨으로 표현하나 싶어서 은조는 몸 둘 바를 몰랐었는데 얼마쯤 지나자 그냥 습관이라는 것을 알게 되었다."

시아버지가 진저리치게 싫은 감정과 그를 이해해가는 과정이 갈마든다. 앞으로 한 걸음, 뒤로 한 걸음, 춤을 추듯 한 사람에게 멀어지다가 다가가기를 반복한다. 은조는 시아버지가 화자로 전개한 내용을 알지 못하기에 그를 전부 안다고 할 순 없다. 시아버지가 화자인 대목은, 어떤 의미에선 (대다수가 그러하지만) 자기 입장의 변명도 많아서 한 사람을 온전히 바라보지 못하게 한다. 그러나 소설은 이 두 화자의 시선을 모두 보여주기에, 한 사람의 생을 더욱 풍성하게 되살려낸다. 누군가를 이해하는 과정은, 그가 살아온 이력을 알아가는 과정과도 같다. 아무리 못난 사람에게도 애쓰고 꽃피던 시절이 있었다. "어느 누구도 아무 것도 남기지 못하고 죽을 만큼 가난하지는 않다."(파스칼)

소설은 한 망자의 삶을 복원시켜준다. 마치 기나긴 제문처럼. 그는 죽었지만 글로 다시 처음부터 되살아보는 것이다. 이 소설 자체가 '허토', 무덤에 던지는 흙이 된다.

그리고 삶은 지속된다

노름판이 끝나고, 사랑이 끝나면 무엇이 남을까. 한해살이 식물, 두해살이 식물도 있지만 사람은 여러해살이 식물이다. 죽지 않는 사람들은, 살아가야만 한다. 어떻게든 삶을 지속할 방법을 찾아야만 한다.

「라스베가스로 가다」의 아내는 노름꾼 남편이 마뜩잖다. 하지만 결정적으로 반발하지 못한다. 마중 나갔다가 몸을 숨기는 정도가 노름꾼 남편에게 대거리하는 방법이다. 여자는 마지막에 중얼거린다. "그래 인생이 뭐 별 건가? 아등바등 돈만 벌어서 뭐할 것인가? 부부가 서로 사랑하며 사는 것이 제일이지, 뭐! 아주 인심 좋게 결론을 내리는 밤이었다." 어쩔 수 없는 것들을 받아들이는 것은 식물의 생존법이기도 하다.

「마당가 여자」의 혼자 사는 쉰이 넘은 여자는 동네를 돌아다니며 재활용품을 모아들인다. 남들이 버린 것들을 닥치는 대로 모아 자기 삶을 꾸린다. 아이와 함께 살기 위해 갖은 애를 쓴다. 허랑한 남자들을 방에 들이기도 한다. 여자는 자신의 운명을 애도하는 대신, "자기처럼 팔자 드센 년은 닥치는 대로 죽을 둥 살 둥 일하다 보면 꽉 막혀 있던 것이 어느 순간 열리기도 한다고 했다. 먹을 것 안 먹고, 입을 것 안 입고, 잠 안 자고, 한마디로 몸뚱이를 편하게 두지 않으면 된다고 했다"고 담담히 말한다. 식물은 바람을 받아 안는다. 비바람에 시달렸던 식물은 천천히 몸을 편다.

「땀띠물」에서 화자는 친구의 죽음을 두고 "자기 탓인 양 어린아이처럼 훌쩍훌쩍 소리를 내며 한참을 울었다. 그러다가 너무나도 멀쩡한 목소리로 휴지를 달라고" 한다.

> 그의 아내는 통곡하다가 멈추었다가 통곡하다가 쉬었다가 했다. 마침내 그의 아들은 전화번호가 생각이 났다. 그의 며느리가 전화를 빨리 받지 않자 그의 아들은 전화번호가 틀렸는가 하고 걱정이 되었다. 그의 며느리 목소리가 들리자 그의 아들은 안도했다. 그의 며느리가 침착하게 차를 갓길에 세우라고 하자 그제야 그의 아들은 차를 세우기 위해 갓길을 힐끔거렸다. 그의 아내는 또다시 통곡하기 시작했다.
>
> —「허토」에서

누군가 죽어도 코를 풀고 전화를 해야 하는 게 삶이다. 작가는 죽음과 일상적인 행위들을 섞어, 죽음을 삶 속에 녹아낸다. 비장미를 강조하기보다는 시치미를 떼며 죽음을 대한다. 죽음이 왔다간들 삶은 지속되기 때문이다. 이런 면모는 소설 속에 자주 등장하는 식사 장면에서도 드러난다. 대단한 반찬이나 유별난 메뉴가 아니라 가정식 백반이나 늘 먹던 것들을 상에 차리고 둘러앉는다. 끼니와 끼니가 이어져 삶이 된다. 죽어가는 남자는 유언 대신 '감자'를 먹고 싶다고 한다. 소설집 곳곳에는 농작물을 기르는 모습이 상세히 기술된다. 그 꼼꼼한 기술은 시간을 들여 공들여 기른 것들에 대한 애정을 보여준다. 넌더리를 내던 일은, 결정적으로 괴로울 때 버팀목이 되어준다. '땅'에 목매고, 땅에 진저리치던 사람들은 땅으로 돌아간다.

「검은등뻐꾸기」의 '나'는 땅문서까지 팔며 여자의 마음을 잡아보려다가 노모를 잃는다. 그는 그 파국을 견디기 위해 밭으로 간다. 달리 갈 데가 없고, 달리 살 방도가 없을 때 제자리로 돌아갈 수밖에 없다.

> 봄이 오고 있다는 것이 이렇게 반갑기는 농사를 짓기 시작하고 처음 있는 일이었다. 일이 많아지면 생각도 단순해질 거라는 믿음에서였다. 그렇지만 사람이 작정한 대로 살아갈 수가 있다면 얼마나 좋을까. 몸과 마음은 전혀 상관없는 관계였다. 그녀를 마음에서 보내려고 애써봤지만 그럴수록 자석처럼 더 달라붙었다. 할 수 없어 숨 쉬는 것처럼 자연스럽게 옆에 두자 그 놈의 검은등뻐꾸기가 호로롱 날아와서 슬슬 놀려 먹었다.
>
> —「검은등뻐꾸기」에서

인물이 겪었던 일의 무게에 비해 결말은 다소 담담하다. 파국으로 교훈을 얻거나 다시는 그렇게 살지 말아야지 결심하지도 않는다. 기회만 닿으면 반복될 일임을 인정한다. 농사일은 그를 궁지로 몰아넣었지만 그가 위안을 찾는 곳은 애초에 뿌리를 내렸던 그곳이었다.

「배추3」의 남자는 "창고 깊숙이 보물처럼 숨겨두었던 그라목손을 찾아들고 배추밭으로 휘청휘청 걸어갔다. 이 와중에 찾아갈 곳이 있다는 것이 다행이었다. 배추는 내가 무슨 짓을 해도 나를 받아주고 용서를 해줄 것 같아 위안이 되었다."

하찮은 꽃은 없다. 그냥 피었다가 가는 꽃은 없다. 모든 꽃은 세상의 한 구석을 빛내다 사라졌다. 꽃의 시절은 갔다. 하지만 기억은 씨앗이 된다. 심봉순의 소설은 꽃을 기억하듯, 사람을 받아 안아준다. 씨앗을 받아내서 기르는 땅처럼.

죽음을 짜내는 페넬로페들

— 김영옥 『숲의 정적』(문이당, 2017)

물 혹은 무無

마음의 구멍엔 바닥이 없다. 어둠과 외로움, 권태와 분노가 고여든다. 물의 형태를 빌린 죽음은 도처에서 입을 벌리고 있다. 강과 늪, 저수지는 넉넉한 품으로 끝장을 기다린다. 무의미와 무기력은 켜켜이 쌓여간다. 사방의 녹색은 막막하고 기억은 숨통을 조이지만 벗어날 길은 보이지 않는다. 나무를 타고 올라간 담쟁이덩굴은 허공만 그러쥔다.

삶이란 고통에서 놓여날 길은 너무나 간단하여 무섭다. 구멍과 함께 송두리째 사라지면 그만이다. 강은 뭐든 받아먹어준다. 죽음은 구멍마저 무로 돌려놓는다. 김영옥 소설에는 물로 목숨을 지우는 인물들이 자주 등장한다. 「물거울」의 미선의 아버지는 늪에 빠져죽었다. 「돌」에서 '나'는 죽은 아버지를 강에 밀어넣는다. "아버지와 함께 가라앉기 시작한 시퍼런 물살이 쾌쾌한 악취와 화약약품 냄새를 내뿜었다." 「양산」에는 죽음을 거느리고 강을 내려다보는 남자가 등장한다. 「녹색표적」에는 저수지에 뛰어드는 남자와 저수지에 끌리는 여자가 등장한다.

> 아무것도 담지 않은 저수지는 짐승 아가리보다 더 검고 깊었다. 깊이나 넓이를 짐작할 수 없는 것은 그녀 숨구멍을 막았다. 검은 물이 그녀를 끌어들였다. 와, 와, 한순간이야. 곧 아무렇지도 않아. 와, 와, 어서 와.
>
> —「녹색표적」에서

물로 가장한 죽음은 고통을 끝내주겠다고 찰랑거린다. 저 아래서 먹먹한 얼굴로 구원을 약속한다. 「숲의 정적」의 위층 아주머니는 베란다에서 강을 내려다본다.

> "물빛이 너무 좋다. 난 매일 배를 타고 바다나 강을 항해 중인 것 같아. 가도 가도 보이는 것은 흰 햇빛과 흰 물빛뿐인 것 같아. 내게 주어진 것은 자유뿐인 것 같아."
>
> —「숲의 정적」에서

문학에서 죽음은, 종종 물로 탈바꿈한다. 바슐라르는 『물과 꿈』에서 '죽음이나 자살 등의, 불길한 운명에 대한 끝없는 몽상 전부가, 그렇듯 강하게 물과 결부된 것이라면, 많은 혼에 대해서 물이 특별히 우울한 원소라는 사실'이라고 말한다. 어머니로 상징되는 물은, 그 포용력으로 모든 고통을 끌어안아 끝내준다.

물에 홀린 사람들은 죽음충동에 사로잡힌 셈이다. 프로이트는 『쾌락원칙을 넘어서』에서 응집과 통일을 지향하는 삶에 대한 충동인 에로스

Eros의 반대편에 사태를 파괴하고 연결을 해체하는 죽음의 본능인 타나토스Thanatos를 두었다. 물이 삼킨 사람들은 무겁게 가라앉고 흘러가다 분해되어 사라진다. 타나토스는 자기 자신을 파괴하고 생명이 없는 무기물로 환원시키려는 충동을 이른다. 고통도 권태도, 고통과 외로움도 없는 돌멩이로 바닥으로 가라앉고 싶다. "수송차량 철망 사이로 들이민 돼지들 눈처럼 너무 절망스러워 외려 평화스러워 보이는 그 눈"은 구원을 약속한다. 고통과 단둘이 남느니 차라리 무無가 되려든다. 하지만 물에 빠진 사람은 누구나 몸부림을 친다. 사람을 삼키고도 감쪽같던 물이 진저리를 친다. 발을 떼어놓기 전, 아래 놓인 물에 얼굴을 얼비친다. 나를 붙들어 매줄 끈은, 나를 잡아줄 손은 없는가?

무심한 자연, 어김없는 죽음

세상에 치이고 인간관계에 부대끼면 사람은, 자연으로 숨어든다. 녹색은 들끓는 욕망을 다스려주고, 마음의 상처를 보듬어주리라. 소설에서 자연은, 도피처이며 새로운 삶이 뿌리내리는 보금자리가 되어주곤 했다. 하지만 김영옥의 소설에서 자연은 위안처가 되지 못한다. 외려 인간을 옥죄거나 무력하게 만드는 데 일조한다. 사방에서 둘러싸 옥죄는 '녹색', 사람을 삼키고도 무심한 '늪과 저수지', 강 '물', 천지만물과 기억마저 덮고 묻어버리는 '눈', 사람을 찌르고 들어오는 '햇빛'은 인물들을 위협한다.

「안경」의 여자는 마취성분을 뿜어내는 양귀비밭에 파고들어 자신이 처한 상황을 잊으려들지만 망각은 녹록지 않다. 「돌」의 아버지는 돌을 모으는 것을 위안으로 삼지만 그 돌에 의해 살해당한다. 숲은 다친 짐승을 품어준다고 한다. 「물거울」, 「녹색표적」에서 현실에 치인 여자들은 외

딴 곳으로 숨어들지만 자연에 녹아들지 못한다. 「물거울」의 여자는 사람을 받아먹는 늪을 바로 옆에 두고 살아가며, 「녹색표적」의 여자는 지긋지긋한 녹색에 시달린다.

그녀의 "집 안팎도 온통 녹색이었다. 두툼한 이끼가 장독간과 우물가를 빽빽하고 치밀하게 뒤덮고 있었다. 녹색 이끼는 감나무 줄기까지 점령해가고 있었다." 그녀는 녹색에 질식당하고 식물들에게서 파충류를 떠올린다. "녹색을 순수하고, 원시적이고, 원형적이고, 생명의 빛깔로 느끼지 못하고 그녀는 심한 어지럼증과 함께 지독한 권태만 느꼈다. 어쩌면 내게 허락된 것은 녹색뿐일지 몰라." 사방의 녹색은 그녀를 감싸주지 않는다. 오히려 녹색은, 변화 없는 일상과 모노톤으로 물든 그녀의 무기력한 삶을 대변한다. 사방을 둘러싸고 자신을 옥죄어오는 '녹색'을 향해 그녀는 표창을 던지는 등의 미미한 저항을 꾀할 뿐이다.

「숲의 정적」에서 위층 아주머니는 베란다에서 강을 내려다보며 말한다. "물빛이 너무 좋다. 난 매일 배를 타고 바다나 강을 항해 중인 것 같아. 가도 가도 보이는 것은 흰 햇빛과 흰 물빛뿐인 것 같아. 내게 주어진 것은 자유뿐인 것 같아." 가까이 있던 사람들을 모두 잃은 여자는 어떤 의미에서는 얽어맨 것들에게서 놓여난 셈이다. 그러나 자신을 세상에 비끄러매줄 이유도 잃어버렸다. 강은 여자에게 '자유'를 주지만 막막한 자유는 여자를 끊임없는 자살충동에 밀어넣는다.

「물거울」의 배경에 놓인 '늪'은 생명과 죽음이 갈마드는 장소다. 검정과 녹색이 번갈아오간다. 늪은 사람을 삼키고도 꾸역꾸역 지속된다. 변함없는 자연은 모든 것을 끌어안는 시간의 무심함을 나타낸다. 인간의 시간, 그 끝자락에는 어김없이 죽음이 놓여 있다. 자연은 인간을 지우고도 끄떡없고, 시간은 인간을 삼키면서 흘러간다. 김영옥 소설의 인물들이 시달리는 죽음충동, 무기력의 바닥엔 시간의 파괴성과 죽음의 무자비함이 도사리고 있다.

자연은 그 무심함, 변함없음, 무한함, 편재성으로 인간을 무력하고 보잘것없게 만든다. 묵묵하고 어김없는 시간 역시, 죽음으로 삶을 무無로 환원시킨다. 이겨낼 수 없는 것들 앞에서 사람은 무력해진다. 삶은 무의미해진다.

죽은 척, 모른 척, 잊은 척

죽음충동은 흔히 공격성과 결부되는데, 이는 무의식적인 자기 파괴적, 자기 처벌적 경향으로 나타나기도 한다. 「돌」의 남자는 어떤 것에서도 의미를 찾지 못한다. 어떤 일도 하고 싶지 않고 아무 일도 하지 않는다. 그는 돌을 모으는 아버지에게, "돌에다 뭔 의미를 그렇게 집어넣으려고 그래요? 그래봤자 결국 돌이죠. 돌. 아무 의미도 없고, 아무 생각도 없는 돌!"이라고 했지만, 자기 자신도 돌처럼 살아간다. 무의미의 결정체가 되어간다. "공부만 하고 있으면 해가 떴고, 해가 졌다. 외로움도, 불안도, 겁도, 물음도 없었다. 그 상태가 나는 좋았다." 졸업을 하고 그는 고시원의 둔중한 평화 속에 잠겼다. 돌처럼 무심하게 생각 없이 살아간다. 소파에 붙박이로 살았던 어머니처럼 아들인 그도 놓인 자리에 그대로 있기만을 바란다. 하여 회사에서 떨려나고, 여자 친구는 그에게 미래가 없다며 결별을 선언한다.

그는 이해할 수 없다. "왜 꼭 밖으로 나가서 돈을 벌어야 하지. 굶어죽는 것도 아니고, 돈이 없는 것도 아닌데. 왜 직장에 나가야만 발전을 하고, 사람답게 산다고 여기는 건지." 무의미는 무기력으로, 권태는 짜증으로 이어진다. 젊은 놈이 손발을 안 놀리고 애비의 등골을 파먹고 산다며 타박하는 아버지에게 그는 분노를 폭발시킨다. 돌이 흔들린다. 그의 삶은 부모의 결핍을 물려받은 (자기 자신밖에 모르면서 무기력한 어머니, 공부만 하라던 아버지) 결과이기도 하다. "그건 결국 아버지 욕심이죠. 무덤까지도 가지고 가고 싶은데 그럴 수가 없으니까 아들인 나에게 맡겨놓는 거라고요. 그러면 죽어서도 아버지 것이 된다고 착각하는 거죠. 아버지 재산이 형제라든지, 딸에게는 한 푼이라도 돌아가면 큰일나죠. 그러니까 내 핑계를 대며 미리미리 수 쓰는 거죠."

분노로 돌은 파열한다. 그는 아버지가 애지중지하던 돌 '사유석'으로 아버지의 머리를 내리친다. 생각이 없이 돌처럼 살던 그가 부친살해의 도구로 삼은 것은 아이러니하게도 사유思惟석이었다. 아버지의 시신을 강에 버리고 돌아오는 길에 반대편 차선에서 넘어온 차가 그의 차를 들이박았다. 자신의 죽음 앞에서도 그는 공포나 아쉬움 대신 "모든 일이 너무 귀찮고 성가셨다"는 느낌만 받는다. 그는 돌처럼 살다가 돌로 아버지를 죽이고 돌처럼 삶에서 굴러떨어져 나간다. 의미를 찾지 못하는 삶은 돌과 다를 바 없다. 돌은 근친의 죽음이나 자신의 죽음마저도 애달파하지 않는다.

「거인의 손가락」의 소녀는 기댈 데가 없다. "네가 아니면 이 고생도 없을 텐데"라고 말하던 엄마는 이 년 전에 집을 나갔다. 빵을 굽는 아버지는 일주일에 두 번쯤 집에 오거나 엄마를 잡으러 다니거나 '바비 인형'들과 놀러다니고, 한글도 모르는 동생은 집 밖으로 나돈다. 하지만 사람은 사람 없이 살 순 없다.

"왜 담쟁이덩굴은 아무데나 달라붙는 것일까. 그게 궁금해 사층 선생님에게 물어봤더니 뿌리가 없어서라고 했다. 그래서 담쟁이는 버팀목이 있어야만 살 수 있는 불완전한 식물이라고 했다."

소녀는 공부를 가르쳐주는 사층 선생님을 엄마의 자리에 놓고, '삼촌' 이라고 불리는 대학생의 방을 들락거린다. 사층 선생님은 외국인 노동자를 돌보는 데 바쁘기에 독점할 수 없다. '삼촌'은 소녀의 몸을 탐한다. 하지만 그 손길의 온기도 아쉽다. 아슬아슬한 애정과 왜곡된 관심에 기대어 소녀는 간신히 살아간다. 관심의 조각이나 욕망의 손길마저 없다면 버텨낼 힘이 없어서다. 하지만 집을 나간 엄마와 대면한 뒤 소녀는 흔들린다. "은정아, 나는 요즈음, 마음이 너무 편안하다. 너네 둘을 생각하면 가슴이 한 쪽이 시리지만…." 공부도 하고 꿈도 생겼다며 엄마는 다시 찾아오지 말라고 한다.

놀이터에 혼자 남은 것 같은 심정인 소녀는 사층 선생님을 찾아가지만 방은 비었다. 소라는 영어학원에 등록했고 범수는 검도장에 갔다. 아무도 없다. 담쟁이덩굴은 허겁지겁 허공을 더듬는다. '삼촌'은 찾아온 소녀에게 성폭행을 시도한다. 소녀는 자기를 파괴하면서까지 누구라도 곁에 두고 싶다. "내 두 손은 거인의 손가락처럼 삼촌의 어깨를 움켜쥐었다." 다행히 사층 선생님이 찾아와 구해준다. "돌아서는 선생님의 눈이 축축한 것을 나는 보았다. 나는 그냥 따뜻한 게 좋았을 뿐인데."

소녀는 사층 선생님을 찾아가 이제부터라도 공부를 열심히 하겠다고 한다. 하지만 외국인을 찾았다는 소식을 듣자 선생님은 소녀를 두고 가버린다. "뿌리 없이 떠도는 외국인들이 선생님을 친친 휘감고 놓아주지 않았다." 소녀는 담쟁이덩굴로 뒤덮인 벽에 대고 물구나무서기를 한다. 덩굴손이 마지막으로 손을 뻗은 곳은 허공이다. 이렇듯 쓸쓸함을 모면해보려는 허망한 노력은, 「숲의 정적」에도 등장한다.

"미안해. 그래도 아무도 없는 거보다는 낫지 않아. 아무도 없는 것만큼 무서운 거는 없는 거 같아. 우리 위층 아주머니는 정말 주위에 아무도 없어. 너무 고독한 거야. 어제는 나보고 자신이 의식하지 못할 때 베란다에서 자기를 밀어버리래."

"그래? 그 정도야?"

"사랑한다면 그냥 옆에 붙들어놓아."

"사랑하지 않아."

사랑하지 않아도 그 정도라도 몸과 마음을 맡길 수 있다면 된 거 아니야.

부족한 관계라도 상관없다. 기만적인 관계라도 개의치 않는다. 달리 살아갈 길을 못 찾았기에 자신을 죽이고 속이는 것을 삶의 방편으로 삼을 수밖에 없다.

「안경」에서 미란은 오 교수가 자신의 몸을 만진 날이면 양귀비꽃밭으로 가 멧돼지 가죽을 뒤집어쓴다. 상황이 괴롭지만 달리 벗어날 방법이 없기 때문에 멧돼지 가죽으로 자신의 공격성을 해소하는 수밖에 없다. 가면 쓰기는 자신에게서 벗어나려는 안간힘이다.

처음 오 교수의 집에서 나왔을 때 미란은 아무 곳으로나 걸었다. 아직 깨어나지 않은 새벽 산 위에는 시커먼 구름이 엉켜 있었는데 왼팔과 주먹에 힘을 잔뜩 준 채 울부짖고 있는 거인 같기도 하고 누군가를 들이박으려고 맹렬하게 달려가는 힘센 멧돼지 같기도 했다. 오 교수의 수족이 되어 태국에 갔을 때 시장에서 멧돼지 가죽을 보자 그날 새벽에 본 시커먼 구름과 거인과 멧돼지가 불화살이 꽂히듯 딱 떠올랐다. 망설이지 않고 비싼 값에 가죽을 샀다. 호텔에서 멧돼지 가죽을 쓰고 오 교수에게 달려들어 보았다. 오 교수가 겁먹은 목소리로 무슨 일이냐고 물었다. 분노가 삭았다. 아니 새어

나오는 분노를 멧돼지 가죽으로 덮어버렸는지도, 나약한 자신이 멧돼지 속으로 숨어버렸는지도 모른다는 생각을 미란은 지금도 버리지 못했다.

「안경」에 등장하는, 주먹을 쥔 채 말없이 꾸역꾸역 걷는 청년도 달아나려 한다. 그는 군대에서 당한 일이 뭔지 말하지 못한다. 대신 걷는다. 달아나지도 못하고 같은 자리를 맴돌 따름이다. 하고 싶은 말을 하지 못하는 청년의 얼굴은 햇빛에 붉게 타들어가고, 멧돼지 가죽을 쓴 미란의 발밑으로 양귀비꽃은 뭉그러진다.

못 본 척하고 때론 잊은 척, 아무렇지도 않은 척한다. 「숲의 정적」의 기정은 떠난 남자 친구를 죽은 셈 친다. 그래야만 살 수 있기 때문이다. 그리고 이미 죽은 사람들을 애도하는 일로 버틴다. "기정은 다시 손을 뻗어 검은 대리석 묘지를 쓰다듬었다. 차가운 감촉에 잠깐 선득 놀라 몸을 떨었다. 거칠게 찍혀 있는 발자국이 또다시 눈을 파고들었다. 기정은 일어섰다. 쌀가루를 백 자루도 넘게 들이부은 것처럼 두툼하게 쌓여 있는 눈을 모종삽처럼 두 손으로 퍼 발자국 위에 덮었다. 두 군데의 발자국을 덮고 나자 손이 몹시 시렸다. 그래도 눈을 퍼 계속 발자국을 덮었다. 그 위로도 눈이 내렸다."

시린 손으로, 눈을 끌어모아 상실을 덮는 행위는 이 소설 속 다른 인물의 생존방식이기도 하다. 기정의 위층 아주머니는 남편을 경비행기 추락사고로 잃은 뒤 북해도로 갔다고 한다. "눈이 퍼붓는데, 보이는 것은 전부 눈뿐이었는데 현실 같지가 않았어. 이대로 눈에 갇혀 죽어도 좋겠다는 생각이 들었어." 내리는 눈으로 기억은 하얗게 지워진다. "모든 것을 덮어버렸어. 남편과 결혼한 사실조차 처음 만나 연애하면서 데이트하고, 그 좋은 시절만 빼놓고 다른 건 다 눈 속에 묻어버렸어. 그렇게 되니까 남편은 도로 애인이 되었어." 위층 아주머니는 아들과 소식이 끊기자 또 북해도로 갔다. "흰 눈발 속에 서서 아들을 입양했던 일을 다 묻어버렸어. 아들을 입양한 적 없다고. 입양한 사실을, 함께 살았던 사실을 눈으로 다 지워버리고, 다 덮어버렸지. 그러니까 편해졌어. 지금은 아주 편해."

눈[雪]으로 눈[目]을 가린다. 이런 외면은 위태로운 생존방식이다. 눈은 지우지 못하고, 잠시 덮어줄 뿐이다. 순백의 눈이 녹으면 질척한 물기만 남는다. 하지만 현실과 자신에 대한 눈 돌림은 타인에 대한 외면으로 이어진다.

외면과 눈멂

김영옥 소설에는 눈을 돌리는 '목격자'가 반복하여 등장한다. 「안경」의 여자는 교통사고로 위장한 살인 장면을 목격했지만 증언하지 못한다. 주변 사람의 만류, 경찰서 앞에서 본 가스총에 맞은 사람, 주저하는 마음이 그녀의 발목을 잡는다. 「양산」의 여자도 교통사고를 목격했지만 잊으려하고 그날 들고 있었던 양산이 기억을 불러온다며 팔아버리려고 한다. 그러나 외면은 고통과 죄책감을 가져온다.

그토록 괴로워하는 것은 사고를 당하는 사람들이 주인공들과 닮은꼴이기 때문이다. 자신과 겹쳐지는 인물들에게 눈을 돌렸다는 것은 고통을 자아낸다. 피해자면서 방관자가 되었다는 죄책감마저 불러온다. 「안경」의 미란은 장님인 오 교수가 손으로 자신의 성기나 몸을 만져도 거부하지 못한다. 그러나 사건을 보고도 못 본 척하는 그녀도 어떤 의미에서는 장님과 다름없다. 멧돼지 가죽으로 자신의 분노를 다스리던 미란은 자기처럼 억울한 사정을 가진 사람을 외면했다.

"멧돼지는 무엇인가에 걸려 앞으로 퍽 고꾸라졌다. 몸을 움츠리고 일어서려는 순간 두꺼운 그물망에 갇혔다는 것을 알았다. 멧돼지는 망에 동그랗게 갇힌 채 위로 끌려올라갔다. 관공서에서 나온 사람들이 기중기로 멧돼지가 갇힌 망을 끌어올리고 있었다. 멧돼지는 포획 당했다."

잊으려고 하거나 못 본 척하려는 인물들을 추궁하는 것은 '빛'이다. 김영옥의 소설에서 명명백백한 빛은 대심문관처럼 인물들을 추궁한다. 「양산」은 단지 햇빛만 막아주는 것이 아니다.

"양산을 쓰면 타인들의 탐색적인 시선에서도 비켜날 수도 있었다. 보일 듯 말 듯해서 마치 숨바꼭질하는 여성 같은 느낌도 들었다. 양산의 동그란 부분이 방패마냥 타인들의 시선을 차단했다. 만약 타인이 여자에게 해코지를 하려고 든다면 자루를 창처럼 사용할 수도 있었다. 양산을 쓰면 창과 방패를 동시에 갖고 있는 것과 마찬가지였다. 그래서 무서울 것도 없었고 두려울 것도 없었다."

「숲의 정적」에서 기정은 죽음에 끌려들어가는 윗집 아주머니를 베란다에서 떼어놓고는 "유리문을 닫고 고리를 잠갔다. 블라인드도 줄을 세게 당겨 내렸다. 넓은 강도, 넓은 공터도, 무한대로 커나가게 하던 햇빛도 모두 없어졌다."

못 본 척이 가져오는 괴로움은 몇 편의 소설에서 반복적으로 등장하는 '눈멂'의 이미지와 연결된다. 시력을 잃는 것은 세상에서의 고립을 의미한다. 「물거울」에서 조카인 화연은 시신경장애로 색깔을 보지 못하게 된다. 디자이너인 그녀에게는 치명적인 일이다. "현란한 색이 사라지고 좁아진 시야를 검은색이 채워오면 마음이 편안해지기도 했다. 그러나 검은색은 밥을 빼앗아갔다."「녹색표적」의 여자의 아버지는 한쪽 눈을 보지 못했고, 그녀가 구해준 베이지색 사파리 남자가 죽으려던 까닭은 시력을 잃어가기 때문이다. 그는 여자와 가까워진 뒤 자신의 사연을 들려준다. 그는 초등학교에 들어가기 전부터 시력이 약했다. 책을 좋아해 학자가 되고 싶었지만 무리였고 대기업에 들어갔지만 시력이 약해짐에 따라 일은 점점 줄어들었다. 시력을 거의 잃어버렸을 때, 그는 "보이지 않는 게 무서운 게 아니라 한번 무릎이 딱 꺾이면 다시는 일어설 수 없는 게 무서웠다. 삶이 너무도 쓸쓸한 사실도 무서웠다."

보지 못하는 것은 살지 못하는 것과 연결되는 절실한 문제다. 못 본 척, 쏘아대는 빛은 외면이 구멍을 키울 따름이란 걸 보여준다. 눈멂은 세상과의 연결지점을 잃어버리는 고립을 뜻한다. 빛의 사라짐은 죽음을 의미한다. 빛도, 어둠도 구원이 되지 못한다.

죽음으로 베 짜기

탈출구는 보이지 않는다. 상황은 하나같이 암울하다. 자연도 사람도 위안을 주지 못한다. 죽은 척, 못 본 척, 아닌 척하며 살아간다. 하지만 분명 보았고 알고 있다. 자기기만과 외면 외에 인물들이 살아갈 구실로 삼을 것은 없는가.

소설집의 인물들은 손을 놀려 무엇인가를 만든다. 「물거울」의 미선은 조각보를 만든다. 늪의 '검정'에 맞서듯, 천을 염색하고 색색의 천을 이어 조각보를 엮는다. 「숲의 정적」의 기정은 실물 크기의 인간 모형을 만든다. 「거인의 손가락」의 소녀는 토피어리를, 「양산」의 여자는 명화 속의 양산들을 만든다.

> 친구로부터 가게를 인수해보지 않겠느냐는 전화가 온 것은 그녀가 권태와 소외감에서 위협을 느낄 때였다. (…) 장사를 한다는 기분이 아니라 창조를 한다는 기분도 그녀에게는 매우 중요했다. 그리고 자신의 손으로 직접 만들 수 있어야 했다.

손을 놀려 뭔가를 만들면, 형체가 만들어진다. 적어도, 형체 없는 두려움에 시달리지 않아도 된다. 이집트의 피라미드는 사막의 막막함을 이겨내기 위한 산물이었다고 한다. 죽음충동은 손을 놀리는 동안 잊힌다. "때론 가짜라도 필요하잖아,라는 게 모형을 만드는 이유 중 하나였다." 현실이 아닌 환상일지언정 시간을 지워준다면 상관없다. 이 상황을 견디게 해주거나 구멍에서 놓여나게 해준다면 무엇이든 괜찮다.

> 완벽한 인체는 이 세상에 존재하지 않고, 아름다운 인체는 상상의 산물에 불과하다는 생각이 들었다. 그것이 창작이겠지만. 인체뿐만 아니라 아름다운 것은 거의 상상의 산물일지도 몰랐다. (…) 삶이 미지에 쌓여 있고, 그래서 비밀스럽고 신비로운 일이 일어날 것 같은 설렘도 있었는데 언제부턴가 그런 감정이 싹 사라져버렸다는 것을 쓸쓸하게 자각했다. 이제는 불리한 일에 덧칠하는 기교만 늘어났다는 것도.
>
> —「숲의 정적」에서

잠시의 유예에 불과하다는 걸 알고 있다. 하지만 인물들은 살기 위해 딴청을 부리고, 삶을 위한 필사적인 환상을 직조해낸다. 페넬로페가 구혼자들을 물리치려고 밤낮없이 베틀 앞에서 천을 짜내듯, 김영옥의 인물들은 조각보와 양산과 사람을 닮은 모형을 만든다. 코린토스의 왕 시시포스는 속임수를 써 죽음의 신 타나토스를 족쇄로 묶어 감옥에 넣었다. 죽음은 유예된다. 훗날 저승에 간 시시포스는 돌을 굴리는 노역에 처해진다. 페넬로페가 밤새 짜낸 천은 아침이면 실로 풀어내야 한다. 쌓인 눈 아래 사물은 그대로다. 다만 덮을 뿐이다. 물을 끊어낼 순 없다. 마냥 흘러갈 뿐이다. 죽음을 지울 순 없다. 잠시 잊을 뿐이다. 하지만 반복되는 노동, 내 손끝에서 만들어진 무언가는 시간의 무자비함을 잊게 한다. 시간은 내 손길 아래, 내 식대로 모양새를 만들어간다. 권태, 불안, 고독과 고통의 그림자가 채워진다.

김영옥의 페넬로페들은 죽음을 풀어내 실을 잣는다. 베틀이 움직인다. 흰 바탕에 검은 활자가 찍혀 나온다. 허무와 무의미는 형체를 갖추게 된다. 죽음에서 달아날 길은 없다. 허무와 고독에서 놓여나올 방법도 없다. 마음속의 구멍은 무엇으로도 채우지 못한다. 다만, 그 구멍의 형체를 직조해내는 것밖에. 소설로 엮인 허무와 외로움이 읽히기 시작한다. 죽음으로 죽음을 짜내며 죽음을 견디는 것, 그것이 그녀들의 생존방식이다. 글자가 된 죽음은 우리 앞에 마주 앉아 있다. 구멍 속으로 죽음의 얼굴이 비로소, 보이기 시작한다. 더는 눈 돌리지 말라고 속삭인다.

'사이[間]'에 머물기

— 김태선 『낯선 24시간』(도서출판 북인, 2017)

두 세계의 겹침

독서는 종종 여행에 빗대진다. 책을 펼치는 순간, 우리는 다른 시간과 공간으로 빨려들어간다. 여기 있지만 저기로 간다. 중세로든 미래로든 낯선 시간 속을 노닐고 밀림이나 다른 행성도 거닐 수 있다. 책은, 이상한 나라의 앨리스 속 토끼처럼 우리를 낯선 시공간으로 이끈다. 시간의 틈새로 미끄러져 들어가 다른 공간의 문을 열어주는 것이다.

김태선의 소설은 공간의 '사이'를, 시간의 '틈'을 파고든다. 「랩타임」에서 경주용 자동차를 몰던 남자는 새로운 시간과 공간에 들어선다. 사고를 당하고 눈을 떠보니 낯선 레이싱 트랙이 보이고 사방은 어둡다. "나는 분명 오전 10시에 스타트라인을 출발하여 여덟 번째 랩을 돌고 있었다. 그런데 지금은 새벽을 지나 아침이 되어가고 있다." 그 사이의 스무 시간은 어디로 사라진 걸까. 낯선 공간에서 만난 기묘한 소녀는 여기가

"차원이 다른 곳"이라고 말한다. 남자는 시계라는 장치를 통해 현실과 그 낯선 공간을 오가게 된다.

시공간을 포개는 특성은 다른 작품에서도 나타난다. 「극지연구소」의 여자는 극지연구소에 지원했다가 탈락하지만, 대신 거기 간 남자에게 메일을 받는다. 한여름 더위에 시달리는 여자의 일상으로 추운 곳의 소식이 미끄러져 들어온다. 「출국장」의 소녀는 알코올중독자 아버지와 치매에 걸린 할머니를 떠나, 어머니가 재혼해서 살고 있는 호주로 가려 한다. 호주와 한국 사이에 낀 소녀는 출국장에서 비행기를 기다린다. 머릿속으로 두 나라가 저울질된다.

여기가 아니면 어디든. 이곳이 싫을 때 다른 곳을 꿈꾸게 된다. 정주는 탈주를 꿈꾼다. 고여 있는 시간에 물꼬를 트고 싶다. 쳇바퀴에서 내려 다른 속도로 살고 싶다. 그곳에 가면 "정물화 같은 일상과 내가 따라갈 수 없는 곳에 있는 것 같은 아내, 서킷에서 경주하다 보면 그 모든 복잡한 감정은 사라진다." 누구나가 품을 만한 바람이다. 여기를 떠나면 새로운 삶이 열릴 듯하다. 하지만 현실은 녹록지 않다.

「랩타임」의 남자는 하루에 두 시간씩 낯선 공간에서 속도에 몸을 싣는다. 속도와 일체가 되고 아무것도 존재하지 않는 순간을 만끽한다. 이곳에서 채우지 못하고 있는 것을 그곳은 채워준다. "그곳의 두 시간에서 얻는 에너지로 이곳에서 24시간을 지탱하는 사람이 되어가" 지만 점점 현실로 돌아오는 게 힘겨워진다. 거기에 가면 '나'는 지워지는 것 같다는 생각에 여기도 버리질 못한다. 여기에도 저기에도 온전히 속하지 못한다. 어느 쪽도 버리질 못하고, 두 세계 사이를 왕복한다.

지금 여기를 벗어난 시공간은 흔히 현실대안으로 제시된다. 여기의 안주가 답답하다면 저기로 탈주를 도모하며, 현재가 진저리난다면 언젠가의 가능성을 꿈꾸는 것이다. 하지만 넌더리나는 여기가 아닌, 거기도 불완전하기는 매한가지다. 「극지연구소」의 여자는 월동대원이 되어 자신이 꿈꾸던 남극으로 떠난 남자에게 메일을 받는다. 그 내용은 여자의 예상을 빗나간다. '아, 정말이지 너무 춥습니다.' '심하게 눈이 와서 공동 제설 작업을 했습니다. 치워도 치워도 끝이 나지 않습니다.' 여자가 있는 이쪽은 너무 덥지만 남자 있는 저쪽은 너무 춥다. 더위를 식혀줄 눈은 거기선 치워도 치워도 끝이 나지 않는 일거리에 불과하다.

「출국장」의 여자 아이는 한국이 싫다. 알코올중독인 아버지와 알츠하이머를 앓는 할머니와 사는 게 진절머리난다. "끈적이는 더위와 우울한 공원과 지루한 K를 나의 세계에서 밀어내기" 위해 어머니가 살고 있는 호주로 가기로 결심한다. 하지만 일전에 방문했던 호주도 낙원은 아니었다. 어머니와 재혼한 마르잔의 이국적인 외모도, 아버지가 다른 자매 조이도 낯설기만 하다. 호주라 할지라도 삶의 옥죄는 조건들은 별반 다르지 않다. 넉넉하지 않은 생활을 꾸리며 "벌겋게 달아오른 얼굴로 청소기를 끄는 엄마의 굵은 팔과 펑퍼짐한 엉덩이를 볼 때마다 엄마의 인생은 별로 달라지지도 좋아지지도 않은 것 같다고 생각했다. 마트에서 일하면서 저렇게 눈이 새까만 사람과 살기 위해 집을 떠났다고 생각하면 마음이 답답"하다. 게다가 마르잔은 한국의 아버지처럼 술을 마신다. 재혼한 엄마의 가족 곁에서 '나'는 겉돈다. "세상의 모든 외로움의 이유가 텅 빈 길 때문인 것만 같았다. (…) 까마귀가 사라진 텅 빈 하늘을 보며 이곳도 나를 위한 장소가 아니라는 생각이 들었다."

여기도 아니고 저기도 아니라면 어디로 가야 할까. 탈주의 경쾌함도 안주의 편안함도 주어지지 않은 상태에서 인물들은 엉거주춤 서 있다. 김태선의 소설에 등장하는 '거기'는 도피를 위한 환상의 장소가 아니다. 손쉽게, 직면한 문제들에 대한 대안공간이 되어주지 못한다. 해방감을 주기보다는 되레 혼란스러움만 가중시킨다. 여기에도 저기에도 속하지 못하는 인물들은 엉거주춤하게 서 있다. 유예의 시간과 공간이 펼쳐진다.

유예의 공간과 시간

유예의 공간은 여기와 저기 사이에 위치한다. 기차역 대합실, 치과 대기실, 무대 뒤편의 출연자 대기실처럼 다음으로 가기 위해 잠시 머무는 장소다.

> 내가 앉아 있는 이곳이 이상한 장소라는 생각이 들었다. 출국장도 활주로도 한국 땅이지만 그 가운데 끼어 있는 이 공간은 국적이 없다. 어디든 이곳을 통해서 갈 수 있지만 누구도 머물지 못하는 대기 장소다. 많은 사람들로 북적이고 설렘과 불안과 자유로운 심정이 공존한다.
>
> —「출국장」에서

유예 공간은 결정을 유보하는 시간을 준다. 휴게실은 쉬는 공간이면서 쉬는 시간도 아우른다. 일상은 뒤로 물러가고 시간은 잠시 멈춘다. 이 유예의 시간에서 인물들은 지나온 시간을 짚어본다. 앞서의 공간들이 인물의 '욕망'에서 기인한 틈새라면, 「정전」과 「밤의 경기장」은 상황에 떠밀려 유예된 인물들이 등장한다. 몰락 이후, 몰락 직전의 공간이 무대가 된다.

> 개발실 한가운데에 있는 우주선과 같은 회의실이며, 언제든 무어라도 만들어 먹을 수 있게 설치된 싱크대, 고개를 들어 천정을 보면 어디로든 날

아갈 듯 달려 있는 비행기 모형의 전등, 그것들은 이제, 오늘 파산 선고를 받은 순간 사장의 손에서 떠났다. 회사 건물을 설계하고 내부 인테리어를 할 때 사장과 함께 바라보던 미래가 벼랑으로 떨어져버렸다.

—「정전」에서

「정전」의 남자는 이십오 년 동안 근속했던 회사가 도산하여 사무실을 떠나기 직전이다. 사장은 파산을 신청하러 갔고 그는 사무실에 혼자 남았다. 텅 빈 사무실에서는 불이 나고, 화재는 진압되었지만 그는 어디로 가야 할지 모른다. 「밤의 경기장」의 여자는 오랫동안 일하던 저축은행에서 떨려나와 야구경기장 주차장에서 일한다. 이사를 하고 직장을 옮겼지만 잘못된 데 심겨진 것 같다.

나는 좀처럼 적응을 하지 못하고 있었다. 여전히 오후 3시 출근도 낯설었다. 그건 업무에 익숙해지는 것과는 다른 의미로 내 처지를 실감나게 했다. 남들과 다른 시간대를 사는 사람이 된 것이고, 인생이 하향곡선을 타고 있는 것을 확인한 기분이다.

—「밤의 경기장」에서

여기는 아닌 것 같은데, 먹고 살려면 달리 방법이 없다. 온 길은 끊겼는데 갈 길은 보이지 않는다. 익숙한 장소에서 떠밀려나야 한다. 낯선 장소에서 버텨야 한다. 유예의 시공간에서 그들은 어쩌다 여기까지 오게 되었을까를 되짚어본다. 저축은행이 어떻게 망하고 벤처 회사가 왜 몰락했는지 그 과정을 시간 순으로 정리해볼 수 있다. 몰락의 과정은 그려지지만 대처 방법은 알 수 없다. 일을 하느라 가족과의 관계도 틀어졌다. 그런데 그 일마저 사라지면 어떻게 해야 할까.

'정전'이 한 사람을 송두리째 어둠 속에 밀어넣었다. 희망의 빛은 좀처럼 보이지 않는다. 「정전」은 그 막막함과 답답함을 인물의 심리로 드러낸다. 퇴거 직전의 사무실을 정리하며 남자는 이런저런 것들을 발견해나간다. 냉장고의 건강음료 파우치들, 버려진 책상. 그리고,

> 테이블에 뽀얗게 쌓인 먼지 위에 찍힌 손자국이 보였다. 깨진 창으로 들어온 햇살 때문인가 생각했다. 그런데 책상 옆면에 갈색 자국이 보였다. 다가가 보니 그슬린 자국은 아니었다. 생각해보니 책상을 옮기기 위해 조립된 책상을 분리하기 위해 나사를 풀 때 사장이 손을 다쳤던 게 떠올랐다. 핏자국이었다.
>
> —「정전」에서

갈 길은 보이지 않고, 세상은 송두리째 막막하다. 하지만 그 직전의 정리 과정을 통해 남자는 핏자국이 남은 책상으로 상징되는, 자신이 거쳐온 과정을 되짚는다.

「밤의 경기장」에서 여자는 불안하다. 주차를 하러온 손님은 막무가내며, 오토바이를 몰고 다니는 무리들은 공포를 자아내며, 오가던 사무실로 가는 길은 미궁이다. 발치에 따라붙은 오토바이 굉음과 눈길은 여자를 다급하게 만든다. 그러나 여자는 그 낯섦을 자기 식대로 받아들인다. "괜찮아. 저 애들은 연습할 장소가 필요했던 것뿐이야. 경기장 안으로는 들어갈 수가 없었던 거야." 여자의 눈에 '낯선' 것들에게 여자도 '낯선' 존재이기는 매한가지다. 그 낯선 것들은 밀려난 존재라는 공통분모로 묶인다. 낯선 것에서 가까스로 발견해낸 낯익음으로 자신을 달랠 따름이다.

되새김질 — 끝에서, 돌아보다

유예된 시간과 공간은 발견을 촉발시킨다. 시간이 멈추고 공간이 달라지면 그 전에는 보이지 않는 것들이 눈에 들어온다. 표제작 「낯선 24시간」 속 남자의 아내는 집을 나갔다. 아내가 떠난 뒤, "거실 크기나 가구 위치까지 묘하게 낯설었다." 돌연, 익숙한 것들이 낯설어진다. 아내는 왜 집을 나간 걸까? 자신이 무엇을 잘못했기에 아내는 집을 떠난 걸까. 그는 무언가를 알아채지 못했다는 불안감에 안절부절못한다. "민 부장은 헷갈렸다. 안절부절못해 무엇에도 집중할 수가 없었다. 모친상 때문인지 아내의 부재 때문인지 그도 아니면 퇴직 후유증인지 알 수 없었다." 아내가 사라진 뒤, 그는 아내의 행적과 마음을 되짚어보게 된다. 없어져야 비로소 보이는 것들이 있다. 아내의 부재로 인해 아내의 흔적이 보이고, 그 뒤로 아내의 진심이 떠오른다.

"아내가 젓가락을 잡자, 국수그릇 옆에 검게 패인 자국이 보였다. 아내는 그걸 무의식적으로 문지르고 있었다. 그때 처음으로 아내가 생각보다 국수를 좋아했던 게 아닐지도 모른다고 생각했다." 아내의 약병을 들고 찾아간 약국에서 아내가 항우울제를 복용했다는 사실을 알게 된다. 아내와의 관계가 어긋날 때 짐짓 모른 척했던 그는 되새김질로 자신이 무엇을 놓치고 살아왔는지를 알아가게 된다.

> 아내의 가출은 생각조차 못했다. 언제나 그 자리에 있을 거라고 여겼다는 게 옳을 것이다. 이제는 무엇을 후회하고 어떻게 대응해야 할지 알 수 없었다. 돌이켜보면 민 부장도 매순간 바빴다. 다시 과거로 돌아간다고 해도 여전히 앞만 보고 갈 수밖에 없을 거라고, 그것만으로도 숨이 찼다. 다시 선택을 하게 되어도 코앞에 닥친 일을 할 수밖에 없을 것이다. 그것은

옳고 그름의 문제가 아니라 여력의 문제인 것이다.

—「낯선 24시간」에서

아내의 부재를 통해 생존에 급급하여 놓치고 간 것들이 보이기 시작한다. 사라진 아내를 좇다 보면, 아내를 내몬 자신을 짚어보게 된다. 아내로부터 시작된 이야기는 자신을 되돌아보는 이야기로 바뀐다.

「터치」는 학창시절 수영선수였던 '나'가 죽은 친구를 떠올리는 내용으로 구성된다. 수영부 다섯 명 중 네 명만 대학에 진학하거나 실업팀에 갈 수 있었다. 진로에 대한 염려나 불안감이 자꾸 등을 떠밀었다. 필요한 건 다만 목표와 속력이었다. 다른 것들은 뒤로 밀어둬야 했다. "돌아오는 내내, 발도 닿지 않고 깊이를 가늠할 수 없는 깊고 깊은 바다에서 무언가가 나를 잡아 끌어내릴 것 같은 거대한 공포감을 떨치려 애써야 했다." 뒤를 돌아보거나 남을 돌볼 여지가 없다. "앞서거니 뒤처지는 건 승부를 가르는 것이지 문제가 있다고는 생각하지 못하거든요."

그날 나는 다른 감정 하나를 무시했다. 어느 지점, 어느 순간부터 바닷물의 감촉이 서늘했다. 그 물이 나를 죄어오기 전에 빠져나가야 할 것 같았다. 패배에서 죽음에서 벗어나기 위해 크롤을 반복했다. 어째서 패배뿐만 아니라 죽음까지 떠올렸을까. 깊은 바다 위에 떠 있으니까. 죽을 만큼 힘을 내야 하니까. 힘을 낭비하면 안 되니까. 나는 뒤돌아보지 않았다. 하지만 오랫동안 나는 그 감촉을 기억했고 떨쳐내지 못했다.

—「터치」에서

그때의 '나'는 흔들리는 부표를 향해 헤엄치느라 뒤편에 있던 케이를 돌아볼 여력이 없었다. 나는 케이의 얼굴을 보지 않았다고 생각한다. 그런데 떠오른다. 떨쳐낼 수 없다. 끝에 다다라서야, 보이는 것들이 있다. 속도를 높이는 데만 급급했던 수영선수는 출발점을 터치하고 뒤돌아서게 된다. 헤엄쳐왔던 길이 보인다.

과거를 떠올리면, 덜 쓴 마음과 못쓴 마음을 되새긴다. 소설은 거개가 사후진술이다. 사건이 먼저고 의미가 뒤따른다. 경험한 것들은 시간이 지나야만 가라앉아 진면목을 보이게 된다. 거리가 의미를 발생시키는 것이다.

「올리브 올리바」의 명진은 자기 집에 세 들었던 두 여자를 떠올린다. 동성애자인 여자 둘은 명진에게 다정하게 대해줬다. 하지만 아버지 대신해 소녀의 가족을 돌봐주는 큰아버지는 사회의 통념대로 그녀들을 재단한다. 명진은 자신 때문에 그들이 쫓겨났다는 죄책감에 시달린다.

> 택시 아줌마에게 어른들이 싫어하는 것은 아줌마가 남자처럼 옷을 입고 남자처럼 머리를 잘라서라고 말해주었어야 할지도 모른다고 생각한 적도 있다. 우린 다른 사람과 다르지 않다고 항변했으면 좋았을 거라고 생각한 적도 있다. 하지만 아줌마는 소용없었을 거라고, 그런 건 누구보다 택시 아줌마가 그리고 올리브가 잘 알고 있었을 거라는데 생각이 미쳤다. 올리브가 주고 간 파란 리본의 헤어밴드를 한번도 한 적이 없다. 올리브는 잘 어울릴 거라고 말했지만 명진은 어떻게 해도 그것이 자신에게 어울리지 않을 것 같았다. 어쩌면 택시 아줌마도 그런 마음이었는지 모른다고 생각하니 조금 슬퍼졌다.
>
> —「올리브, 올리바」에서

하지만 소설 속에 회상된 내용을 살피면, 그녀들을 내몬 것은 명진이 아니라 큰아버지로 대표되는 '상식'의 세계였다. 자신들이 그어놓은 경계를 고수하고 거기 맞지 않는 사람들은 밖으로 내몬다. 명진은 자리를 잡으면 찾아오겠다는 여자들을 그리워한다. "자리를 잡는데 그렇게 긴 시간이 걸리는 걸까. 도대체 자리를 잡는다는 건 뭘까. 큰아버지가 와서 꿀차를 마시고 봉투를 주고 무언가 잘못된 것을 고치려고 하는 것, 그런 것들이 자리를 잡아가는 것일까?"

명진을 사로잡은 것은 '자리를 잡는다는 것'에 대한 의문이다. 뒤따른 질문은 당연시되는 것들에 대한 비판을 드러낸다. 큰아버지가 강요하는 것들을 받아들이는 것이 자리를 잡는 것이라면, 그것은 온당한 것일까. 명진의 질문은 머물지 못하게 만드는 조건들에 대해 비판적인 시선을 보여준다. 답은 제시되지 않는다. 다만 언어로써, 삶을 불안하게 만드는 애매한 상황들을 분명하게 보여주는 것이다.

곱씹고 되새기는 과정은 지난하다. 불안한 마음은 '상식'에 끌어오거나 안정적인 타협책을 찾는다. 그러나 김태선의 소설은 자리 잡기를 거부하고, 그대로 '매달아둔다,' 미결정의 사이에 인물들을 내버려둔다. 매달린 사람은 자기 발치에 고인 흔들리는, 그림자를 내려다본다. 망한 남자는 자신의 파산을, 친구를 등졌던 소녀는 자신의 외면을, 정다운 이웃을 잃은 아이는 사건의 내막을 곱씹게 된다.

매달린 채로, 출구 없음과 방향 없음을 그대로 받아들이는 것이다. 쉽게 어떤 의미로 귀결시키지 않는다. 어설픈 '제3의 길'을 찾지 않는다. 여기와 저기를 정正과 반反으로 충돌시켜 합合을 구하려는 성급함이 없다. 다만 진자의 흔들림을 보여준다.

작가는 팽팽하게 당겨진 천을 앞에 두고 골똘히 생각에 잠긴다. 바늘을 들고, 두 세계를 누빈다. 그 두 세계의 겹침으로 새로운 세계가 보이기 시작한다. '간間'의 세계가 열린다. '사이'는 여기와 저기의 연결통로가 된다. 숨구멍이 트인다.

되돌아오기 위해 떠나는 길

「소풍」의 자매는 아버지를 요양원으로 떠나보내야 한다. 그 전에 가족은 함께 옛날에 놀러갔던 자유공원에 소풍을 가기로 한다. 예전에 갔던 장소를 방문하며 과거의 시간을 돌아본다. 비둘기 집이 있던 자리를 떠올리고, 소풍 때 찍었던 사진 얘기를 하면서 자연스럽게 한 가족의 역사가 지나간다. '소풍'은 가족이 단란했던 때를 떠올리는 시간여행과 같다.

하지만 이런 소풍은 실제론 부질없어 뵌다. 어쨌든 자매들은 아버지를 돌볼 수 없고, 떠나보내야 하기 때문이다. "평생 자식들을 위해 살아왔다고 해도 틀린 말이 아닌 아버지가 점점 아무것도 할 수 없어졌다는 것, 그래서 스스로 자존심을 지키기도 힘들어졌다는 것을 받아들이는 일은 정말 슬픈 일이다." 하지만 잔혹하고 슬픈 현실을 받아들이기 위해서는 "아버지를 모시고 소풍을 갔었다는 하루가 필요한 것인지도 모른다." 과거의 시간과 장소를 되새기는 과정이 필요했다. 되돌림의 과정을 통해, 되돌릴 수 없다는 것을 받아들인다.

소설집의 첫머리에 놓인 「랩타임」은 정주와 탈주, 여기와 거기, 지루한 일상과 속력이라는 두 갈래에서 갈팡질팡하는 남자의 모습을 그렸다. 남자는 결국 다른 세계로 갈 수 있는 시계를 상자에 넣어 봉인한다. 그가 그런 결정을 내린 것은 거기엔 '나'가 없다고 생각해서였다. 다른 세계에서 일상에서 떠나 무거운 나를 벗어던진다. 그러나 그 무게와 그림자가 나를 이룬다는 것을 자각해서였다. 일과 사람이란 '나'를 이루는 것들이 사라지면 나도 희미해진다. 상자를 봉인한 현판에 춘수만사택春水滿四澤(봄철의 물이 사방의 못에 가득함)이라고 쓴다. 봄여름가을겨울의 변화를 담아낸 도연명의「사시四時」중 한 구절이다. 시냇물에 종이배를 띄우듯, 자연스러운 시간의 흐름에 자신을 맡기겠다는 뜻으로 비친다.

원점으로 돌아온다는 것은 포기나 체념을 의미하지 않는다.「랩타임」에서 현실을 벗어난 시공간은 그에게 숨구멍이며, 아내와의 관계를 되짚어보는 시간이 되어준다. 유예와 방황은 자신이 있어야 할 장소를 찾는 모색의 과정이기도 하다. 랩타임lap time은 코스를 한 바퀴 도는 데 걸린 시간을 의미한다. 한 바퀴 돌면 제자리로 돌아온다. 탄생과 죽음의 앞뒤에는 무無가 자리잡는다. 무에서 무로 가는 사이에 '삶'이 있다. 의미는 무無에서 무無로 원점 회귀하는 그 사이[間]에서 있다.

소설은 이상한 나라로 들어가는 입구다. 쳇바퀴에서 벗어나 다른 시간 다른 세계로 미끄러져 들어가면 익숙한 것들은 낯설어진다. 끌려다니기를 멈추고 이제까지의 삶을 되새김질하고 거리를 두고 '나'를 바라보기 위해서다. 현실은 현실이기에 보이지 않는다. '사이'를 두었을 때 비로소 모습을 드러낸다.

거기의 '나'를 통해 여기의 '나'와 마주친다. 낯익은 나는 낯선 나로, 사뭇 달라진 나로 돌아오는 것이다. 갈 길을 잃은 사람은 온 길을 되돌아본다. 풍향계는 바람을 품고 돌아가다가 방향을 잡는다. 유예의 시간을 거친 사람은 결국 자기 자신으로 되돌아간다. 사이를 거친 '나'는 거울 속에서 사뭇 다른 '나'와 만난다.

침묵과 발화, 고통과 연대

— 오은희, 『말남의 방』(도서출판 북인, 2019)

물소리가 강으로 흘러든다. 계곡을 굽이쳐온, 땅 밑에서 숨죽이던, 아이들이 자맥질하던 물줄기도 품어 안는다. 갖은 물소리는 강 속에서 하나로 나지막해진다.

오은희의 소설집은 강물 같다. 단편들은 각각의 물줄기로 흐르지만 서로 소리를 주고받는다. 한 사람의 작가가 쓴 작품은 닮게 마련이란 의미가 아니다. 작품들은 대화를 나눈다. 어떤 작품에서 풀어내지 못한 고민을 다른 작품이 받아안고, 막힌 말문을 다른 작품에서 틔우는 식으로 잇대어 나간다. 햇빛을 받은 강은 갖가지 빛살을 튕겨낸다. 어떤 작품에서 귀퉁이에 있던 인물이 다른 단편에서 전면에 부각된다. 이를테면 집을 나가서 끝끝내 발견되지 않았던 아버지는, 다른 작품에서는 삶의 의미로 각인된다. 하나의 소재에 대해서도 단편마다 다른 해석을 내리기도 한다. '침묵'은 때론 비겁함의 증거이며 동의와 연대의 고리다. '과거'

는 짐이지만 힘이 되어주기도 한다. 인물들은 자신이 끌어안은 고통을 다각도로 살핀다. 목소리들을 품고 강이 흘러간다.

고통의 뿌리

소설 속의 인물들은 고통에 사로잡혀 있다. 고립감이나 불안, 죄책감 등에 짓눌린다. 이런 고통은 정체가 불분명하기에 더욱 짐스럽다. 가슴 속엔 무언가 미적지근하고 끈적거리는 것이 뭉쳐 있다. 무거운 감정을 끌어안고 늪에 가라앉아가는 삶이 그려진다. 이것의 이름은 무엇인가? 도대체 어디서 비롯된 것일까?

먹먹하고 캄캄하다. 빛, 소리, 사람이 절실하다. 하여 인물들은 몸부림친다. 고통의 뿌리를 더듬고 목소리를 내려 애쓰며 타인에게 손을 뻗는다.

고통에서 벗어나려는 사람은 먼저 그 원인이 무엇인지를 밝히려 한다. 과거는 집요하게 현재에까지 영향을 미치는 탓이다. 치유는 자신이 병들었음을 인정하고 진단에 따른 처방을 받는 데서 시작되기 때문이다.

> 외상 후 스트레스성 무대공포증을 극복하려면 먼저 그러한 일이 있었던 과거로 되돌아가 상황을 명확한 기억으로 인식함이 첫 번째이다. 감정을 외면하거나 막연히 느끼지 말고, 정면으로 돌파하는 것이 핵심이다.
>
> —「눈 위, 돋을새김」에서

고통의 원인을 찾고자 하는 사람은 시간을 거슬러 올라간다. 「아버지의 섬에서 길 찾기를 종료하다」에서 '나'는 사라진 아버지를 찾아 섬으로 간다. 암에 걸린 아버지가 종적을 감췄건만 '나'를 제외한 가족들은 별반 관심이 없다. 가족들에게 가출이 잦고 무능력한 아버지는 존재감 없는 늙은이 정도로 취급된다. 하지만 '나'는 아버지를 행방불명인 채로 놓아둘 수 없다. 남편이나 시댁과의 갈등하고 세 번의 유산을 한 '나'는 아버지가 남 같지 않다. "깍지벌레는 리기다소나무나 외래 수목들에는 나타나지 않는다며 건강하지 못한 나무가 해풍에도 견디지 못하고 벌레들에게도 상처받는다고 했다." 건강하지 못해 해충의 공격을 받는 나무와 병들어 헤매는 아버지, 유산과 가족과의 삐걱거림으로 고통받는 나는 한통속이다. 하여 아버지를 찾는 길은, 자신을 발견해가는 길과 겹쳐진다. 아버지의 과거를 되짚는 길은, 나의 과거를 들여다보고 현재의 위치를 가늠케 하는 시간을 선사한다. 작가의 다른 작품에도 이렇게 숨을 고르며 과거와 자신을 되짚는 인물이 종종 등장한다. 소설을 쓰고 읽는다는 것은 본래, 흘러가는 시간 속에 틈새를 내는 일이다.

추적의 말미에서 '나'는 아버지를 괴롭혔던 과거의 사건과 마주하게 된다. "아버지는 예전에 색약 때문에 신호등을 잘못 봐서 함께 길을 건너던 소녀가 두 다리를 못 쓰게 되는 사고를 당하게 만들었다." 그 사고로 인해 아버지는 자신이 다치게 만든 소녀에게 묶이게 된다. 그 죄책감에서 벗어나기 위해 아버지는 원양어선을 타고 바다로 달아났고, "그녀가 애가 둘이나 있는 홀아비를 따라 가덕도로 시집을 왔을 때 아버지는 지리산으로 숨어버렸다. 서울로 가서도 마찬가지였다. 그녀에게로 뻗은 더듬이는 아무리 끊어버리려고 해도 끊을 수가 없었다." 아버지는 과거에 일어난 일로 짊어진 부채의식을 평생토록 벗질 못했다.

과거는 집요하다. 현재는 그 과거에서 뻗어난 가지와 잎에 불과하다. 누군가를 상처 입히고 그 상처를 떠안고 괴로워하는 아버지의 진실을 마주 본다. 아버지를 찾지 못하지만 '나'는 아버지의 헤맴이 어디서 비롯

되었는지 알게 된다. "서영 씨 아버님이 여기 계시지 않는다는 걸 말씀드릴 수 있었어요. 근데 어쩐지 본인이 아버지의 부재를 확인하든 게 나을 듯해서 말입니다." 사라진 아버지를 찾으며 그를 이해하고 자신을 바라보는 화자의 모색은 부재를 통해 존재를 확인하는 과정을 담아낸다.

침묵과 발화

오은희 소설에서 고통의 원인으로 자주 지목되는 것은 '침묵'이다. 「목격자를 찾습니다」에서 화자는 해야 할 말을 하지 못한다. 자신이 진술을 하면 뺑소니범으로 몰린 승일이 혐의를 벗게 될지 모른다. 사고가 난 날, 교생 승일이 고장난 차로 난감해하던 자신을 트럭에 태워줬다고 말이다. 승일의 트럭에 묻은 혈흔은 로드킬을 당한 동물의 피일지도 모른다. 하지만 '나'는 침묵한다. 주말 부부인 '나'가 젊은 교생의 차를 타고 함께 갔다는 말을 하면 소문이 퍼져 오해를 살까 우려해서다. 외부의 시선, 구설수에 휘말리고 싶지 않다는 생각이 말문을 막는다. 하지만 경찰에게 끌려가며 자신에게 던진 승일의 시선이 자꾸 마음에 걸린다. 하지만 경찰 친구의 말을 전해들은 남편은 "거기, 눈들이 많아. 제대로 처신하고 다녀" 하고 충고한다.

죄책감에 시달리며 화자는 침묵과 발화 사이를 오간다. 살인혐의와 남편과의 관계 유지가 같은 무게를 갖는가. 이런 상황에 처하자, '나'는 비로소 남편과의 관계가 그만큼의 희생을 치르며 유지할 가치가 있는지를 따지게 된다. 이런 화자의 상황은 콕이 사라져 쓸모 없는 스팀다리미에 빗대진다. "(남편과) 이대로 데면데면하게 사는 것은 시간을 죽이는 일이다. 스팀 콕 없는 다리미처럼 아무 쓸모가 없는 관계. 잠금 콕 없는 다리미 본체를 내다버리듯 나는 이곳을 통째로 정리하고 싶어졌다."

다행히 혐의를 벗게 되었지만 승일은 모습을 감추었다. '화자'는 자신의 침묵이 누군가에게 피해를 주었다는 걸 알게 된다. 비열함과 망설임이 피해자를 낳은 셈이다. "참으로 사소한 것이 모든 걸 폐기처분하게 만드는 일이 내 주위에서 일어나고 있다." 침묵으로 한 사람이 사라졌다. 침묵을 깼다면, 비겁함을 넘어섰더라면 막을 수 있었다.

「딸꾹질」의 여자는 층간소음이 문제가 되는 아파트에서 혼자 산다. 산과 숲이 좋아 이사했지만 밤이면 이상한 소리가 들린다. 소음은 정체가 분명치 않기에 사람을 괴롭힌다. 인간의 말은 자음과 모음으로 분절되며 뜻을 가지는 반면, 소음은 뭉쳐진 소리로 의미를 알 수가 없다. 분명하지 않기에 듣는 사람의 마음에 따라 달리 들린다.

현재만 아니라 과거에도 여자는 불분명한 소리 때문에 고통을 받았다. 여자는 방에서 들려오는 소리로 남편과 윤희가 불륜을 저지른다고 짐작했다. 남편은 여자의 과민한 반응이 만들어낸 환청이라고 몰아붙였지만 여자는 대금 연주자인 자신이 '소리'에서만큼은 실수를 하지 않는다며 맞섰다. 두 사람은 이혼을 하고 남편은 교수자리에서 밀려난다. 여자로부터 경멸에 찬 눈빛을 온몸으로 받은 윤희는 일주일 뒤 자신의 오피스텔에서 스카프로 목을 맸다. 소리로 인한 파국의 여파로, 여자는 대금 연주를 하지 못하게 된다.

여자는 그때 들었던 '소리'의 정체에 대해 곱씹는다. 스승이 했던 "사람은 자기가 아는 게 다라고 생각하지. 그렇지 않단다. 모르는 것도, 혹은 잘못 알고 있는 것도 허다하지"라는 말이 마음에 걸린다. 현재의 소리와 과거의 소리에 시달리는 여자는 자기 소리도 내지 못한다. 여자는 아파트에서 들리던 소음이 윗집의 여자가 금속 공예를 할 때 나는 소리임을 알게 된다. "소리의 진원지와 내용을 알게 된 것만으로도 그녀의 머릿속에 자리 잡았던 두려움이 사라졌다."

아파트에서 들리는 소리의 정체를 알고 나서, 여자는 자신이 집요하게 매달렸던 소리의 정체 찾기가 부질없음을 깨닫는다. "남편과 윤희. 이제 와서 무엇이 알고 싶은가. 확인하지 않았던 진실을 알게 된다고 다시 그 시간으로 돌아갈 수 있는 건 아니다. 윤희 역시 돌아오지 않는다." 이미 벌어진 일은 바뀌지 않기에 마음은 가라앉지 않고 그녀는 소리를 되찾지 못한다. 마음의 고통과 소리는 긴밀히 연결되어 있다.

반면 「눈 위, 돋을새김」은 과거에 사로잡힌 인물이 '말문'을 트는 과정을 담아낸다. 공보과 공무원인 '나'는 사회를 떠맡고 난 뒤 무대공포증을 극복하기 위해 스피치 학원에 다닌다. 스피치 테라피 과정에서 자신의 무대공포증이 고등학교 때 겪은 일에서 비롯되었음을 깨닫게 된다.

고교시절 조회 시간에, 담임 강인자는 '나'에게 연설을 하라고 했다. 미리 언질을 받지 못했던 나는 아이들 앞에서 말문이 막힌다. 담임은 자신은 분명히 발표를 준비하라고 했다며 발뺌을 한다. '나'는 무책임한 학생으로 낙인찍히고 마음은 점점 움츠러든다. 무대공포증이 생기고 '소심하고 매사에 자신감 없음'이란 낙인이 찍혔다. 하지만 당시에는 그것에 대해 말하지 못했다. 하지 못한 말은 가슴에 뭉쳐 있다.

'나'의 엄마도 과거에 얽매여 있다. 열 살 때쯤 폭설 때문에 고립된 적이 있던 엄마는 배고픔과 추위에 포한이 맺혔다. 먹을거리를 구하려고 얼음구멍을 뚫던 외할아버지가 강물에 빠져 죽은 기억을 벗어내기 힘들다. 그 탓에 눈이 내리면 엄마는 두 달 정도 먹을 수 있는 비상식량을 사 모은다. 고립과 추위의 기억은 집요하게 엄마를 사로잡고 있다. 이는 추운 겨울 조회대에 홀로 서 있던 '나'의 모습과 겹쳐진다.

스피치 학원의 조 원장은 무대공포증을 극복하기 위한 "대면하고 싶지 않은 상황을 견뎌야 하며 도망가지 않고 맞서야 하는 정면 돌파 방법들"을 제시한다. 이런 해결방법을 선뜻 받아들이지 못한 '나'를 변화시킨 것은 강인자의 망각이다. 어른이 되어 다시 만난 담임은 자기로 인해 상처받은 학생을 전혀 기억하지 못한다. 억울하다. 상처를 준 사람은 망각의 숲을 지나갔다. "내 시간만 멈춰져 있었던 거야?" 게다가 강인자가 박물관 입찰하면서 비리를 저지른다는 걸 알게 된다. 담임은 변한 것이 없다. 뻔뻔한 망각은 강인자의 힘이었다. 「아버지의 섬에서 길 찾기를 종료하다」의 아버지가 과거의 상처를 껴안고 고통을 받으며 현실에 정착하지 못했다. 더 이상 입을 다물어선 안 된다. "이번에는 가만히 있지 않고 내가 하고 싶은 얘기를 하겠"다. 모교로 찾아가 조회대에 오른 '나'는 소리를 지른다.

"비겁해요! 선생님은 비겁했어! 어떻게 학생한테 뒤집어씌울 수 있어요? 한번도 아니고, 게다가 없는 소문까지 만들어내면서…. 지금도 그래요. 가짜 입찰 서류를 만들었다구요. 이거 보세요. 17억이나 챙겨먹으려고 해요." 과거의 고통은 '목소리'가 되어 풀려나간다. 그때처럼 눈이 내린다. 갇혀 있던 말들이 눈발이 되어 날린다. 침묵은 깨진다. '나'의 시간이 움직이기 시작한다.

고통과 연대

고통받는 사람은 고통스런 사람을 알아본다. 외로움은 외로움에게 말을 건다. 때론 침묵이 때론 말이 징검돌이 된다. 「귀족세탁소」에는 친구 할머니의 병원비를 마련하기 위해, 세탁소에서 명품 코트를 훔치는 청소년들이 등장한다. '나'는 어쩌다 이런 허무맹랑한 범죄에 가담하게 되었을까. '나'는 말을 잃었더랬다. "엄마가 나를 브롱스 홈스테이에 처박아둔 일 년 내내 나는 혼자였고 침묵 속에 살았다." 한국에 돌아와서도 마음 붙일 데가 없었다. 그러던 중 수학여행을 가지 못하는 아이들끼리 모인 교실에서 강희와 가까워진다. 엄마에게 받은 수학 여행비를 함께 탕진하고 강희의 반지하방에 함께 누워 있을 때 행복했다.

밀려난 아이들은 서로의 곁을 지켜준다. '나'는 담임이 강희에게 던지는 막말에 침묵하지 않는다. "우리 반 무료 급식 대상자들 다 일어나! 아니, 니놈들은 성적이 뭐 이따위야. 밥 먹여줬으면 값을 해야지. 반 평균 깎아먹는 니들 때문에 세금을 얼마나 많이 내는지 알아?"라는 담임의 말에 이를 악물고 버티는 강희를 보고 "아이씨, 참 여긴 개새끼들만 있나"라고 외친다. 돼먹지 않는 말에 '말'로 맞서준다.

강희와 더불어 '나'는 혁수와도 친하게 지낸다. 겉으론 모범생인 혁수는 새어머니와 아버지의 관계로 고통받는다. "혼자 남겨져 견뎌내던 것들이 많았다"는 공통분모가 둘을 묶어준다. 외로운 아이들은 서로를 지탱해준다. 강희의 할머니가 교통사고를 당하자 혁수는 세탁소 범죄사건을 기획한다.

세탁소 절도 사건이 발각되고 공범이 누구냐는 질문에 나는 입을 다문다. "머리 좋은 이 녀석, 제가 빠져나갈 구멍은 미리 다 만들어놨던 거였어. 물론 나는 말하지 않을 것이다. 함구해야 오래오래 혁수와 모의할 수 있다는 걸 난 알고 있다." 침묵으로 유지되는 관계도 있다. 공모라도 상관없다. 남들은 범죄라고 하지만 친구의 할머니를 살리기 위한 방법이었다. 침묵이든 말이든 중요한 건 '마음' 붙일 데다. 침묵이든 발화든 연결될 수 있다면 그걸로 족하다.

「말남의 방」에서 '나'는 친구 말남이를 잃었다. 장례식에 가면서 떠올리는 말남이는 '방'으로 기억된다. "말남의 방에서 잠을 자면 어서 일어나야 하는데, 라는 마음이 들지 않았다. 나는 그녀에게 갈 때마다 햇빛이 끓어 넘쳐 커튼 사이를 비집고 들어올 때까지 아주 달고 긴 잠을 자곤 했다." 그 방처럼 말남이는 아낌없이 자신을 내주었다. '나'는 힘들 때면 늘 말남이의 방에 숨어들었다. 아이를 지우고 오갈 데 없을 때도 말남이의 방으로 갔다. "늘 말남의 방에 오고 싶었다. 힘들고 지칠 때면 늘어져 쉬고 싶었던 그곳, 두꺼운 커튼이 쳐져서 햇빛도 적당히 가려주고 세상과 나를 단절시켜주는 그 방. 말남이의 간호로 다시 힘을 얻어 나가곤 했던 그 방에 이제는 가볼 수가 없다."

이제 말남이의 방도 사라진다. '나'에게는 여전히 숨쉴 구멍이 절실한데. 가족들은 '나'에게 기대기만 한다. 첫째 아이 의섭이는 발달장애라서 열다섯이 되도록 한번도 떼놓은 적이 없다. 집에 있을 때 떼를 쓰거나 하진 않지만 슬그머니 없어지기 때문이다. 동생 의겸이는 형을 감싸는 엄마에게 더 매달린다. 남편은 방관자에 머무른다. 친구의 죽음을 애달아하는 엄마에게 둘째는 캐나다로 이민 가는 친구 송별회에 가야 한다고, 그냥 문을 잠그고 가면 안 되겠냐고 칭얼거린다. "앞으로 못 보기는. 살아 있으면 다 만날 수 있어. 엄마 친구는 죽어서 이제 보고 싶어도 못 봐." 온전히 슬퍼할 겨를도 주지 않는다. 단 하나의 방, 숨쉴 구멍을 뺏겼다는 설움을 누구도 이해하지 못한다. 말남이를 잃음으로써 기댈 데도 숨을 데도 없어졌다. 하지만 이런 슬픔도 부끄럽다.

> 내게도 늘 뭘 주기만 하던 그녀였다. 옆자리를 내주고, 따뜻한 밥을 해주고, 내 지친 몸을 쉬게 해준 말남이가 남편을 만날 무렵에 나는 그녀에게 신경을 쓰지 못하고 있었다. (…) 지금도 나는 말남이에 대한 추모보다 내가 돌아가 쉴 방이 없어져버린 서러움에 가슴이 아프고 눈물이 나는 것이

다. 내 친구의 죽음보다 살아서 견뎌야 하는 내 자신을 위무하기에 급급하다. 죽음까지도 죽은 자의 몫이 아니라 살아남은 자의 몫이라는 말이 떠올랐다.

—「말남의 방」에서

'나'는 지친 몸을 이끌고 햇살 좋은 방이란 숙박업소에 들어간다. 가만히 누우니, 자신의 죽음 이후가 자연스레 떠오른다. "의섭이는 엄마가 죽어 수령한 보험금으로 얼마 동안 먹고 살 수 있을까. 의겸이는 내가 없다면 형을 잘 보살필 수 있을까. 남편은… 남편은, 인내심이 없는 사람이라 견디지 못할 게 뻔하다." 죽음 뒤도 아득하다. 팍팍한 삶은 잠시의 휴식도 허락하지 않는다. 잠에 빠져드는 순간 남편에게서 의섭이가 사라졌다는 전화가 걸려온다. "이 세상 어느 곳에도 말남이의 방처럼 안온한 곳은 없다." '나'는 햇살이 가득한 방에서 빠져나가 서울로 올라간다. 이제 내가 '말남이' 같은 존재가 되어버린 셈이다.

말남이의 방처럼, 자신을 온전히 내주는 어떤 존재가 필요하다. 「교집합을 닮은」에서 출산을 앞둔 '나'는 산후조리가 마땅치 않다. 조리원 비용을 낼 여유도 없다. 어머니가 돌아가신 뒤 재혼한 아버지는 사고로 죽었다. 새엄마를 대신하여 '나'를 맡은 이모는 보상금과 아버지의 재산만 챙기고 모질게 대했다. 사는 것이 내내 힘들었다. 남편에게 마음을 연 것은 그에게 "한 날 한 시에 세상을 떠난 부모, 요양시설에 맡겨둔 동생"이 있다는 말을 들어서였다.

두 사람은 상처로 묶였고 함께 살다가 아이를 만들었다. 배는 불러가지만 몸을 맡길 데는 어디에도 없다. 구청의 도움으로 산후도우미를 구했지만 궁색한 집안을 둘러보던 여자는 "새댁은 친정엄마가 없는가 보네. 산구완해줄 사람이 전혀 없어요?"라며 가버렸다. 다시금 자신이 얼마나 외로운 처지임을 절감하게 된다. 그런 궁지에 몰리자 비로소 묻어뒀던 사람의 얼굴이 떠오른다. 한때는 '나'의 피아노 선생이었고 아버지와 재혼했던 새엄마. 아버지가 죽었으니 이제 남남이라며 이모는 '나'를 새엄마에게서 떼어냈었다.

이모 집에서 겉돌던 열일곱 살의 '나'에게 미경이란 친구가 말을 걸어왔더랬다. "너를 보고 있으면 꼭 길을 가다 넘어질 것처럼 위태위태해 보여. 잡아줘야 할 것 같아"라고 말해준 미경과 붙어 다닌다. 하지만 미경이 어울리던 남자 아이에게 강간을 당한다. 그 절박한 순간에 '나'는 혼자였다. 미경은 자기 남자 친구와 나가버렸던 것이다.

임신을 한 '나'는 아버지 무덤을 찾아갔다가 새엄마와 재회했다. "그녀는 내 몸의 상태를 추궁하지 않은 채 눈물만 흘렸다. 나는 그녀 앞에서 소리내어 울었다. 나쁜 짓을 했다는 부끄러움보다 이제 혼자 두려워하지 않아도 된다는 안도감에서였을 것이다." 이제야 비로소 자신이 그녀에게 실망감과 고통을 안겨줬을지도 모른다는 생각이 들었다. "실망을 줬을 텐데 내 몸 추스르기에 급급했을 뿐 그녀의 심중은 헤아리지 못했다."

하지만 아이를 보내고 그녀가 끓여주던 미역국 냄새가 자꾸 떠오른다. 곡진하게 보살펴주던 손길이 기억난다. 눈이 내리는 날, '나'는 새엄마가 있는 청주로 가는 버스에 올라탄다.

새엄마의 집 마당에서 작은 여자아이가 놀고 있다. 새엄마는 그때처럼 살갑게 맞아준다. 그리고 새엄마는 '나'가 낳은 아이를 거둬서 자기 자식으로 키우고 있었던 걸 알게 된다. "나는 아이의 젖은 머리를 안아주었다. 아이가 나를 닮았다고 생각했다. 아니, 새엄마와 닮아 있었다. 그러고 보면 우린 조금씩 비슷해져 있었다."

멀리 가는 강

마지막에 실린 「홍천강」의 화자는 삶에 떠밀려 홍천으로 향한다. 유년 시절의 기억으로 가득한 곳에서 위로를 받고 싶다, 새로 시작하고 싶다. 여행 가기 전의 꿈에는 홍천강변에 서 있는 아버지가 등장한다.

> 꿈속에서 강가에 서 있던 아버지는 내게 힘내라고 어깨를 토닥여주었다. 한겨울 더끔더끔 두껍게 얼어붙은 강 아래, 흐르는 강물을 감싸안고 있는 얼음더께를 아버지에 비유한 어느 시인이 있다. 유리창 깨질 듯 울어대는 외풍 탓에 아버지의 가랑이로 시린 발을 밀어넣고 그 가슴팍에 벌레처럼 파고들어 잠이 들던 예닐곱의 아이. 그 아이가 어른이 되어 영하의 한강교를 지난다.
>
> —「홍천강」에서

아버지의 나이가 돼서야 아버지가 사무친다. 삶이 힘겹기는 그때의 아버지와 '나'가 다를 바 없다. 차들이 새로운 길로 향하자 아버지의 차 부속품 가게는 점점 손님이 뜸해졌더랬다. 낙심한 아버지는 술에 취하거나 싸움을 벌이곤 했다. 구치소에서 나와 서울로 올라간 뒤 이태 후에 아버지는 숨을 거뒀다. 유해는 한탄강에 뿌려졌다. "그 강물이 흘러 돌고 돌아 이곳 홍천강까지 왔을까."

> 강물은 어디로부턴가 흘러온 것이다. 햇빛이 물결 위에 반사되어 눈앞에 어룽거린다. 눈비 부셔 가늘게 뜬 눈으로 모래 둔덕 건너 강줄기가 갈라져 흐르는 곳을 바라본다. 언뜻 어울더울 흐르는 물결 속에 아버지의 모습이 환영처럼 나타났다 사라진다. 비가 와서 물이 불어도 아버지는 강 한가

운데서 견지 낚시를 했다. 물살이 세서 아버지가 넘어지면 어쩌나 늘 마음을 졸였는데 아버지의 장딴지는 매우 단단해서 거뜬히 그 물살을 견디곤 했다. (…) 어릴 때 나는 아버지 같은 허벅지를 갖게 되기를 원했지만 키만 멀쑥하니 크다. 이곳에 내려오면 아버지를 닮을 수 있을까.

—「홍천강」에서

강이 아버지와 '나'를 이어준다. 나이를 얼마나 먹든 사람은 다 누군가의 어린애였다. 돌아가신 아버지의 기억이 어른이 된 아이에게 손을 내민다. 홍천강변에서 '나'는 강물 속에서 섰던 아버지의 기억을 떠올린다. 그렇게 휘청거리며 버티는 삶도 있다. 늪에 빠져 옴짝달싹 못하는 사람은, 지금 늪을 견뎌내고 있는 사람이다.

강물이 흐르고 있는 가장자리 모래밭에 나무 막대기로 글자를 쓰고 있는 어린 녀석이 있다. 그 녀석이 고개를 들어 강물을 바라본다. 홍천강은 유유히 흐르고 아이는 움직이지 않고 언제까지나 그곳에 있다.

—「홍천강」에서

침묵과 고백, 고통과 위로, 외로움과 다정함이 내는 모든 소리를 끌어안고 강은 멀리 간다.

침묵을 응시하다

— 김서련 『폭력의 기원』(도서출판 북인, 2011)

사건이 터졌다

김서련의 소설은 일상이 멈춘 자리에서 출발한다. 일상은 검질기게 좀처럼 궤도에서 벗어나려들지 않는다. 상처는 곪지만 터지지 않는다. 하지만 곪을 대로 곪은 상처를 건드리는 순간이 찾아온다. 더는 살던 대로 살 수 없는 순간이 도래한다. 소설집 『폭력의 기원』에 수록된 작품들은 그런 계기적 사건들로부터 시작된다.

「전쟁의 시작」은 자신의 아이가 다른 아이를 괴롭혀 자살하게 만든 사건에서 출발한다. 「폭력의 기원」의 화자는 동거하던 남자에게 폭행을 당해 식물인간이 되었다. 「가을전어」는 헤어진 애인이 퍼뜨린 동영상으로 남편이 자살했다. 「뜨거운 햇살 아래」는 자기에게 각별했지만 딸을 버리고 간 친구엄마와의 만남이 도화선이 된다. 「M」은 애인과 헤어진 화자가 그와 자주 가던 M을 찾아가는 내용이다. 「고요의 순간」은 본의 아니게 경쟁사의 사장을 자살하게 만든 화자는 열기구 조종사가 된 옛 애인을 찾아 터키로 향했다. 「그녀의 사랑법」에서 초기 치매 증상을 보이는 여자는 남편의 제삿날을 맞아 아들과의 결별을 결심하고, 「심해 속에서」는 잠수 도중 동료를 잃은 남자의 내면이 펼쳐진다.

소설 속에 등장하는 이러한 계기적 사건은 인생을 되짚어주는 계기를 마련해준다.

> 그녀는 이미 다른 세계에서 잘 살고 있었고 이미 나와는 다른 길을 걷고 있다고 생각했다. 그녀를 망각하려 노력했고 성공했다. 그 술자리에 가지 않았다면, 아니, 다기 세트를 보지 않았다면 나는 그녀를 만나지 못했을 테고, 아마도 평생 그녀를 기억의 밑바닥에 유폐시켜 놓고 살았을지도 모르겠다.
>
> —「뜨거운 햇살 아래」에서

웬만하면 묻어두고 살려 했다, 살아가기 위해서. 하지만 충격적인 사건은 안녕해 뵈던 일상에 제동을 걸어준다. 사건들은 가족이나 유사가족 관계인 연인 사이에서 발생한다. 사람은 관계를 유지하려고 때론 외면하고, 수시로 침묵한다. 침묵을 깨는 순간, 들춰내는 순간 관계는 삐거덕거리고 일상이 더 이상은 유지되기 어렵단 걸 알기 때문이다.

> 도대체 무슨 생각을 하고 있는지 도통 모르겠다. 왜 그러냐고 한바탕 속을 헤집고 싶지만 남편 얼굴을 보면 차마 입이 떨어지지 않는다. 몸 안에 시한폭탄을 장치한 듯 위태로워보였다. 잘못 건드렸다가 감당하지 못할 상황이 벌어지기라고 한다면 문제 해결에 전혀 도움이 안 된다.

—「전쟁의 시작」에서

우리가 잘 지낼 수 있는 가장 좋은 방법은 서로를 느끼지 않는 거였다. 그래서 나는 그를 내게서 끊어냈다. 한집에 살지만 우리는 남남처럼 지냈다. 그렇다고 해서 그가 고통 속에서 살기를 바라지는 않았다. 물론 잘 살아가길 바란 적도 없었지만. 그것은 나도 잘 설명할 수 없는 감정이었다.

—「가을 전어」에서

입 다물고 눈 돌리며 잊음으로써 얼음판 위의 일상은 아슬아슬하게 이어진다. 그러나 소설의 출발점에 놓인 사건들은 더 이상 침묵하고 외면하는 것이 불가능하게 만든다. 때로는 지루한 답보상태, 연기로 구성된 생활을 더 이상 견디지 못하여, 사건을 일으키기도 한다. 더 이상 견딜 수 없어서다.

첫 소설의 제목이 말하듯 「전쟁의 시작」이다. 단순히 관계를 유지하기 위한 평화는 더 이상 불가능하다.

그가 이렇게 나올 때는 한 발짝 뒤로 물러서는 게 관계를 유지하는 가장 좋은 방법이었다. 더 나아가다간 어떤 일이 벌어질지 예측할 수 없었다. 일초도 안 되는 시간에 많은 생각이 스쳐갔지만 나는 막무가내로 밀어붙였다. 이미 내뱉은 말이었고 거둬들이고 싶지 않았다. (…) 갈 데까지 가보자.

—「폭력의 기원」에서

밖에서 유발된 사건이 아니라, '나' 스스로가 사건을 유발하는 당사자가 되기도 한다. 이는 더 이상은 이렇게 살 수 없다는 절박함에서 출발한다. '수동'적이며 감내하는 존재에서 '능동'적이며 파국을 자초하는 도발을 감내케 하는 것이다. 폭력의 희생자로 살던 '나'는 다정함을 구걸하며 살기를 거부한다. 뻔히 보이는 상대의 기만에 더 이상 눈 돌리지 않겠다고 결심한다.

> 더 이상 그런 존재로 살아가고 싶지 않았다. 여태 일상에 떠밀려 살아왔지만, 내 혈관 속에는 분명 무언가가 흐르고 있었던 것이다. 그것은 내 의지나 이성이나 교육을 넘어서는, 강렬한 그 무엇이었다. 어쩌면 그것은 오래 전, 아버지의 멱살을 잡게 한 내면의 그 무엇인지 몰랐다. 그러므로 나는 내 안의 광기를 분출했다. 나를 그런 눈빛으로 바라보는 그를 도저히 용서할 수가 없었다. 나를 버러지보다 더 못한 존재로 전락시킨 그를 응징해야만 했다.
>
> —「폭력의 기원」에서

폭력은 상대를 인간 이하의 존재로 취급하는 것이다. 그런 폭력에 대항한다는 것은 인간으로 대접받고 싶다는 절박한 요구에서 기인한다. 사건은 결단의 순간이 불러온다. 더는 떠밀려가지 않겠다는 의지를 불러온다.

반추와 기록

사건이 발생했을 때, 자연스레 나오는 질문은 다음과 같다. 어쩌다 이런 일이 생겼을까? 사건 앞에서 인물은 자신의 지나온 행적을 곱씹게 마련이다. 소설 곳곳에는 이런 화자의 입장이 명료하게 드러난다.

아직까지는 잘 버티고 있지만 어느 순간 그 동안 쇠심줄처럼 질기게 붙들어왔던 것들을 놓아버릴 수도 있는 것, 살아오면서 내가 놓아버린 것들은 무엇일까. (…) 지난 기억들을 하나하나 끄집어냈다.

—「전쟁의 시작」에서

어디서부터 잘못되었을까. 그냥 이런 일이 일어난 것은 아닐 것이다. 뭔가 잘못된 부분이 있었다. 그게 무엇일까.

—「폭력의 기원」에서

인생은 문제풀이라는 말이 있습니다. 나는 내 앞에 가로 놓인 문제를 어떻게 풀어나가야 할까. 밤낮으로 생각했습니다.

—「가을전어」에서

그때의 기억은 꽤 오랜 시간을 두고 틈틈이 되살아났다. 곱씹고 곱씹었다. 두 번 다시 돌이킬 수 없는 일이었고 깊은 바닷속에서 일어난 일이었고 내 힘으로는 어쩔 수 없는 상황에서 벌어진 일이었지만 나는 나 자신을 용서할 수가 없었다.

—「심해 속에서」에서

생각은 퇴고를 거듭한다. 과거는 되새김질된다. 느닷없어 보이는 일들이지만, 곰곰이 따져보면 이전부터 있어 왔던 문제들이 불거져 나왔을 뿐이다. 산사태로 오래 전부터 묻어두었던 시신들이 끌려나오듯 말이다.

사건은 스스로 말하지 않는다. 사건은 화자가 자신의 내면을 들여다보는 빌미로 작용한다. 일상을 흔들어놓은 사건들은 오목렌즈처럼 초점을 자기 안에 모이게끔 한다. 「폭력의 기원」에서 동거하던 남자의 폭력에 의해 식물인간이 된 화자는 자신을 변호할 수 있는 말을 하지 못한다. 화자의 시선은 안쪽으로 향한다. 자신에게 묻고, 스스로 답을 찾고자 한다.

침묵을 응시하는 시간이 시작된다. "나는 침묵 속에 갇힌 채 사물들을 블랙홀처럼 빨아들이고 있는 아이를 응시한다. 침묵으로 말하고 싶은 것이 무엇일까." 화자는 침묵을 집요하게 응시한다. 깨어진 항아리의 파편을 맞춰나간다. 침묵을 응시하는 시간은 사건의 추이를 되짚으며 자신을 추스르는 시간이다. "고요 속에 핵이 있다면 그 핵에 갇혀 있는 것 같았다. 너무 고요해서 모든 사물이 다시 만들어지는 시간 같기도 했다."

문장은 메스처럼 단정하고 간결하게 사건의 본질로 육박해 들어간다. 기록하고 분석하며, 경과를 따라간다. 일기를 적듯, 기억을 헤집고 사소한 것들의 기미까지 놓치지 않으려 한다. 기억의 반추이며, 세목의 기록이 동반된다.

> 처음부터 끝까지 아주 세밀한 부분도 놓치지 않고 떠올렸다. 그런 행동을 한 내 마음을 추적했다. 그 당시 나는 무엇 때문에 견딜 수가 없었다. 신경은 극도로 예민해져 있었고 매사에 민감하게 반응했다. 주위 사람들과 번번이 신경전을 벌였다. 뭔가 불안하고 초조했다. 그럴수록 점점 그에게 몰입했다. 내 일상은 그의 시간에 따라 움직였다. 내 모든 것을 그와 공유하고 싶어 했다. 날이 갈수록 불안감은 더욱더 깊어갔다. 깊이를 알 수 없는 불안감이 날 집어삼킬 것 같았다. 심리적인 압박감에 짓눌린 나머지 나

는 모든 걸 끝내고 싶었다. 그를 끝까지 추궁한 이면에는 그런 내 마음이 작용한 것은 아닐까.

—「M」에서

이런 되새김질의 목적은 무엇일까? 재발을 방지하려는 안간힘일까? 사건의 파장에 무너지지 않으려고 분석과 거리두기로 파도를 막는 제방을 쌓으려는 걸까? 아니면 막을 수 없었던 일들이란 점을 강조하여 일종의 알리바이를 얻으려는 걸까? 무심결에 놓쳐버린 조짐들로 사건을 막지 못한 것에 대한 자책인가? 혹은 살아가려면 삶을 추슬러야 하기 때문일까.

이러한 반추와 기록은 자기 성찰에서 출발해 인간의 내면이나 삶에 대한 이해를 도모한다. 인간이란 존재의 심리적 경험 일반을 재공한다. 파괴적인 행동의 심리적 동기를 이해해야만 그러한 행동을 바꿀 만한 실마리를 얻을 수 있기 때문이다. 그런 점에서 작품들에서 도드라지는 '폭력'에 대한 분석은 남다른 의미를 갖는다. 사태의 원인을 짚고, 적절한 해결책을 마련해야 재발을 막을 수 있다. 「폭력의 기원」에는 '폭력'의 피해자인 화자는 폭력의 기원이 무엇인지에 대해 사유한다.

한밤중 으슥한 골목길에서 차를 훔치던 흑인 소년은 차 안에서 도둑을 기다리고 있던 남자한테서 죽사발이 되도록 얻어맞았다. 남자는 누군가 걸려들기를 기다리고 있었고 때마침 흑인 소년이 걸려든 것이다. 남자는 빈털터리였다. 하는 일마다 되지 않았다. 그에겐 아버지의 유산이 유일한 희망이었다. 그런데 킬러에게 살해당한 아버지는 알고 보니 빚밖에 없었다. 절망에 빠진 남자는 모든 분노를 흑인 소년에게 분출했다.

—「폭력의 기원」에서

폭력은 강자에게서 약자로 향한다. 약자는 분풀이 대상으로 전락하고, 해결되지 않은 분노는 타인을 향해 분출된다. 문제는 맞아도 싼 년으로 매도되는 화자가 아니라, 폭력을 휘두르는 상대에게 있다는 결론에 도달하게 된다.

그리고 후회가 찾아든다. 좀더 세심하게 살폈더라면 이 지경까지 오는 것을 막을 순 있지 않을까.

돌이켜 보면 그때 이미 조짐이 있었고 난 그걸 간파했어야 했다. 사실 그런 아이의 행동이 마음에 안 걸린 건 아니었다. 신경이 쓰여 한 번 더 시간을 가진다는 게 빡빡한 일정에 쫓겨 다니다가 그만 잊어버렸다.

—「전쟁의 시작」에서

딸이 친구를 괴롭혀 죽음에 이르게 했다. 그런 조짐은 있었다. 친구의 엄마는 넌지시 딸이 정서적으로 불안하다고, 학교에서 잘 나간다는 사실을 알고 있느냐고 물었다. 돌이켜 보면 화자는 딸을 제대로 챙겨주지 못했다. 남편과의 관계는 삐걱거렸고, 일을 하느라 아이에게 신경을 써주지 못했으며 직장에서 만난 남자와 연애에 빠져 딸은 뒷전이었다. 하나뿐인 딸의 생일도 챙기지 못했고, 딸이 고양이를 기르자고 했을 때 안 된다고만 했다.

만약 ~했더라면, 은 후회하는 인간을 사로잡는 가정법이다. "만약에 그때 고양이를 키우게 했더라면 어떻게 됐을까. 아이는 고양이를 보살피느라 그런 짓을 하지 않았을까."

"이렇게 했더라면, 저렇게 했더라면 어떻게 됐을까, 모든 게 후회된다. 정말이지 내가 참을 수 없는 건 아이의 행동도 행동이지만 내가 아이를 궁지로 몰아넣었다는 사실이었다."

「그녀의 사랑법」에서 어머니인 화자는 남편의 폭력에 노출된 아이를 챙기지 못한 것을 후회한다. 그녀는 남편의 행동이 부끄러워 아들에게 아무 말도 물을 수 없었다.

> 남편은 자신의 기분이 틀어지면 아이들에게도 촉언을 예사로 퍼부었다. 알고 있었다. 그럼에도 불구하고 그녀는 아무런 대책을 세우지 않았다. 아이들을 폭력 속에 노출시키고 방치했다. 그녀는 자신을 결코 용서하지 못할 것 같다는 생각이 들었다.
>
> —「그녀의 사랑법」에서

「전쟁의 시작」이나 「그녀의 사랑법」에 등장하는 어머니는 무심했고, 아버지들은 폭력적이었다. 한쪽 부모의 외면과 다른 부모의 폭력이 아이를 망가뜨린 것이다. 하지만 어머니는 성찰의 주체이며 행동의 주체로 거듭난다. 「전쟁의 시작」에서 남편은 여전히 벌어진 사태에 대해 침묵하지만 화자는 딸을 위해 강해진다.

「뜨거운 햇살 아래」에는 자기 마음의 소리를 따라 가느라 딸을 죽음에 이르게 한 어머니가 등장한다. 자식과의 관계에서 어머니는 언제나 주고도 더 못 줬다는 죄책감에 시달리며, 자신이 세상에 태어난 생명체에 대해 무한대의 책임을 감당해야 한다. 어머니들은 자신 때문에 아이가 망가졌다고 생각한다. 상처받은 사람의 자리가 아니라, 상처를 준 사람의 자리에서 자신을 성찰해나간다.

「뜨거운 햇살 아래」의 도예가는 자신의 작품 의도에 대해 다음과 같이 말한다. "내 안에 모든 것이 들어 있는 것 같아요. 나는 내가 어떤 존재인지 내 안에 무엇이 살고 있는지 그것을 알아내서 작품으로 형상화하고 싶어요."

내 안의 어떤 것이 이런 사태를 불러일으켰을까? 연인과 결별한 화자는 자신을 들여다보고, '나'의 어떤 점이 관계를 어그러뜨렸는지를 캐묻는다.

> 내 몸속에는 내가 알지 못한 뭔가가 살고 있다. 나는 그것의 정체를 알지 못한다. 그래서 내 몸속에서 무슨 일이 벌어지고 있는지 알지 못한다. 알고 있는 것은 그것이 끊임없이 불안과 두려움을 만들고 있다는 것이다. 하지만 그것도 내 몸의 일부다. 나는 그것의 존재를 인정하고 받아들여야 한다. 설령 내가 알지 못하는 것이라도 이해할 수 없는 것이라도 도저히 용납할 수 없는 것이라도 받아들여야 한다. 내 것으로 만들어야 한다. 그래야만 앞으로 한계를 넘어설 수 있다. 그래야만 살 수 있다. 그런데 그것은 무엇일까. 탐색해도 답을 알 수 없는 미지의 영역일까. 어쩌면 내 몸 자체가 바로 미지의 영역이 아닐까. 한계 너머에 존재하는 것은 바로 내 자신이 아닐까. 내가 그를 끊어내지 못한 것은, 아니 M을 끊어내지 못한 것은 그것 자체가 미지의 영역이기 때문일까. 그것 자체가 내 자신이기 때문일까.
>
> —「M」에서

'나'에 대한 분석과 기록이 낳는 의미가 명료하게 나타나 있다. 그래야만 한계를 넘어설 수 있고, 살 수 있기 때문이다. 화자가 폭설을 뚫고 연인과 자주 가던 도시로 가는 이유는 '나'를 알고 싶어서다. 관계의 파탄이 출발지점이 되지만, 결국은 자신을 들여다보는 여정에 오른 것이다.

> 나는 매일 일기를 썼다. 주로 그와 나에 관해서였다. 우리에게 일어난 일들을 차근차근 되새겼다. 내 안의 어떤 성향이 그를 밀어냈는지 알고 싶었다. 내 자신을 머리에서 발끝까지 분해했다. 대체 내가 누구인지 알고 싶었다. 어떤 물질들이 나를 구성하고 있는지 확인하고 싶었다. 그걸 다 하고 나면 정말 나에 대해서 잘 알 것만 같았다. 나를 잘 알게 되었다고 생각했을 때 갑자기 공허해졌다. (…) 내가 알고 있다고 생각한 것은 어쩌면 전부 허상일지도 모른다는. 대체 뭘 근거로 진짜로 본단 말인가. 한 번 그런 생각이 들자 의혹은 걷잡을 수 없이 밀려왔다.
>
> —「고요의 순간」에서

연인과 헤어지고 나서 일기를 쓴다. 그가 아니라, '나'의 어떤 점이 그를 밀어냈는지를 알고 싶다는 이유에서이다. 기록을 하면서 '나'란 존재는 갈수록 오리무중에 빠진다. '나'는 과연 '나'를 알 수 있을까. '나'를 잘게 쪼개고 일일이 기록해나가면 결국 '나'란 존재를 알 수 없다는 지점에 다다른다. 여기서 '나' 밖으로 향한 관계의 모색과 도약이 시작된다.

벗어나서, 놓아주기

어떤 사건이 발생했을 때, 원인을 규명하려 애쓰게 된다. 혼동상태에서 제자리를 찾으려 한다. '나'에 대한 분석도 같은 심정에서 비롯된다. 침묵을 응시함으로써, 억압된 상처, 두려움, 죄의식이 따르는 욕망, 해소되지 않은 갈등의 진짜 원인을 이해하고 스스로에게 납득시키고자 한다. 그렇지 않으면, 기만적이고 왜곡되었으며 오히려 문제를 키우는 방법들로 고통스러운 경험과 감정들을 키우게 되기 때문이다.

그러나 어떤 사건은 반드시 원인과 결과의 연쇄로 파악될 수 없다. 가정법은 회한을 불러오고, 자기 탓으로 돌리는 건 죄책감만 가중시킨다. 「심해 속에서」의 잠수 중에 동료를 잃고 죄책감에서 벗어나지 못하던 화자는 바다와 마주한다.

> 바다는 우리가 상대할 수 있는 존재가 아니야. 바다는 바다 그 자체로 바라봐야 해. 바다에서 무슨 일이 일어나든 그대로 받아들여야 해. 그건 인간의 힘으로 어쩔 수 없어. 그러면 마음이 편안해지지 않을까. 안 그러면 힘들 것 같아.
>
> —「심해 속에서」에서

사건에 맞닥뜨렸을 때, 자기 탓을 하게 된다. 하지만 인간이 어쩔 수 있는 영역과 어쩔 수 없는 영역은 분리되어야 하지 않을까. 내 탓으로 돌리는 것이 사태를 악화시키는 것일는지 모른다. 집요한 분석의 결과물은 결국, 할 수 있는 것과 할 수 없는 것을 분별하는 데 있다. 거기서 비로소 새로운 관계의 모색과 삶이 출발한다.

> 미안했다. 딸한테도 미안하고 아들한테도 미안했다. 그리고 죽은 남편한테도 미안했다. 어디에서부터 잘못된 것인지 모르지만 아들을 그렇게 만든 건 그녀였다. 어느 순간 그녀는 그걸 알게 되었다. 그리고 그녀의 일생이 편안하지 않다는 것도 알게 되었다. 그녀는 결심했다. 남은 일생은 잘못을 바로잡는 일로 채워가겠다고. 점점 기억을 잃어가고 있고 생각보다 빨리 기억을 통째로 잃어버릴지도 몰랐다. 그러기 전에 아들을 바로잡아야

했다. 지난 잘못을 바로잡아야 했다. 지난 잘못을 바로잡아야 했다. 그건 바로 아들과 결별하는 것. 그것은 새로운 시작일 수도 있었다.

—「그녀의 사랑법」에서

죄책감이 서로에게 족쇄가 된다. 아들은 어머니에 대한 애정으로 자신의 감정을 억눌러 제 삶을 꾸려나가지 못하는 어른으로 성장했다. 「그녀의 사랑법」은 아들과의 관계를 끊는 것도 사랑하는 방법이라 말한다. 관계를 끊고 서로를 놓아주는 것이 삶을 시작하는 출발점이 될 것이다. 「뜨거운 햇살 아래서」의 화자는 친구의 엄마에게 친구 죽음을 추궁했다. 하지만 돌이켜 보면 힘들 때 화자를 추슬러주던 것은 친구 엄마의 목소리였다.

낮고 부드러운 그녀의 목소리가 내 귓가에서 되살아나기 시작했다. 어느 날 술독에 빠져 살던 엄마가 집을 나가버리자 동네 사람들은 나를 보호시설에 보내려고 했다. 선아 엄마인 그녀가 앞에 나서서 그들을 설득하고 말렸다. 바로 옆집에 살고 있는 그녀가 보호자가 되어 돌보겠다고 말했다. 실제로 그녀는 나를 보살펴주었다. 그녀의 숨결이 아직 검은 잿더미 속에서 남아 있는 것처럼 느껴졌다. 대체 왜 그랬어요. 검은 잿더미를 보면서 중얼거렸다.

—「뜨거운 햇살 아래서」에서

그 목소리를 떠올린 순간, 화자는 가해자로 비난했던 "그녀가 주위 사람들에게 한 짓은 끔찍했지만 그렇다고 그것이 그녀에 대한 내 마음을 희석시키지 못했다는 것을 나는 오랜 시간이 지난 지금에서야 깨"닫게 된다. 가해자와 피해자로 맞물렸던 악순환의 고리가 끊어지는 순간, 타인의 목소리가 들리기 시작한다.

「M」에서 애인에게 정신병자란 말을 들었던 화자는, 아내를 정신병원에 보내고 자책하는 남자에게 위로를 찾는다.

> 남자의 몸에다 내 몸을 밀착시켰다. 따뜻하고 평온했다. 추위가 한결 가신 느낌이었다. 얼굴을 들어 언젠가 이런 일을 겪은 듯한 착각이 일어났다. 문득 M에 그가 없더라도, 괜찮았다는 생각이 들었다. 동시에 그가 그렇게 한들 그건 그 누구의 탓도 아니라는 걸 알았다.
>
> —「M」에서

「고요의 순간」에서 함께 차를 마시는 순간, 「가을 전어」에서 아내와 남편을 죽게 만든 그의 애인이 함께 전어와 소주를 나누는 순간에는 고요가 깃든다. 사람이 사람에게 할 수 있는 최선은 자신을 잠시 내려놓고, 상대를 말없이 받아들여주는 찰나에 있는 것은 아닐까. 침묵을 응시하는 시간은 그 찰나로 향한다.

산과 바다가 만난 인간의 자리

— 유연희 『무저갱』(도서출판 북인, 2011)

느낌표는 물음표를 부른다

삶에는 답이 없다. 더군다나 문제가 뭔지조차 애매모호한 경우도 허다하다. 이럴 땐 문제의 발견 그 자체가 문제가 된다. 유연희의 작품은 삶에 물음표를 단다. 상반되는 요소들의 충돌을 통해 물음표를 산출한다. 정주와 이주의 삶이 조화될 수 있는가. 기질적으로 다른 사람들이 짝을 이루어 살 수 있는가. 정상과 비정상의 경계는 무엇일까. 이런 질문들은 결국 어떻게 살아가야만 하는가란 문제로 모아진다.

물음표는 느낌표 뒤에 따라온다. 위기의 순간이나 낯선 공간과의 만남은 이제껏 별 문제없다고 여겼던 삶을 의문스럽게 만든다. 생이 원하는 방식대로 굴러간다면 질문을 하지 않아도 좋을는지 모른다. 그러나 막다른 골목에 부딪치거나 막막해질 때 생은 반드시 질문을 던지며 답을 요구한다. 느낌표는 과속방지턱처럼 생의 속도를 늦추고 물음표를 불러온다. "그와 나는 산에 오르지 않아도 산 밑에서 잘 살았다. 그런데 문이 나타나면서 그는 흔들리기 시작했다. 제 인생의 결핍을 처음 깨달은 소년처럼."(「산이 오는 소리」)

겉보기엔 멀쩡한 삶을 살았던 친구는 왜 스스로 목숨을 끊었을까. 게다가 그 친구는 나와 닮은꼴이었고 나는 그처럼 살고자 마음먹었던 터였으니 충격은 배가된다.(「젓가락 한 짝」) 여자는 가정을 지키기 위해 나름대로 최선을 다했다. 나를 억누르며 상대에게 맞추려고 애를 썼다. 하지만 남편은 궤도에서 이탈하고, "후회없다"고 말한다.(「붉은 밤 푸른 거리」) 중풍에 걸린 아버지는 대낮 거리에서 세제를 섞은 술을 마셨다. 아버지의 딸인 나도 그 시각, 고속도로에서 달리는 차에 차라리 뛰어들고 싶었다.(「푸른 하늘을 보았다」) 왜 이런 일이 벌어졌을까? 도대체 어떻게 해야 온전한 삶을 살 수 있을까.

상처의 뿌리를 찾아가다

항아리가 박살이 났다. 항아리를 복원시키려면 깨지기 이전 항아리의 모습을 떠올려야 한다. 그래야 조각을 제대로 붙여나갈 수 있다. 원래의 완벽한 항아리 모습은 어떠했는가를 복원과정 내내 물어야만 한다. 가까운 사람과 틀어졌다. 상대가 떠나버렸다. 남겨진 사람은 이 지경에 이르게 된 까닭을 생각한다. 박살이 났다면, 최초에 금이 가기 시작한 지점으로 거슬러 올라가게 된다. 어디서부터 잘못된 것일까. 내 속의 무엇이 상대를 밀어냈을까. 내가 도저히 버릴 수 없는 뭔가가, 상대를 힘겹게 하지는 않았을까. 혹은 상대의 어떤 점이 나를 힘겹게 하여 이 지경까지 오게 하였는가. 애초부터 다른 사람들끼리 한데 모여 산다는 건 불가능한 일은 아니었을까. 누구의 잘못도 아닌, 본래적인 자질이 가져온 비극은 아닐까. 자석이 같은 극을 밀어내고 다른 극을 끌어당기듯 말이다. 특성이 영판 다른 사람들끼리 조율을 하며 사는 데는 한계가 있지는 않았을까. “유전자의 결합에서 보듯 이질적인 요소는 아무리 시간이 흘러도 희석되지 않는다. 그럼에도 인간들은 어리석은 기대와 헛된 희망에 매번 목을”(「젓가락 한 짝」) 맸던 건 아닐까. 그러니까 애초부터 완벽한 항아리 같은 건 없었다면, 완전한 항아리를 복원시킨다는 것은 불가능하다. 설령 가까스로 조각들을 이어 붙인다 한들, 완성되는 것은 금간 항아리에 불과하지 않을까.

어린 시절 경험은 일생을 두고 영향을 미친다. 그 경험이 줬던 감정은 평생을 두고 그 사람을 따라다닌다. 허나 대부분은 과거가 자신에게 어떤 흔적을 남겼는지 잘 모른다. 하지만 결정적인 순간, 이를테면 생이 휘청거릴 때나 삶이 막막해질 때 상흔을 더듬게 마련이다. 상처를 더듬어 올라가다보면 깊숙이 박혀 있는 뿌리를 만지게 된다.

“자신의 운명을 통제하지 못하고 살아온 시간은 어디에 기록되어 있을까. 별이나 유전자 아니 청력 같은 신체 손상보다 가족이나 주변사람들의 실질적인 운명이 되는 시기의 기록 말이다.”(「소리의 그물」)

또한 자기 속에서 끊임없이 갈등을 일으키고 있던 것들의 실체를 알게 된다. 『무저갱』에는 바다로 갔던 아버지와 육지에 머물던 어머니를 둔 주인공들이 자주 등장한다. 배를 타는 아버지들은 자주 집을 비웠고, 어머니는 뭍에서 자식들을 기르며 생을 견뎌왔다. 이런 아버지와 어머니의 관계는 ‘나’와 배우자, 연인의 관계로 변주되어 나타난다. 「붉은 밤 푸른 거리」의 ‘나’와 남편, 「무저갱」에서 ‘나’와 혜리, 「대양 갈매기」에서 나와 ‘인영’이 그 예이다. 짝지어진 두 사람의 관계는 삐걱거린다. 이 삐걱거림의 근원을 찾다보면 과거의 문제가 불거진다. 과거가 현재의 관계에도 집요하게 영향을 끼치고 있었던 것이다. 인물들은 과거를 회상하며 현재 자신을 괴롭히는 문제점들의 연원을 깨닫게 된다. 현재와 과거는 병치되고 둘의 공통점이 상충된다. 「붉은 밤 푸른 거리」의 주인공은 도처에서 떠나간 남편의 흔적을 발견한다. 전화 부스에 들어가 거짓말을 하는 회색 점퍼의 남자에게서 남편의 모습을 발견한다. 노름방에서 일하는 자신의 모습은 화투판에 뛰어들었던 어머니의 모습과 겹쳐진다. 내가 부모의 과거와 다를 바 없는 삶을 살고 있다는 깨달음은 자신을 발견하는 계기가 되면서 동시에 과거의 삶에서 벗어나는 통로를 찾게 만든다.

「푸른 하늘을 보았다」의 주인공은 어린 시절 성적 학대를 당했다. 나와 같은 경험을 한 언니는 집을 나가는 쪽을, 나는 입을 다무는 쪽을 택했다. "내 속에는 죽은 조개껍질의 패총이 쌓여갔다." 견딜 수 없는 뭔가가 주기적으로 나를 흔들지만 일을 하고 돌아올 때마다 "잊었어, 잊었어, 살기 위해 죄 잊었어"란 주문을 되뇌었다. 나는 살기 위해서 과거를 어쩔 수 없이 묻어두려고 했다.

하지만 아버지의 죽음은 나를 애써 묻어뒀던 과거로 돌려보낸다. 과거가 지금에까지 영향을 미치고 있음을 인지하게 된다. 경찰서에서 아버지의 죽음에 관련된 조사를 받으며 나는 과거를 호출해낸다. 되감기 버튼을 눌러 과거가 현재 내게 어떤 영향을 미쳤는지를 되새긴다. 곤궁하여 부모 집에서 머물러야 하는데, 아버지는 손녀까지 추행하려 든다. 나에게 고통을 주었던 과거를 자식들에까지 되물림할 수는 없는데 이대로라면 아이도 그 고통을 물려받을 것만 같다. 떠나고 싶은데 떠날 길이 없다. 궁지에 몰린 나는 아이들을 데리고 고속도로로 나선다. 문제를 해결하는 것이 아니라, 죽음으로써 문제에서 달아나려 했다. 나는 고속도로에서 '푸른 하늘을 보았다'. 고속도로나 아버지가 자살을 감행한 길은 수평의 공간에서 위로 트인 수직의 공간인 하늘을 본다. 하지만 초월의 공간인 하늘은 잠시의 위안일 뿐이며, 가야 할 길은 여전히 막막하다.

장님과 귀머거리의 남다른 세상

사람은 누구나 모자란 구석이 있다. 그 모자란 부분이 생의 치명적인 덫이라고 여긴다. 그것만 없으면 삶은 아무 문제가 없을 것 같다. 유연희 작품에는 유독 불구의 삶이 많이 등장한다. 생이나 인간이 가진 불완전성은 불구의 인물로 상징된다. 타고난 모자람은 내 삶의 걸림돌이다. 어떻게든 극복해야만 온전히 살아간다. 하여 사람들은 자신에게 부족한 부분을 어떻게든 메우려고 든다.

인간의 불완전성은 감각기관의 손상으로 상징적으로 대변된다. 「렌즈」에는 시력에 문제가 있는 인물들이 등장하고, 「소리의 그물」의 주인공은 중이염으로 인한 잦은 이명에 시달린다. 감각기관은 세상을 받아들이는 일차적인 통로다. "태아는 양수에 의해 시각이나 후각, 촉각, 미각을 제한받지만 청각만은 살아 소리를 전달받는다. 태아가 외부세계를 이해하는 유일한 코드는 청각이다. 그 증거는 이미 많은 실험으로 입증되었다. 청각은 모든 정보를 전달받는 일차적 매개체인 것이다." 세상에 대해 일차적인 정보를 받아들이게 하는 감각기관이 손상되면 외부세계를 남들처럼 받아들이기 어렵다.

> 귓병 때문에 세상의 소리들은 수족관 밖에서 들려오는 것처럼 웅웅거렸다. 마음이 바닥까지—만일 마음에도 그런 게 있다면—내려앉아 가벼운 웃음이나 자연스런 표정을 만들기도 버거웠다.

—「소리의 그물」에서

감각기관이 손상되면 자신이 보고 듣는 것을 믿지 못하게 된다. 판단 기준을 타인에게 맞추게 되고, 자신은 언제나 모자란 존재로 여기게 된다. 온전히 살아가기 위해서는 모자란 부분을 무엇으로든 채워야 한다.

인물들은 감각기관의 부실을 벌충하려고 보조기구를 사용한다. —18디옵터의 시력을 높이려고 렌즈와 안경을 쓰고, 이명에서 벗어나고자 이비인후과 수술을 받는다. 모자란 부분을 기구나 기술을 통해 채워 넣고자 한다. 그래야 정상적인 삶을 영위할 수 있을 거라고 생각한다.

「렌즈」에 등장하는 사촌 광희는 주인공만큼 눈이 나빴다. 그녀는 안과 수술을 통해 시력을 회복하고, 시력이 나쁜 유전자를 물려받은 딸을 내버려두고 유학을 떠난다. "이전의 눈으론 누구도 따라갈 수 없어. 내 자신의 인생이 타인의 눈으로 좌우되는 것이 견딜 수 없어. 나를 인정받기가 왜 이리 힘드니?" 사촌 광희는 수술을 통해 태생적인 한계에서 적극적으로 벗어나고자 했다. 반면, 나는 "근시에 약시까지 겹쳐 교정용 이중 안경을 쓰고 네 살이 되어도 유치원에 가지 않으려는 미진을 광희 대신 키웠다." 사촌은 미진을 데려가자 나는 생에 적응하기 위해 학원을 다니고 자격시험을 준비하고 결혼을 한다. 나름대로 생을 회복할 방법을 찾았던 것이다.

하지만 어린 미진은 이상한 안경을 쓴다는 친구들의 놀림이 싫어 맨눈으로 유치원에서 돌아오던 길에 교통사고로 사망하고, 아이를 잃은 사촌은 수녀원으로 들어가버린다. 태생의 한계에서 벗어나고자 했던 노력은 생의 근본적인 불완전성이란 한계에 부딪친다. 시력을 높이려고 착용하는 렌즈는 도무지 눈에 붙질 않는다. "어떻게든 끼워 넣으면 이물

감에도 내성이 생기고 무리한 대로 또 견뎌진다. 지금까지 그래왔던 것처럼. 떨어져 내린 렌즈를 주워 올리자 손에 잡힌 것은 렌즈가 아닌 누런색 골판지 조각이다."

외부의 조건에 맞춰 자신을 교정시키려는 노력은 한계에 부딪친다. 어떤 방법을 쓰건 생이 가진 근원적인 불완전성에서 벗어날 수 없다. 되레 그 불완전성을 생의 근본조건을 받아들여야 하는 지점에 이르게 된다. 자신이 가진 태생적인 한계조차 나다움을 이루는 요소로 끌어안는 것이다. 한 감각기관이 퇴화된 동물이 다른 감각기관을 극도로 발달시킴으로써 살아가듯, 감각기관이 남다르다는 것은 다른 사람과 다른 세상을 보게 하는 통로가 되어주는 건 아닐까. 감각기관의 손상은 다른 감각의 획득으로 볼 수도 있을 것이다. "나는 늘 세 개의 세상을 돌았다. 세 개의 눈, 세 개의 세상, —18디옵터의 세상, 0.2도 안 되는 세상, 그리고 0.3의 세상." 렌즈를 착용하면 열리는 0.3의 세상은 그와의 통로 구실을 한다. 두터운 안경을 끼면 0.2도 안 되는 세상이 펼쳐진다.

"사람들의 굳은 표정, 긴장한 눈빛이 가뭇없이 흐려지면서 모든 것은 이미지와 냄새, 공기의 파동으로 지느러미처럼 밀려온다." 렌즈와 안경도 없는 -18디옵터의 세상은 누구도 들어올 수 없는 세계다. 똑똑히 본다는 것은 사물과 사물의 경계를 분별한다는 것이다. 시각은 분석을 가능케 하고, 경계를 짓는다. 하지만 시각이 무뎌진 상태는, 세상은 경계를 무너뜨리고 모든 것을 한데 뭉치게 한다. "한 겹 부드러운 파스텔로 덧씌운 세상은 각각의 개체성을 버리고 하나의 형태로 경계 없이 연결된다." 형편없는 시력은 되레 세 겹의 세상을 보여준다. 내가 가진 한계가 나를 남다른 사람으로 만들어주는 것이다.

옆집 여자는 예고 없는 방문으로 나를 불쾌하게 만들었다. 하지만 그녀의 무례한 부탁으로 억지로 머물게 된 옆집에서 나는 하늘을 날아가는 기러기 떼를 보게 된다. "검은 대열을 이룬 철새가 이동하는 모습은 집에서라면 결코 보지 못했을 것이다."

이명은 남다른 소리를 듣게 한다. 이명에 맞서려면 이명을 무시하는 것이 아니라, 그 소리가 무엇인지를 똑똑히 들어야만 한다. "이명을 무시하는 것이 치료법이 된다고 했다가 치료를 위해선 무슨 소린지 알아야 한다고 의사는 요구한다." 이명異鳴 귀의 울음은 다른 소리 이명耳鳴을 듣게 한다. 나의 모자람은 상대의 모자람을 받아들이게 빈 공간이 된다. 상대에게 완벽을 요구하기보다는 그 모자람에 의미를 두게 한다. 상처 입은 사람은 다른 상처를 알아본다. 자신의 상처뿐만 아니라 타인의 상처에도 예민해진다. 불완전한 사람들이 어떻게 자신의 불완전과 공존하며 사는지도 알게 된다.

「무저갱」에 등장하는 귀머거리 여자는 "귀먹은 놈은 바보고 눈먼 놈은 병신이고?"라며 세상에 씩씩하게 맞선다. "내 안의 울림, 내 안의 소리를 찾아 달팽이처럼 안으로 기어들 때, 라면 여자는 소리를 찾아 생의 파도 위를 헤엄쳐 나갔다. 자기가 원하는, 듣고 싶은 소리를 찾아가는 방법이 다를 뿐." 자기 상처가 내는 소리, 남의 상처가 내는 소리를 듣는 사람만이 새로운 소리인 "씨앗이 눈뜨는 소리를 향해 링거대를" 밀어갈 수 있다.

남과 나의 겹침

자신의 모자란 부분을 메우기 위해 '타인'을 원할 수 있다. 젓가락은 한 짝만으로는 쓸모가 없다. 젓가락이 쓰임새를 가지려면 두 짝이 갖춰져 있어야 한다. 사람은 자신에게 모자란 부분을 타인으로 벌충하려고 한다. 인간은 불완전하다. 불안전한 존재가 살기 위해서 다른 불안전한 존재와 결합한다. 부족한 부분을 메워줄 타인과 관계를 맺음으로써 온전함을 추구한다.

「산이 오는 소리」의 주인공은 소아마비로 휠체어를 타고 다니는 남편과 함께 산다. 주인공이 남편과 함께 살게 된 것은 자신에게 결여된 부분이 그에게는 있다고 판단했기 때문이다. 언제나 주변인이었던 자신에 비해 남편은 불구임에도 경제적인 풍요를 누리고 타인과 친밀한 관계를 맺는 듯 보인다. 나의 모자란 부분은 상대가 채워주고, 상대의 모자란 부분을 채워주겠다는 기대심리로 한 짝이 된다. 나의 부족함을 메우려면, 나와 다른 사람을 만나야 한다. 하지만 함께 지내다보면 나에게 없는 부분을 가진 상대에게 이질감을 느끼게 된다.

「젓가락 한 짝」에서 아내는 나에게 "서툰 젓가락질은 연습하면 고칠 수 있지만 외짝 나무젓가락은 혼자서는 쓸모가 없잖아요. 두 개가 되어야 쓸모가 있죠"라고 말한다. 젓가락질을 못하던 아내는 나에게 젓가락질을 배우고, 아내는 '나'에게 부족한 현실감각을 채워준다. 결혼을 두 짝 젓가락의 결합처럼 여겼다. 이런 관계맺음은 '쓸모'있는 삶을 살자고 시작된 것이다. 만약 그 쓸모에 유통기한이 있다면 관계는 어그러진다. 아내가 주식투자에 실패하고 '나'가 학교를 그만두자 둘은 갈라서게 된다. 아내가 집을 나가고 홀로 남은 '나'는 새로운 짝을 찾아나선다.

퇴직 교장인 박은 사무실에서 욕심을 버리고 자족적인 삶을 누리고 있는 듯 보인다. 큰 욕심을 버리고 남은 생을 박처럼 살면 되지 않을까. 박이 내 남은 삶을 함께할 젓가락 한 짝은 아닐까. 하지만 나의 기대와 달리, 박은 유언 없이 투신자살을 한다. 짐작과는 달리 '박'은 아내와 딸에게 버림을 받고 사무실에다 살림을 차린 것이었다. 나는 살아가기 위해 나름대로 박의 삶을 이상화시킨 것이다. 게다가 퇴직금을 받아 위자

료로 쓰겠다는 계획은 불의의 교통사고로 가능성이 희박해진다. 타인의 속내를 알 수 없고 생은 계획한 대로 움직여주질 않는다. "대체 젓가락 한 짝은 어디로 가버린 걸까. 어쩌면 박은 내가 꿈꾸던 외짝 젓가락이었을까. 아니 애초부터 젓가락 한 짝은 아내의 말장난이 아니었을까."

타인으로 자신의 불완전함을 보충하는 데는 한계가 있다. 타인을 자신이 모자란 부분을 채워주는 대상으로 여긴 데서 오류가 발생한다. 타인을 자기 식대로 착각하는 것이 문제는 아닐까. 자신의 불완전함을 인정하지 않고 그것을 섣불리 타인으로부터 얻으려면 실망할 수밖에 없다. 인간의 불완전함은 서로를 끌어당기는 인력引力이면서, 동시에 서로를 각자의 자리로 돌려보내는 척력斥力이 된다.

> "…외로워…."
>
> "그래서 어쩌라구?"
>
> 와락 부끄러운 생각이 들었다. 못난 자식. 정말 인영 더러 어쩌란 말인가. 내 인생의 길은 인영의 생각과 다르다는 거. 인영이 육지에서의 잣대로 길을 찾는 동안 내 존재는 인영의 시야에서 사라지고 있다는 거. 그래서 내가 외롭다는 거. 그러나 그건 나 자신의 문제였다. 인영 더러 어쩌란 말이냐.
>
> —「대양 갈매기」에서

자신의 모자람을 타인으로 쉽사리 벌충하려들면 마찰이 빚어질 수밖에 없다. 「부두」에서 나는 어린 시절 친구인 경수 때문에 부두에서 일자리를 찾아 먹고 살게 된다. 하지만 나는 점차 그 단맛 속의 쓴맛을 알게 된다. 내가 먹고 살기 위해서는 경수의 어두운 면들에 눈을 감아야 하고, 비리를 보았어도 그것을 자신의 이익을 도모하는 발판을 삼고자 했다. 직업병에 시달리고 성기능마저 잃게 되자, 부두에서의 일자리가 자신에게서 앗아간 것들을 알아채게 된다.

하지만 경수가 약을 팔았다는 증거를 찾기 위해 찾아간 전임자의 집에서 '나'는 생각을 달리 먹게 된다. 나는 곽의 사진에서 자신의 모습을 발견한다. 약 때문에 생이 망가진 곽이 자신과 다를 바 없음을 알게 된다. 타인을 통해 자신을 발견하게 되는 것이다. 타인에게서 나의 운명을 발견하게 될 때, 타인은 남이 아닌 내가 된다. 타인과의 관계 속에서 자신의 모자람을 인식하고, 모자란 사람끼리의 돌봄에 대해 생각하게 된다.

> "열등한 것은 도태되어 살아남을 수가 없다. 경쟁을 통해 진화하는 것이 자연의 법칙이고 다윈 '종의 기원'의 골자다. 초등학생도 아는 얘긴데 인간은 그렇지 않다는 거야. 열등한 것, 모자란 것을 보살피고 돌봐준데. 그래서 같이 살아간다는 거지. 조물주의 무성의가 원망스럽다. 귀도 눈처럼 덮개가 있어 자의로 열고 닫을 수 있어야 한다. 의식의 덮개로 귀를 닫는다. 인간만이 그런 대단한 일을 할 수 있다는 거지. 동물성과 식물성의 복합 존재인 인간만이."
>
> —「푸른 하늘을 보았다」에서

인간은 동물성과 식물성의 복합 존재이다. 푸른빛과 붉은빛은 한데 뭉쳤다. 아버지를 상징하는 바다의 푸름과 어머니가 들고 있던 화투장의 붉은색은 섞여 있다. 육지와 바다는 한 인물의 속에 공존한다. 『무저갱』에는 바다의 아버지와 육지의 어머니를 둔 인물이 등장한다. 바다는 아버지에게서, 육지는 어머니에게서 물려받은 것이다. "바다는 인간의 동물성을 끊임없이 되새기게 하고 육지는 인간의 건강한 원시성을 자본에의 욕구로 부추긴다." 한 사람 속에서 육지와 바다는 조화를 이루는 대신 끊임없이 충돌한다. 남자들은 제 속의 부름을 좇아 바다로 떠났고 어머니들은 육지에서 현실의 삶을 살고 아이를 길렀다. 바다의 아버지와 육지의 어머니를 둔 어른이 되어서도 그 갈등을 짊어지게 된다. 딸은 부모처럼 살지 않겠다고 마음먹고, 아들은 종국엔 아버지처럼 바다로 나선다. 부모처럼 살지 않겠다고 마음먹었던 딸은 공허감을 견디려고 화투판에 뛰어든 어머니처럼 노름방으로 갔다. 아들은 육지에서의 삶을 희구하는 애인들과 갈등한다. 떠남과 정주. 현실과 이상은 함께 할 순 없을까. 그 간극을 어떻게 메울 수 있을까. 이 간격은 바다에서 육지를 생각하는 인물을 통해 가까워진다.

> 인영에게 얘기하고 싶다. 아버지도 그런 욕구를 이기지 못해 나를 낳았을 것이다. 적어도 나와 같은 운명을 인영이나 내 아이에게 물려주지 않기 위해 나는 바다로 온 것인지도 모른다. 바다가 낳고 키워준 한 사내의 운명을 확인하는 것은 최소한 아버지에 대한 도리이자 바다에 대한 의무이기도 했다. 그 무의식적인 운명의 끝에서 인영을 만날 때까지 새로운 항구를 찾아가든 기왕의 출발지로 되돌아가든 모든 바다는 내게 똑같은 바다이다. 바다에서의 내 운명을 확인하고 나의 바다가 육지를 포용하는 날까지 나는 연장근무를 할 것이다. 그리하여 나의 눈길이 섬을 감싸는 바다의 넉넉함을 조금이라도 배울 수 있는 날, 육지로 돌아갈 것이다. 다만 그날이 인영에게 너무 먼 날이 아니기를 빌 뿐이다.
>
> —「대양 갈매기」에서

'나의 바다가 육지를 포용하는 날'까지 나는 바다의 길을 걸어간다. 타인을 끌어안을 넉넉함을 얻는 날, 나는 육지로 돌아가겠다고 결심한다. 바다와 육지는 내 속에서 만난다.

산의 높이와 바다의 깊이

소설집 『무저갱』에는 산과 바다가 자주 등장한다. 산과 바다는 단순한 배경이 아니다. 인간의 사소함에 대비된 거대한 공간도 아니다. 산과 바다는 지극히 인간적인 공간으로 등장한다. 인간이 자신을 발견하는 통로가 된다. 일상의 번잡함에서 벗어나 자신의 내면을 들여다보는 공간인 것이다. 일상은 굴곡이 없는 수평의 공간이다. 반면 산과 바다는 높이와 깊이를 가진 공간이다. 수직의 공간 속에서 인물들은 평소에는 생생하게 인지할 수 없었던 문제들에 대해 골몰한다.

「무저갱」이나 「대양 갈매기」의 주인공은 바다에서 자신이 있던 자리를 돌아본다. 뭍에서 떨어져 나와 바다에 나왔을 때 비로소 뭍에서 자신을 괴롭혔던 문제들을 또렷하게 인식하게 된다. "서경 150도는 지상의 어떤 전파도 안 닿는 무청역無聽域대의 공간이다. 배가 조난을 당하거나 선상반란이 일어나도 구조요청을 할 수 없는 곳이다. 지상 어디와도 닿지 않는 바다"에서 비로소 자신의 문제를 깊숙이 들여다보게 된다. 「산이 오는 소리」에서 주인공이 산행을 결심하는 까닭은, 남편이 가지 못한 곳으로 가겠다는 자기애의 발로였다. 자신을 족쇄처럼 얽어맨 삶에서 벗어나고자 하는 의지에서였다. "정상에 선 사람들은 어디에 있어도 전체를 가늠할 수 있지"란 말에 끌려 산에 오른다. 산에 오르며 주인공은 자신의 문제가 무엇인지를 인식해나간다. 「무저갱」과 「대양 갈매기」의 주인공들도 뭍에서의 고단한 삶에서 벗어나기 위해 바다로 간다.

자연 자체에는 의미가 없다. 의미를 부여하는 것은 인간이다. 자연은 입이 없다. 단지 메아리처럼 문제들을 나에게로 돌려줄 뿐이다. 연주는 산 정상에서 일등항해사인 남편이 다른 여자와 살기로 했다며 소리친다. 자신의 고민을 산에게 털어 놓는 것이다. 이때 산은 거대한 귀가 된다. 하지만 연주가 메아리로 돌려받는 것은 자기 목소리다. 산은 자기 소리를 털어놓게 하는 열린 공간이 된다.

산행이나 항해는 주인공들이 자신의 문제를 발견하고 답을 찾고자 하는 구도 과정이 된다.

> 마의 사각지대야. 이 바다는…. 조타수의 중얼거림에 등줄기로 한기가 지나간다. 이 바다에서 죽은 악령들이 우는 소리 같아. 거대한 수중묘지에 들어선 기분이라고. 이상도 하지. 이곳에 들어서면 육지에서의 모든 원한이 사라지는 거야. 나를 호구로 아는 육지 것들, 내 목숨 값으로 증권놀음을 한 형 놈이나, 실컷 잘 사귀다가 끝에 가서 뱃놈이라 결혼할 수 없다고 내빼던 잡년들이나 모두 용서가 되고 때로 불쌍하다는 생각까지 들면서 어떤 때는 내가 산 채로 씻김굿을 당하는 것 같기도 하고. 별개의 세상이다.
>
> —「무저갱」에서

산의 높이와, 바다의 막막함은 인간의 한계를 시험한다. 막막한 공간은 인간을 자기 자신에게로 돌려놓는다. 작가는 거대한 자연 앞에서 인간의 사소한 문제 따윈 별 게 아니란 식으로 결론짓지 않는다. 자연을 위안물로 사용하지도 않는다. 바다나 산은 세상에서 등 돌리게 하는 도피의 공간도 아니다. 산행이나 항해는 고독한 단독자의 길도 아니다. 산행에는 동반자들이 있고, 배에는 선원들이 타고 있다. 등산객들이나 선원들은 인간사회의 축소판으로 작용한다. 설사 공간이 바뀌었더라도 인간관계의 복잡다단함은 그대로 유지된다. 자연은 초월적인 공간이나 도피 공간이 아니라 세상에서 끌어안고 있던 문제를 생생하게 인식하게 만드는 공간이 된다. 인물들은 자연 공간에서도 자신을 괴롭혔던 문제의 해법을 골몰한다. 자연은 문제에 '집중'하게 만들지, 해결책은 제시해주진 않는다.

바다로 나간 인물이나, 산을 오르는 인물들은 모두, 삶의 문제들을 떠안고 있다. 몸은 바다와 산에 있되, 여전히 현실의 문제를 붙들고 있다. 바다로 나간 남자들은 육지에서 남겨두고 온 타인과의 관계를 고민한다. 산에 오른 여자는 육지에 두고 온 남자와의 관계를 생각한다. 자연 자체가 추구와 발견의 대상이 되는 것이 아니라 자연은 '인간'을 추구하고 발견하게끔 하는 공간으로서 기능한다. 바다와 육지는 내 속에서 갈등을 일으킨다. 하지만 그 부딪침은 만남에서 비롯된다. 바다와 육지가 만났을 때 갈등이 발생한다. 둘을 한 자리에 두어야만 내가 가진 문제가 오롯이 드러나게 된다. 그리하여 산의 높이와 바다의 깊이 사이에서, 인간은 자신의 자리를 찾게 되는 것이다. 배처럼, 인간도 앞으로 나아가기 위해 끊임없이 자신의 좌표를 확인해야 한다.

> "겉보기에 저토록 태평해 보이는 항해가 실은 빈틈없는 노력의 대가라는 걸 이제 안다. 눈에 보이는 부분보다 물에 잠겨 드러나지 않는 부분이 훨씬 많은 배의 속성처럼."

—「무저갱」에서

정원에 숨긴 말들

— 이서진 『달의 뒤편에 드리운 시간들』(도서출판 북인, 2017)

비밀을 감춘 그림자 정원

정원庭園은 그저 거기에 있다. 그 고요한 공간은 충실하게 시간을 받아적는다. 봄이면 싹이 트고 여름엔 푸름을 더하고 가을이면 열매를 맺고 겨울이면 알몸을 드러낸다. 언뜻 보면 다만 평화로운 공간이지만, 귀를 기울이고 오래 봐주면 정원의 그림자들이 눈에 들어온다. 식물은 '정적인 존재'가 아니다. 싹은 씨앗을 찢고 나온다. 정원은 도리 없이 바람에 휘둘리며 비에 젖는다. 외부에서 오는 것들을 그저 받아들일 수밖에 없다. 열매는 꽃을 떨어낸 자리에 맺히며 겨울은 모든 걸 걷어내고 앙상한 몸뚱이만 남긴다. 흙은 돌의 부스러기였으며 생명체의 시신을 양분으로 삼는다. 언뜻 평화로워 보이는 뜰은 먹고, 마시고, 싸우며 번식하고 죽는 공간이다. 살아 있다는 것은, 상실과 상처를 받아 안는 일이다.

> 생명 있는 모든 것들이 분주한 발아를 하는 봄에, 나의 집과 작은댁의 뜰은 모든 것이 정지됐고 생육을 멈추었어. 그 해 봄은 화사하거나 찬란할 수 없어 거뭇한 어둠이었어.
>
> —「그림자 정원」에서

이서진은 작품 속에 정원을 들인다. 작품에는 잠잠한 술렁거림과 침묵 속의 비명, 평온한 안간힘이 공존한다. 나무가 높을수록 그늘은 더 짙다. 「그림자 정원」에서 죽은 언니가 기억하는 뜰은 아름다운 공간이었다. 언니는 열한 살 되던 해 봄에 작은엄마가 자신을 위해 심은 목련나무를 사랑했다. "나에겐 목련나무가 있는 또 하나의 집이 있어. 그곳에 있는 모든 것들은 다 나를 위해 존재해!" 하지만 동생인 '나'는 목련이 떨어지는 소리에 시달리다 칼을 들고 나무를 베려 한다. 한밤중의 칼질은 왼손 신경에 손상을 남겼다. 생각은 제각각이지만, 한번도 보지 못한 언니와 동생은 '정원'을 통해 연결된다.

> 평상에 드리운 나무를 올려다본다. 후박나무다. 수령이 오래 돼서 어찌나 실한지 마당 한쪽을 거의 차지하다시피 가지가 넓게 퍼졌다. 손을 뻗어 닿는 가지 끝을 살짝 건드렸다. 미세하게 반응하는 나뭇가지의 가벼운 울림이 손끝을 타고 흘렀다. 아버지의 아버지, 또 그 아버지 대까지 거슬러 이 나무 아래 많은 식구들의 숨결과 온기가 공존했을 걸 생각하자 코끝이 찡해졌다. 바람결이 있는지 이파리들이 가볍게 설렁거렸다.
>
> —「금[線]」에서

정원은 시간을 품는 공간이기도 하다. 나무는 제자리에서 몸 안에 층

실히 시간을 받아 적는다. 나이테로 시간을 말아넣는다. 오래된 나무는 한 가족, 몇 대의 탄생과 죽음의 목격자다. 삶의 아픔과 슬픔이 갈마드는 과정을 바라본다. 정원과 더불어 비밀을 감춘 고요한 공간으로 무덤이 등장한다.

> 동네를 조금 벗어나면 사유지인 크지 않은 야산이 하나 있다. 그곳에 공동묘지가 있는데 규모가 큰 묘원 같지 않아 조촐했다. 햇살이 따뜻이 내릴 때 보면 열서너 기쯤 되는 묘들이 오밀조밀 모여 볕바라기를 하듯 정겹게 보일 정도였다. 선재는 산책길에 가끔 그것을 찾아들어 아무 무덤가에서 한참을 앉아 있다 내려오기도 할 만큼 꺼려지거나 무서움은 들지 않았다.
>
> 동네 사람들도 산 자와 죽은 자로 구분하며 굳이 기피하지 않았고 한 공간에 속한 이웃인 듯 덤덤히 여겼다. 가끔 살기 바쁜 후손들이 미처 손보지 못해, 쑥대머리처럼 풀이 무성한 무덤이 있게 되면 누구든 지나다가도 대강 다듬어주기까지 했다.
>
> —「금」에서

묘비가 나무처럼 솟은 묘원은 죽은 자들의 뜰이다. 무덤은 조용하고 시간이 멈춘 듯 보인다. 하지만 '죽음'은 모든 것을 걷어가지 않았다. 생몰연도와 이름만 남긴 사람들은, 살아 있는 사람에게 자꾸 말을 건다. 죽었지만 살아 있는 사람의 마음에 남아 있기에 그들은 완전히 사라지질 않는다. 죽은 사람은 어떤 말을 건네는가. 남겨진 사람들은 왜 죽은 자의 말에 귀를 기울이는가. 저편에서 수런거리는 정원은 어떤 비밀을 숨겼을까.

두 줄기로 흐르는 강

이서진의 소설에 등장하는 그림자, 달의 뒤편, 안개 등은 제 모습을 활짝 드러내지 않는다는 공통점을 지닌다. 어렴풋하지만 거기, 있다는 것만은 분명하다.

> 어쩌면 그 안에는 아내만의 무겁디무거운 시간들이 담겨 있을지 모른다는 걸. 남들은 쉽게 들여다볼 수 없어 더욱 짓누를 수 있다는 걸.
>
> —「달의 뒤편에 드리운 시간들」에서

> 작은엄마나 엄마 두 사람 모두 푹 꺼진 구덩이 같다. 세상의 모든 것에 아무 감정 없이 자고 있는 엄마의 얼굴에 패인 주름 골이 깊다. 그 골골마다 들어차 있을 풀어낼 수 없는 아픔은 어느 만큼일까 싶다.
>
> —「그림자 정원」에서

뭔가 있다. 하지만 정체를 명확히 밝히기는 쉽지 않다. 안개가 포충망에 잡혀들지 않듯, 그림자가 눈코입이 없듯. 작가는 그 흐릿한 존재들에게 말을 부여하고 형상화시키려고 애쓴다. 그 비밀들은 계속 품고 있으면 삶이 버거워지기 때문이다. 집요하게 현재에 영향을 끼쳐서다. 상처를 주었던 과거는 자꾸 떠오른다. 흘려보내고 싶지만 자꾸 고여들고, 잊으려고 하지만 자꾸 떠오른다. 이미 흘러가버렸지만 흘려보낼 수가 없다.

차마 말할 수 없는 것들은 삶을 힘겹게 만든다. 돌을 품고 가벼워질 수 없고, 아픔을 안고 계속 걸을 순 없다. 어떻게든 밖으로 꺼내 풀어내야 한다. 하지만 녹록치 않다. 과거에 얽매여 있는 사람에게 흔히, 모든 걸 떨쳐버리고 잊어버리고 앞으로 나가라고 한다. 「금」에서 이장은 삶이 그대를 속일지라도 슬퍼하거나 노여워하지 말라는 푸시킨의 시에 대해 슬퍼하거나 노여워하지 않는 것이 가능하냐고 묻는다. 과거는 지나간 사건으로 존재하는 것이 아니라 감정을 불러일으키는 앙금으로 존재하기 때문이다.

작가는 진실과 직면해야 하는 한낮의 큰길 대신, 에움길을 택한다. 폭로 대신 천천히 상처의 근원으로 다가간다. 상처받은 짐승은 무서워서 난폭하고 수줍음이 많다. 섣불리 다가가거나 서둘러 손을 내밀어서는 안 된다.

신중한 접근은 서술방식에서 도드라진다. 이서진의 소설에서 서술은 두 층위로 나뉘는 경우가 많다. 글씨체까지 바꾸면서 적극적으로 다른 목소리를 끌어들여 두 목소리를 엮어나간다. 「그림자 정원」은 죽은 언니와 살아 있는 동생을 화자로 삼아 이야기를 꾸려나간다. 「달의 뒤편에 드리운 시간들」은 아내와 남편, 「동행」은 아버지와 아들의 장으로 나뉜다. 「금」은 세상 밖으로 내몰린 '나'와 무덤에서 잠자리를 찾는 여자의 이야기가 엮인다. 둘은 영판다른 사람처럼 보이지만 폭력적인 현실에서 자기 자리를 찾지 못한다는 점에서 닮은꼴이다.

이런 이중주의 형식으로 두 사람은 대화를 나누고 과거는 현재와 엮인다. 작중 현실에서 대화를 나누지 못하는 인물들은 글 속에서 이야기를 나눈다. 「그림자 정원」은 잡지사 기사의 취재 요청으로 호출된 기억을 붙잡은 '나'의 이야기와 죽은 언니의 열 살부터 죽음 이후의 이야기까지를 담아낸다. 두 사람의 이야기를 엮으면 상처의 기원과 결과물이 하나로 엮인다. 어쩌다 그런 일이 생겼는지, 그 사건은 지금 살아 있는 사람에게 어떤 파장을 끼쳤는지가 드러난다.

근원에 놓인 폭력들

앞으로 나아가기 위해 중요한 건 뒷걸음질이다. 자신이 왜 여기에 다다랐는지를 알려면 출발점을 짚어야 한다. 원인을 알지 못하면 그런 일들은 또 다시 반복되기 때문이기도 하다. 이서진의 소설에서 과거의 연대기적 서술이 중요하게 등장하는 것은 이런 까닭에서이다.

거슬러 올라가서 발견하게 되는 것은 '폭력'이다. 「그림자 정원」에서 언니는 열다섯에 군인에게 성폭행을 당하고 숨졌다. 선임의 폭력에 시달리던 군인은 읍내의 여자들에게도 거부당했고, 그 울분을 엉뚱한 소녀에게 풀었다. 언니의 참담한 죽음은 태어나지도 않은 여동생의 삶도 왜곡시킨다. 「달의 뒤편에 드리운 시간들」에서 작은아버지는 화자와 엄마에게 폭력을 행사한다. 매질과 욕설에서 벗어나고자 엄마는 달아났고 소녀만 집에 남겨졌다. 어린 소녀는 달아나지 못했고, 여행 가방을 사들이는 여자로 자라났다. 결혼을 하고 가정을 꾸렸지만 그 기억에서 벗어나질 못하다 알츠하이머 환자가 된다.

「금」에서 폭압적인 아버지와 형들에게 시달리던 인물은 남성성을 버리고 여성이 되기로 마음먹지만, 남성들에게 윤간을 당한다. '나'는 일자리와 가족을 잃고 동생의 집에 얹혀산다. 자신의 사업자금을 대줬던 부모님과 함께 좁은 동생의 집에서 눈치를 보며 살다가 견디지 못하고 빠져나와 시골에서 살아간다. 조만간 노숙자로 몰릴 처지다. 소설은 IMF로 인한 '실직형 노숙'인과 달리, 젊은 노숙인은 이혼, 아동학대, 청소년범죄 등의 다양한 사회문제와 맞물린다고 말한다. 귀농의 꿈을 품고 노력하는 이장은 이상과 현실의 차이에서 괴로워한다.

「동행」에서 아들은 납북당한 아버지의 부재로 갖은 고생을 치러야 했다. 가난에 시달리는 가족, 그걸 빌미로 어머니의 몸을 요구하는 경찰,

거기에 맞서다가 상처를 입은 동생. 이웃들은 가족을 빨갱이라고 의심하고 국가는 연좌제를 적용하여 앞길을 막는다.

이 소설의 등장인물들은 모두 '폭력'의 희생자들이다. 그 폭력의 양상은 신체적 폭력, 제도가 가하는 폭력, 사회나 국가 등이 행한 폭력으로 다양하다. 폭력이 지나간 자리엔 깊은 상처가 남고 좀처럼 아물지 않는다.

또한 폭력은 전염성이 강하다. 폭력에 길들여진 사람은, 폭력이 얼마나 무서운지 알면서 동시에 폭력의 힘을 안다. 인간관계를 푸는 방법으로 폭력을 배운 것이다. 맞은 사람은 때린다. 과녁은 언제나 연약한 사람으로 정해진다. 폭력의 사슬은 가장 연약한 사람에게 가장 무겁게 매달린다. 가장 피해를 받는 사람은 여자와 아이들이다.

「그림자 정원」의 동생은 자신이 태어나기도 전에 벌어진 사건으로 삐뚤어져버렸다. 생모는 죄책감으로 '나'를 양모에게 내주었고, 깊은 상처를 받은 양모는 '나'를 살갑게 대해주지 않는다. 더군다나 언니를 죽였던 군인은 군법 재판에 회부되어 가족들은 사건의 자초지종이나 사과조차 듣지 못한다. "대상 없는 허깨비에게 당한 억울한 고통들이 가중될 뿐이었다. 피해자는 있는데 가해자는 없어 피해자로서 당연한 분노마저 터뜨리지 못했다." 「달의 뒤편에 드리운 시간들」에도 폭력은 어머니와 딸에게 가해진다. 「금」에서 아버지는 폭력을 일삼고, 아들은 남성성을 부정하기에 이른다. 「동행」에서 아버지가 북으로 나포당한 뒤 남겨진 가족들은 힘겨운 시간을 보냈다. 어머니는 온갖 일을 다 하고 아이들은 궁핍과 모멸을 견뎌야 했다.

독백들의 이중주

상처받은 사람은 어떻게 상처를 이겨낼 수 있는가. 돌이킬 수 없는 어떤 사건 이후에 사람들은 어떻게 살아갈 수 있는가. 과거의 그늘 아래서 어떻게 현재를 꾸려가고 미래를 도모할 수 있을까.

누군가를 이해한다는 것은, 상대가 살아온 이력을 알아준다는 것과 맞물린다. 「달의 뒤편에 드리운 시간들」에는 화자인 남편의 이야기와 '그늘 속'이란 아내의 일대기가 두 줄기로 흐른다. 두 이야기를 모두 듣는 독자는 아내가 어떤 일을 겪었는지 알 수 있다. 하지만 그늘 속 이야기를 듣지 못하는 남편에게 아내는 아직은, 안개 저편의 존재일 따름이다. "아내가 내보이는 행동은 누군가의 상습적인 폭력에 분노하고 대응하고자 안간힘을 쓰는 거였다. 그런 거라면 그래야 하는 이유가 있을 텐데 그게 무엇인가. 왜 아내는 저토록 황폐해지는가." 남편은 그 안개를 걷어내려고 애쓴다. 의사는 아내의 병이 어린 시절에 겪었던 공포와 슬픔이 작용했을지도 모른다고 말한다. 고통스러운 순간과 기억을 잊고자 망각을 택한 것 같다는. '가방'을 통해 아내를 만났던 기억을 거슬러 올라가기도 한다.

따로 흘러가는 이중주는 두 개의 독백처럼 보이지만 한 작품 안에 놓임으로써 대화를 나눈다. 따로 흐르는 것처럼 보이는 물줄기는 나란히 흐른다, 동행하듯. 「금」에서 '나'는 노력하면서 살았는데 노숙자가 될 지경에 이르렀다. 어쩌다 이런 지경까지 오게 되었는지 알 수가 없어 답답하다. 길은 끊겼는데 어디로 가야 할지 모르는 '나' 앞에 무덤을 삶의 터전으로 삼는 여자가 나타난다. 남자로 태어났지만 여자의 삶을 택한 까닭을 점차 알아간다. "아버지는 그런 여자를, 사내놈이 칠칠치 못하다고 여차하면 화를 내거나 손찌검을 해댔다. 여자는 폭력적인 아버지나 형들이 두려웠다. 남자라는 존재 자체가 두려웠다. 자랄수록 그들과 같은 성性을 지닌 것에 혐오가 들었고 남성 성징이 구역질났다." 그런 이유로 여자가 되었지만 "외형은 바뀌었어도 여성이라는 법적 근거가 없는 여전한 남성일 수밖에 없었다. 직장을 구하려 해도 성전환자라는 사실이 드러나면 비 윤리자로 낙인찍힌 현실만 적나라하게 맞닥뜨렸다." 세상에 내몰린 여자는 살기 위해 어머니의 무덤으로 찾아든다. 자궁을 닮은 무덤에서 잠을 청하며 다시 태어나길 바라듯. '나'는 그런 여자의 심정에 동감한다. 정상과 비정상의 경계를 가르는 '금'이 얼마나 허약한가. 그는 자신의 처지와 견주며 낯선 여자의 마음에 다가간다. 여자가 그런 선택을 한 까닭도, 결국은 정신을 놓게 된 이유도 알아준다. 혈연도 이해하지 못했던 여자의 마음을 받아준다. 정신을 놓은 여자는 자신을 따뜻하게 공감해주는 사람이 비로소 등장했다는 걸 모르겠지만, '나'는 내몰린 사람의 마음을 알아줌으로써 자학을 덜어낼 길을 열었을지 모른다.

「그림자 정원」에서 동생은 죽은 언니의 목소리를 듣지 못한다. 하지만 언니가 있던 뜰을 보며, 그녀의 죽음이 자신에게 남기고 간 것들을 골똘히 생각한다. 슬픔의 되새김질을 통해 가까스로 어떤 깨달음을 얻기도 한다.

> 어느 한 시절, 아니 오랫동안 나로 하여금 무자비한 상처를 껴안게 했던 엄마였다. 한동안 증오할 만큼. 물론 그건 엄마의 의도가 아니다. 엄마도 세차게 불어대는 광풍 속에서 사라져버린 연결 끈을 부여잡고자 자신을 지탱하지 못했으니까. 이만큼의 시간이 흘러 생각해보면 엄마에게는 그나마 그것이 죽은 자식에 대한 사랑의 유대라는 확신이었지 않을까.
>
> —「그림자 정원」에서

'나'의 고통은 완벽하게 해소되지는 않지만 이런 깨달음은 곤두선 마음을 조금씩 가라앉혀준다. 소설에 등장하는 '영혼결혼식'은 살아 있는 동생의 마음과 죽은 언니의 마음이 겹쳐지는 지점과 맞물린다.

「동행」에서 북한으로 끌려간 아버지 때문에 어머니는 경찰에게 몸을 내줘야 했고 경찰의 아내에게 수모까지 당한다. 동생은 경찰에게 덤벼들다 상처를 입는다. 그래도 아버지만 돌아오면 모든 게 해결될 줄 알았다. 그러나 돌아온 아버지는 남한의 가족과 북에 두고 온 가족에게 모두 미안해한다. 북에 가게 된 건 아버지의 잘못이 아니었다. 하지만 아버지의 부재는 가족에게 너무 많은 걸 감당하게 만들었다. 게다가 아버지는 용도를 알 수 없는 돈을 가족에게 요구한다. 화해의 길은 보이지 않는다. 이런 마당에 아들은 암에 걸린 아버지와 고향까지 동행해야 한다. 같은 여정을 걷는 두 사람은 이야기를 나누지 않지만, 소설은 아들과 아버지의 목소리를 모두 담아낸다. 서로의 속에 무엇이 있는지를 풀어낸다. 고향에 돌아온 아들은 월남한 실향민으로 북녘을 그리다 폐인이 된 아버지의 이야기를 듣는다. 아들은 아버지가 가족에게 요구한 돈으로 탈북자들을 도왔다는 사실을 알게 된다.

조용한 공명共鳴

상처에 대해 쓴다는 것은, 구원의 한 방편이다. 작가는 섣부른 화해나 용서를 구하지 않는다. 성급한 이해도 도모하지 않는다. 다만 보여주고 들어준다. 고즈넉한 정원을 들인다.

「그림자 정원」에서 동생은 목련이 떨어지는 소리에 진저리를 치며, 칼을 들고 나무를 베려다가 상처를 입는다. 외면하고 성급하게 없애려는 행동은 스스로에게 상처를 입힌다. 목련나무는 정원에서 계속 자리를 지킨다. 그 목련을 거둬들이는 것은 '언니'가 자신의 삶에 대한 이야기를 모두 마쳤을 때다. "작은엄마, 목련이 지려고 하네. 꽃들이 벌써 거뭇해졌어."

거리를 둬야만 보이는 것들이 있다. 이서진의 소설은 툇마루에 앉아 바라본 정원의 풍경을 받아 적는다. 눈길로 나무의 옹이를 더듬어주고, 나무의 발치에서 들썩이는 낙엽의 소리를 들어준다. 거리를 두고 조용히 공명共鳴한다.

> 병원 현관을 나서니 아담하게 잘 가꾸어져 있는 뜰의 정경이 눈에 들어왔다. 그 위로 유월 햇살이 환하게 쏟아져 내렸다. 햇살 무더기를 바구니에 가득 담아 뿌려대는 것 같다. 눈이 부시다. 선재는 한손을 들어 차양 치듯 이마에 댔다.
>
> 형형색색의 초여름 꽃들이 여기저기 풍성했다. 사람들이 그 사이사이에 놓인 긴 의자에 앉아 있는데 환자와 면회를 온 가족들 인 듯싶다. 환자들은 대부분 함께 한 사람들과는 다른 쪽으로 멍하니 시선을 두었고 보호자로 보이는 사람들은 환자를 말없이 쳐다보기만 했다. 그들에게로 정적이 부연 입자를 가득 품은 축축한 안개처럼 내렸다. 때 이른 잠자리 서너 마리가 선회하듯 날았다. 그 풍경은 고요한 물속이었다.
>
> —「금」에서

남편은 안개 저편에서 헤매는 아내를 그저 바라본다. 알츠하이머 환자인 아내는 점점 저편으로 멀어져간다.

> 여보, 일어나봐! 나는 소리치듯 아내를 깨우고 싶다. 어깨를 마구 흔들어서라도 잠결 속에서 데리고 나오고 싶다. 절실히. 하지만 그렇게 하지 않

는다. 잠속을 서성이는 아내의 모습만 눈에 담는다.

—「달의 뒤편에 드리운 시간들」에서

바라본다는 것은 포기한다는 것이 아니다. 눈길을 준다는 것은 그 대상에 대해 오래도록 관심을 기울인다는 것이다. 상처에 대해 쉽사리 정의하거나 서툰 처방을 내리는 대신 거리를 두고 바라봐준다. 눈길을 떼지 않는 것, 작은 소리를 놓치지 않는다. 그것이 정원을 바라보는 사람의 자세다. 안타깝고 답답해도 기다려주는 수밖에 없다.

맞닿지 못하는 이쪽과 저쪽이 안타깝다. (…) 양쪽 방파제와 중간의 드나드는 뱃길이 있다. 그 정경을 보는 종수의 가슴에서 남과 북, 양쪽 가족들이 하나로 둥글어진다. 문득 코허리가 시큰하다. 지금은 따로 길을 간다 해도 언젠가는 저 젊은 가족처럼 한 곳을 바라볼 수 있다면. 비록 자신이 이 세상에 없더라도 같이 지낼 수 있을 거라는 바람을 가져보고 싶다. 그런데 왜 이리 눈이 시린가. 왜 이리 막막한가.

—「동행」에서

그림자는 영영 떨쳐낼 수 없다. 허나 그림자가 발치 가까이로 졸아드는 순간이 있다. 머리 위, 가장 높은 곳으로 해가 떠오르는 정오의 시간이다. 「동행」의 시작은 "시각은 막 정오를 향해 가고 있다"에서 "시각은 막 정오를 지나고 있다"로 끝난다. 아버지와 아들의 이야기가 진행되던 그 과정이 '정오'였다.

뜰은 방 세 칸에 부엌이 달린 아담한 집채에 비해 꽤 넓다. 한쪽에 허드레 물건을 보관하는 작은 창고와 수돗가가 자리한 공간을 제외하고는 키 큰 목련나무에서부터 앵두, 대추, 매화, 단풍, 작약, 영산홍, 파초, 이팝나무 등과 개나리, 진달래 꽃덤불이 빼곡히 들어찼다. 담장 주변으로 빙 둘러 심은 사철나무와 나로선 이름도 잘 알지 못하는 화초도 지천이다. 그럼에도 뜰은 잘 정돈된 정연함을 지녔다. 이른 아침나절, 말끔하게 비질이 된 정갈한 흙마당을 보고 있는 느낌인데 어느 것 하나 소홀함 없는 손길의 정성스러움이 묻어났다. 그런 뜰에 들어와본 사람은 하나같이 탄성을 질렀다.

뜰에 있는 모든 것을 살뜰히 거두는 사람은 작은엄마다. 작은엄마가 그것들에 쏟는 정성은 대단했다. 아침 눈을 떠서부터 잠자리에 들 때까지 틈만 나면 그곳에 있어야 하는 사물처럼 붙박여 지냈다. 뜰의 모든 것이 휴면하는 한겨울에도 어루만지는 울림의 눈길이 늘상 머물렀다. 그렇게 가꾸어진 뜰 속에는 또 다른 구성물도 존재했다.

—「그림자 정원」에서

정원의 시간은 천천히 흐른다. 식물이 자라는 데는 시간이 필요해서다. 상처도 시간이 지나야만 아문다. 밤을 견뎌야 동이 트고 겨울을 지내야만 봄이 오듯 뛰어넘을 수 있는 시간은 없다. 나무가 시간을 나이테로 받아 안으며 굵어지듯.

정원은 산 것과 죽은 것을 모두 품고, 빛을 안으며 자라되 그림자를 거느린다. 작가는 숨은 그림을 찾고 숨죽인 소리를 듣는다. 이서진의 소설은 그 정원을 바라보고 들어주며 기록한다. 그 시선의 힘, 경청의 시간은 힘이 세다.

작가의 말

활자 정원 산책자

소설은 사람을 속속들이 다룹니다.

알다가도 모를 '나'를 응시합니다. 참된 자기를 찾는 길을 떠나며, '나'란 건 과연 뭔지, 그런 게 존재하는지를 따집니다.

종잡기 어려운 '남'에게 다가갑니다. 컴컴한 사람 마음속으로 자맥질해 들어갑니다.

'나'와 '남'의 관계를 파헤칩니다. 사람에게 사람은 무엇일까요. 부딪치게 하고 손잡게 합니다.

인간'들'이 모여 사는 사회를 들여다보고, 그늘을 돋을새김하며 도래할 세상을 그립니다.

인간의 시간이 축적된 역사를 톺아봅니다. 반복 속의 차이를 짜냅니다.

'사람답게' 산다는 건 무엇인가란 질문으로 철학과 윤리를 아우릅니다.

소설은 사람의 모든 것을 다루는, '인간학'입니다.

인간은 암호이자 블랙박스입니다. 심해이며 공중정원입니다.

소설은 '인간'에게 접근하려고 온갖 애를 씁니다. 망원경으로 그 사람이 놓인 자리를 조망하며, 현미경으로 골똘히 들여다봅니다.

사람에 대해 질문을 던집니다. 자명한 것에 의문을 제기하며, 아무도 문제삼지 않았던, 혹은 어렴풋한 응어리를 언어로 발라냅니다. 분명한 것을 정체불명의 것으로, 어렴풋했던 것을 선명해하게 탈바꿈시킵니다. 소설가는 적절한 질문을 고심하며, 되묻기를 거듭합니다. 답을 찾아 떠돌며, 최선의 백지나 최대의 오답도 마다하지 않습니다.

언어로 생을 가로막는 것의 정체를 밝히고 스토리로 삶을 잇대어줍니다. 반면 언어는 성글어서 삶을 쓰는 것은, 포충망으로 구름을 잡기와 다를 바 없습니다. 그럼에도 소설은 '언어'로서 언어의 가능성을 묻고 그 한계까지 밀어붙입니다. 말로 다 못할 지점에서, 새로운 말이 움틉니다.

소설은 한 사람의 정체성을 좇고, 허상을 허물어뜨려 맨살의 진실에 부딪칩니다.

언어란 메스로 놀려 알쏭달쏭한 인간의 내면을 발라냅니다. 부검의처럼 '죽음'의 원인을 골몰합니다. 인간을 부서뜨렸다가 다시 만드는 시간의 힘을 받아씁니다.

소설은 온힘을 다해, 인간의 가능성과 한계를 탐구합니다.

소설은 인간의 모든 걸 끌어안은 종합 선물세트입니다.

어린 시절, 저에게 소설은 마법이었습니다. 종이를 넘기면 다른 세상이 펼쳐지고, 낯선 사람의 마음속을 들락날락거리게 만듭니다. 백지에 검은 활자를 늘어놓은 것만으로 생각을 깨우고 마음을 움직이다니. 자음과 모음의 결합만으로 세상을 그려내고 인간의 마음을 비추다니. 소설을 펴들면 이상한 나라나 거울나라를 넘나듭니다. 일상이 낯설어지고, 먼 세계가 가까워집니다. '나'는 데면데면해지고 모르는 사람들과 가까워집니다.

읽기와 쓰기는 모두, 그 마법의 신비에 다가가려는 몸부림이었습니다.

독서와 창작이 한몸이듯, 비평과 창작도 샴쌍둥이입니다. 다만 풀어내는 방법이 다를 뿐입니다. 한쪽이 구체성으로 승부를 건다면, 다른 쪽은 개념화하고 추상화합니다. 하지만 비평과 창작은 영판 다르지 않습니다. 양쪽 모두 '소설'이 무엇인가라는 질문을 짊어졌기 때문입니다. 좋은 소설이 무엇인지 묻기 때문입니다. 북돋고 다그치고 귀기울여주는 사이라고 믿고 싶습니다.

좀 더 눈이 밝고, 귀가 트면 얼마나 좋을까.

다만 자신의 한계에 정직하고 싶었습니다.

비평집보다는 여행기라고 이름붙이고 싶습니다. 길동무가 되어준 분들이 고맙습니다. 손을 내밀어준 도서출판 북인, 무엇보다 활자정원을 꾸려주신 작가들께 감사드립니다. 흰 종이와 검은 활자의 정원에서 노닐게 한 소설들에게도.

2019년 8월

김나정 비평집

소설이 시간을 쓰는 법

지은이_ 김나정
펴낸이_ 조현석
펴낸곳_ 북인
디자인_ 푸른영토

1판 1쇄_ 2019년 12월 01일
출판등록번호_ 313 - 2004 - 000111
주소_ 121 - 842 서울 마포구 서교동 467 - 4, 301호
전화_ 02 - 323 - 7767
팩스_ 02 - 323 - 7845

ISBN 979-11-6512-000-9 03810

이 도서의 국립중앙도서관 출판예정도서목록(CIP)은 서지정보유통지원시스템 홈페이지(http://seoji.nl.go.kr)와 국가자료종합목록시스템(http://www.nl.go.kr/kolisnet)에서 이용하실 수 있습니다. (CIP제어번호 : CIP2019045220)

책값은 뒤표지에 있습니다.
저자와 협의 아래 인지를 생략합니다.